U0780331

叶 炜，真名刘业伟，山东枣庄人。创意写作文学博士，文化创意管理博士后。中国作家协会会员，成都文学院签约作家。中国当代文学研究会理事。著有“乡土中国三部曲”《富矿》《后土》《福地》和“转型时代三部曲”《裂变》《踯躅》《天择》等长篇小说 12 部，另有长篇非虚构《自清芙蓉—朱自清传》、学术专著《从中央文学研究所到鲁迅文学院》等 6 部。曾获第三届茅盾文学新人奖、中国当代文学研究优秀成果奖、《当代作家评论》优秀论文奖等。现为浙江传媒学院创意写作中心主任，浙江网络文学院执行院长。

还乡记

叶炜 著

时代出版传媒股份有限公司
安徽文艺出版社

图书在版编目（CIP）数据

还乡记/叶炜著.--合肥：安徽文艺出版社，2021.9
（城乡中国三部曲）
ISBN 978-7-5396-7207-6

Ⅰ. ①还… Ⅱ. ①叶… Ⅲ. ①长篇小说－中国－当代
Ⅳ. ①I247.5

中国版本图书馆 CIP 数据核字(2021)第 093530 号

出 版 人：段晓静
责任编辑：韩　露　　　　装帧设计：马德龙

出版发行：时代出版传媒股份有限公司　www.press-mart.com
　　　　　安徽文艺出版社　www.awpub.com
地　　址：合肥市翡翠路 1118 号　邮政编码：230071
营 销 部：(0551)63533889
印　　制：安徽新华印刷股份有限公司　(0551)65859551

开本：700×1000　1/16　印张：16.5　字数：300 千字
版次：2021 年 9 月第 1 版
印次：2021 年 9 月第 1 次印刷
定价：58.00 元

（如发现印装质量问题，影响阅读，请与出版社联系调换）

献给每一颗痛苦的灵魂

目录

权作序章　伏羲女娲警醒梦中人把家还

我发现这一年来已经很少做梦了。

我记得小时候在麻庄时几乎天天都要做梦，有些梦还像上演连续剧一样，一集连着一集，很是完整。自从来到彭城，我就再也没有做过这种连续剧一样的梦。或许是因为城市太吵，把夜里的梦都赶走了。

但最近这两天我又开始做梦了，而且首尾相连，前后照应，故事接龙一样。第一天我梦到一个人趴在我的耳边不停地说着：醒醒，醒醒，快醒醒！我很想睁开眼睛，无奈眼皮沉得像一块石头，又像是灌满了黏稠的糨糊，怎么都睁不开。好不容易睁开了一条缝，迷迷糊糊中看到一个亦男亦女不男不女的人，正对着我笑呢。我打了个激灵，瞬间清醒了，终于睁开了眼。看到眼前的人突然幻化成了一男一女，在我面前飘忽不定。我有些惊恐地问：你……你们是谁？那两个人互相看看，嘻嘻笑，直笑得我头皮发麻。他们终于笑完了，男的说：我叫伏羲。指着女人说：她叫女娲。见我一脸的疑惑，他停顿了一下又说：我们就住在麻庄对面的伏里村！你不记得了！我恍然大悟道：你们就是传说中的……他们点点头，说道：彭城太大了，我们差点迷了路。我这才定睛看了看他们，两个人都是人首蛇身，异常巍峨。虽说一眼就能看出男女，但长相奇似。在异常相像间，可以看出伏羲奇骨贯顶，隆准龙颜，天庭一块方正的突起骨，猛一看犹如东海龙王。女娲则是飞扬眉，杏核眼，吊角目，薄唇抿嘴，大耳有轮，手握五色石，头戴花环，倏忽间变幻多端。我只顾发呆，一时间竟忘记了问他们此来何意。待稍微气定神闲，正欲张口，却只见伏羲女娲一齐朝我摆手，面色凄然，慢慢在我眼前消失了。我着急起来，大声呼喊：伏羲伏羲，女娲女娲！喊得口干舌燥之际，我猛然间醒来，顿觉浑身大汗淋漓，内衣几乎湿透，犹觉脸色发烫，忍不住拿手摸了摸，火辣辣的，还有点疼。这时躺在身边的万晓璐说了句：别摸了，是我打的！刚才你大呼小叫，声音瘆人，我猜想你肯定做了噩梦，就打了你一巴掌，才将你唤醒。结婚以后，我对万晓璐一直是敢怒不敢言，这次却有些气恼，甩了她一句：正想问关键的话呢，就被你打醒了！万晓璐少有地没有回嘴，只顾转过身，转眼间已呼呼大睡。我无可奈何，大睁着眼睛对着暗夜的墙壁发呆。

第二天夜里，我又开始做起了伏羲女娲的梦。他们来到我的窗前，用粗大的蛇尾扫了一下我的脸庞，待我惊醒，伏羲遂说道：情况紧急，耽搁不起。我们这次前来是想告诉你，麻庄就要塌了，最先塌下来的是你们老赵家在苹果园的坟场，那里很快将变成一片汪洋。你们老赵家祖上一向行善积德，为麻庄老百姓做了不少好事，念其对麻庄生灵有功，特来相告，你要提早有个准备！我大骇，惊恐道：麻庄坟场在村东果园的最高处，当年列祖列宗在选址时费了那么大的心思，怎么可能会被大水淹？一直没说话的女娲说道：是村东的麻庄矿坏了地脉，惹怒地龙，地龙发怒，麻庄矿瞬间倾塌，殃及坟场。此事已是上天注定，让你知晓此事实亦于事无补。说完，两人一起幻化成两条大蛇，腾空而去。我瞬间醒来，呼呼呼直喘粗气。梦中情景一再在眼前闪回，一时间竟有些不明就里。

天还没亮透，我正在回笼觉中，忽然被手机嘀嘀声惊醒。我一看是老爹的电话，打了一个激灵，顾不得万晓璐一脸的不高兴，赶紧接了。家里一般不主动给我打电话,偶尔打一次,也不会是在这个时间点。直觉告诉我,一定是家里发生了什么大事。果然,电话接通,那边就传来老爹异常焦急的声音:寻根,寻根啊,麻庄出大事了!咱们老赵家的坟场被大水淹了!麻庄矿发生了坍塌,村东已经是一片汪洋大水。你赶紧回来一趟看看吧,咱爷俩得好好寻思寻思给列祖列宗找一个新的坟场!

我呆住了,梦境竟然是真的!继而心里一阵悲凉,那个被大水淹没的坟场,埋下的有列祖列宗,还有早逝的娘。一想到这个,我就心痛不已。事不宜迟,我必须尽快回麻庄一趟。

第一回　赵寻根他回家乡看大水涟涟

我叫赵寻根，端午节那天出生于麻庄的泥坯老屋。

记忆中的老屋位于麻庄大磨盘的正西，那是一个本家以前住过的旧房子。爹结婚那会儿爷爷没钱给他盖婚房，就向一个本家大哥借了这个几近废弃的老屋子，换上新的茅草，勉强住了进来。郯城大地震那年，这座老屋摇晃得很厉害，但终究没有倒下。我一直担心老屋会突然间坍塌，所以在老屋里的那些时光并不快乐。老屋没有院墙，紧挨着村里的一条大路，过往的人一眼就能看到院子里的情形。

我出生那一年恰逢新旧时代的交替，是"文革"结束和改革开放开始的过渡时期。

我出生刚满月，爷爷给我起了"寻根"这个名字。爷爷写得一笔好字，在村子里也算是稍有名望的"知识分子"了。但我怀疑他给我起名那会儿，并没怎么动用他肚子里的那些高级墨水，不然也不会叨咕了半天，就给我起了这么个大路边都能见到的名字。我也不是说这个名字不好，就是感觉有点儿土了吧唧的，带着一股浓重的鲁南庄户味儿。和我一起光屁股长大如今对命理学很有些研究的刘君山就多次刺弄我，他说赵寻根这个名字格局太小，寻根，寻根，根在土中，土在麻庄，你还寻个屁啊！一看就知道没什么大的出息,你这辈子就老老实实待在咱这山窝窝里头吧！他这样的话一直从小学说到中学,直到高考发榜那天,他终于收起了那副皮笑肉不笑的嘴脸,不再嘲笑我了。原因说起来很简单,也很有说服力:我考上了彭城的师范大学,而他却只上了本地的鲁南师专。

不过说实话,单从起名来说,我到现在都觉得刘君山这名字的确是很有学问的:一是君山是我们这一带的名山,海拔最高,别名抱犊崮,刘君山这个名字富有浓厚的地域气息,很有些大方气象;二是这名字比较响亮,朗朗上口,叫着也顺嘴。但刘君山似乎对我的这个观点很不以为然。从我毕业留在彭城开始,每次返乡见到他,他都对我念叨说自己毁就毁在这名字上了,边说边掰着手指头数落:赵寻根我来给你分析分析啊,君山,是咱这里最大的一座山,对吧？你想啊,山哪能随便动啊？何况还是一座最大的山！刘君山,刘君山,分明就是“留”君山嘛,这不就是要永远把我留在这个野蛮的山乡之地吗?！你就不同了,寻根,赵寻根,这名字内涵多丰富啊！为啥要寻根？就因为走出了大山嘛,要回来找寻嘛！

刘君山的话,反、正都是理。

从鲁南师专毕业后,刘君山被分到了本村的小学,和当初教我们语文的本家五叔赵无极坐对桌。对此,刘君山倒也乐天由命,认认真真安分守己地当起了小学语文老师。教学之余,他边摆弄着村里承包给他的几十亩山地边继续捣鼓他的命理学。其实我是蛮羡慕他的,在师范大学工作这些年,压力不小,学校考核严格,教学科研要两手抓两手都要硬不说,要命的是我还不可救药地舍不得放下挚爱的小说创作,业余时间几乎都奉献给了那台破笔记本电脑。更令人沮丧的是,尽管在生硬冰冷的键盘上敲了这么多年,至今也没敲出什么大的名堂来。小说就这样成了一根吃也不是吐也不是的鸡肋。城里人万晓璐为此整天讽刺我,说照这个样子,别说文学课本上的鲁郭茅巴老曹了,就是莫言余华贾平凹我都难以望其项背！对此,我只能对天长叹，自我安慰说好歹这也算是丰富精神生活的一种方式吧。听了这话，万晓璐习惯性地翻了翻白眼，嘁了一声。自从和这个女人结婚以后，她就以打击我的自信心为荣，好像哪天不数落我两句，她就没法正常过日子似的。

不知道是不是和自己的年龄越来越大有关，我近几年写下的几乎所有见诸报刊的文字大多带着麻庄的印迹。我发现自己越来越喜欢回忆了，这是慢慢变老的前奏。这些忆旧的文字最近还引起了家乡文化局一位鲁姓领导的重视，他和我通过一次电话，自我介绍说叫鲁山，是区文化局的副局长。他的声音很特别，富有磁性，他说：欢迎大作家回老家时到区里来做客哈，我手头有不少关于麻庄一带风俗文化方面的资料，可以作为你写作的参考。我对政府官员一向敬而远之，对于这位鲁局长的话，一开始也一直没太怎么当回事儿。

作为好友兼专业读者，我这几年敲出的文字，刘君山基本上都读过。前几天，他看了我最近出版的一部长篇小说，给我发来一个短信：

> 大作家，我把你的这部作品推荐给了韩慧慧，我们都认为你现在面临一个非常重要的瓶颈期，这是一个坎儿。这个坎儿决定了你要么能跃出水面，要么就永远沉在水底。

我翻看着手机，再次打开刘君山的这条短信。

夜已深，万籁俱寂，这个城市的马路终于不再喧哗。万晓璐此时已经进入了梦乡，还打起了很响亮的呼噜。每次亲热之后，她都能很快进入梦乡。我最近发现这个城里女人特别能吃能睡，比我娘喂过的那头可爱的小花猪有过之无不及。

对着虚空呆愣了半天，我拇指上下翻飞，迅速给刘君山写了一个短信：

我明天回老家一趟，查看查看麻庄矿塌陷坟地被淹的情况，也为我要写的小说《麻庄传》找找灵感。

愣了一下，我又写了一条：更主要的是想见见你和韩慧慧，转眼间，我们又快一年没见了吧。

火车在明明暗暗低低矮矮的群山间穿行。

苏北鲁南整体上连成了一块大平原。在这块平原上散落着一些山脉丘陵，虽然不高大巍峨，但大抵也像个山的样子，海拔还是有一些的。“和谐号”呼啸着钻过这些山脉隧道时，我的耳膜总是一张一合，很不舒服。

京沪高铁通了以后，大大缩短了从彭城到麻庄的时间。尽管如此，逢年过节和万晓璐一起回老家时，我还是常常选择自己开车。自驾的好处是方便，免去了从火车站到麻庄奋力挤小中巴的麻烦。这次，我本来也做好了开车的打算，但万晓璐不同意，还阴阳怪气地说了句：你一个人回去，就别浪费汽油和过路费了吧，怪贵的！再说高铁票你还可以从学校科研经费里报销呢，你不是为了写那个什么破小说还要顺便去考察伏羲女娲的图腾吗？愣了一下，她又说了句：再说就你那辆半新不旧的“新凯越”，开回去也没啥可显摆的！我一听，得，还是选择高铁吧。自打娶了万晓璐，我就感觉自己的底气越来越不足，说实话我有点儿怕这个城里女人了，怕她发脾气，怕她像唐僧一样唠叨个没完没了，更怕她动不动就和我搞冷战，一搞冷战她就大雪封山，冷冰冰凉飕飕凄惶惶靠近不得。偏偏这几年我火气又特别大，两天不近她的身，就心急火燎烦躁得不行。为了家庭和谐，也为了身心健康，她好我也好，在万晓璐面前，我尽可能地奉行惹不起躲得起的“鸵鸟”政策。

“和谐号”穿过了苏北大平原，进入广袤的鲁南山区。看着窗外疾驰而过的山岗和原野，我想象着麻庄周围水漫金山的样子，那情景一定是惨不忍睹。眼前浮现出1998年麻庄发大水的情形,那时整个麻庄几乎成了一座孤岛,其惨状堪比明清的两次黄河大决堤。爷爷活着的时候,我多次听他说起黄河决堤的事儿。那时候麻庄可算被黄河水淹惨了,爷爷说,决堤的黄河水如同泛黄的马尿一样,铺天盖地灌满了整个黄河古道。那洪水所到之处,只剩下一片汪洋。我们老赵家最早的坟场就是那时候被淹了的,为此不得不一再迁坟。咸丰年间的水患过后,请来的斜眼风水先生相中了麻庄村东的果园这块高地,祖先的坟茔在此安顿下来。现在黄河早已改道,古道也早成为故道,本以为麻庄果园的坟场会就此现世安稳,哪料到旁边废弃多年的麻庄矿突然塌陷,整个麻庄以东大都成了塌陷区,果园的坟场也被泛上来的地下水再次淹没。现在又不得不再给坟场重新寻一个风水宝地了。

胡思乱想着,不知不觉眯上了眼睛。迷迷糊糊中,我的脑袋开始过起电影,眼前浮现出刘君山和韩慧慧的形象。

韩慧慧、刘君山都是我小学同班同学。从小学到中学,我们三个人关系一直都很好。原因说起来也简单,我们有一个共同爱好,都喜欢写作文。小学时,我们三个的作文水平几乎不分上下。教我们语文的本家五叔赵无极那时候还很年轻,却留着个鲁迅一样的胡须,硬邦邦的,讲课时胡须一抖一抖,我们老是担心那“一撇一捺”会掉下来。赵无极喜欢鲁迅是发自内心的,就连说话也是满口的鲁迅腔。他在给我们三个人的作文打分时总是要踌躇半天。踌躇来踌躇去,他干脆采用了一个最原始也貌似最公平的方法,那就是“冠军”轮着来当。这样,我们三个人的作文就都有被当作范文在课堂上朗读的机会了。我记得韩慧慧那时候天天扎着一条能翘上天的马尾辫,走起路来昂头挺胸,刚刚开始隆起来的胸脯像发面馍馍一样,那条粗壮的马尾辫总是在脑袋后面甩来甩去,像一匹不安分的小马驹。每当赵无极摇头晃脑地在班上朗读韩慧慧的作文时,我和刘君山就常常不怎么服气,背后嘀咕她不过是仰仗着当村支书的老爹韩老海,喜欢鲁迅又满口“多乎哉,不多也”的赵无极不敢得罪他罢了。

“一锅端”升到了中学以后,我们三个人被分到了不同的班级。韩慧慧不知从什么时候开始喜欢上了琼瑶的言情小说,她的成绩如同在高空可劲儿飞翔的小鸟,因为用力过猛渐渐飞不动了,开始直线下降,作文也不那么显山露水了。但瘦死的骆驼比马大,好歹成绩仍处于中上游。她还报名参加了我和刘君山发起的校园文学社,在语文老师贺书风的指导下,我们三个一起领头创办了一本名为《地平线》的油印刊物。

贺老师当时刚刚从鲁南师专毕业,对文学有着很深的感情,对文学社也很上心。每到月底,我们三个就趴在贺老师的办公桌上,一板一眼地在蜡纸上刻自己的文章。办公室里很安静,只有蜡纸发出的咯吱咯吱声。刻着刻着,韩慧慧总是要不合时宜地咋呼一句:完了完了完了,赵寻根你赶快过来!我知道她又把蜡纸刻破了,只好跟她交换蜡版。她总认为我的蜡版比她的好,可换来换去,她还总刻不好。这次我有点儿窝火:你就不能小心点吗?你看你都糟蹋了几张蜡纸了?!这可都是贺老师自个儿掏钱买的!韩慧慧看看我,双手绞在一起,胸脯越挺越高,嘴角慢慢上扬,嘴巴噘得能拴住一头老牛:赵寻根,就你能!我也不想刻坏啊!愣了一下,她又说:不就是当了一个破社长破主编吗?那么大脾气!我刚要发作,刘君山笑嘻嘻地过来和稀泥:都少说两句吧,你们两个每次吵嘴,我听着都像是在打情骂俏!我知道刘君山暗自喜欢韩慧慧,他好几次在我面前说起过这个事,还让我给他支着儿。但韩慧慧好像有点喜欢我,因为她每次刻坏蜡纸,总是找我换蜡版。在这个问题上,我也只能装迷糊。

不知不觉到了高三,贺书风老师突然一声令下解散了文学社,《地平线》也停办了,贺老师要我们专心考大学。我们三个人各自忙着应付高考,放在文学上的精力渐渐少了。

我记得1997年夏天天气特别热。高考之前的那天下午，教室里还有很多用功的同学在看书。我趴在座位上，有些昏昏欲睡，这时韩慧慧悄悄从后门进来，塞给我一本书，我一看是钱钟书先生的《围城》。打开扉页，两行隽秀的字眼跳入眼帘：

给未来的大作家。

慧慧。

我脸色通红，想说什么，一时间却说不出来。韩慧慧抢先说了句：我知道你能考上大学，你考上大学就能当钱钟书那样的大作家了！

我喉结上下耸动着，咕哝了半天，只对她说了句：你也能考上大学！

她眼光暗淡下来：我不行，我这几年光看言情小说了，成绩一塌糊涂。愣了愣，她又说：你考上大学以后别把我忘了就行！说完，她就走了。她脑袋后面已经没有了那条粗大的马尾，只有一个手绢绾起来的蝴蝶结，走起路来摇摇摆摆，显出细细软软的腰肢来。她的身体像一株怒放的鸡冠花，饱满而结实。她所到之处，可以闻到淡淡的成熟麦穗的味道。

一个月以后，高考发榜，韩慧慧果然没有考上。后来我听刘君山说，韩老海求爷爷告奶奶，好不容易托到了县教育局的一个八竿子打不着的亲戚，花了好几头猪的大价钱才让韩慧慧走后门读了本地的一所职专。因为都在枣庄县城，刘君山和韩慧慧两个人没事时还经常"以文会友"，一起吃个饭看场电影什么的。韩慧慧毕业后，韩老海又托镇教委的人在本村小学给她安排了个代课老师的工作，和刘君山成了同事。再后来，韩慧慧毫无悬念地转了正，顺理成章地成了刘君山的媳妇。他俩结婚那天，我专门带着万晓璐回了一趟老家。那天我喝了个酩酊大醉，搞得万晓璐一连骂了我好几天，说：又不是你自己结婚，也不知道瞎激动什么！

高铁从枣庄站到麻庄站，要经过一个名为伏里的村子。伏里村在麻庄村南，过去听老人们讲，伏里就是伏羲故里的意思。在伏里村口，赫然立着一块大碑，正面写着“伏羲故里”四个正楷大字，背面则有“伏羲是炎帝、黄帝等古帝王之前的创世祖，是中华民族的始祖，是龙的鼻祖”字样。我不知道近来为何总会梦到伏羲女娲。我不是一个迷信的人，但伏羲女娲三番五次地进入我的梦境，多少令人感到惊奇。这次回来，我打算在麻庄多待几天，除了要看看塌陷的坟场，还想留出些时间去寻访伏羲遗迹。不仅仅是为了弄清伏羲为何多次托梦于我，也想借此机会好好看看麻庄周边的地形地貌。用刘君山的话说，但凡有历史遗迹的地方，风水都差不了，在这方面，古人可比我们有智慧得多！我想趁着这次机会对麻庄周边好好考察考察，看看能不能为淹掉的坟场寻一个最佳的风水宝地，完成老爹交给我的头等大事，也顺便为手头上的小说积累一些素材。

刘君山一大早就回短信说要在麻庄的苹果园门口等我。麻庄果园就在村口大路旁边，也是麻庄赵姓的坟场所在地——明末从山西洪洞县移民过来的赵姓祖先都葬在苹果园里。

在果园入口处，横亘着一间石板屋。这个石板屋年代久远，有人说这是祖先移民到麻庄以后建造的第一间房，从地基到房顶都是清一色的石材。石料从麻庄前的马鞍山上就地取材，打磨得很光滑。就连房顶的薄石板也经过了打磨，大小厚薄基本一致。小时候，我们常常在这里捉迷藏，有时候也会搞点恶作剧，集体在石板屋里撒一泡臊烘烘的尿。石板屋也时常会成为讨饭的流浪汉的临时藏身之处。记忆中这个石板屋曾被一个女疯子霸占了很长时间，那些时日，麻庄里的几个光棍汉常常在半夜偷偷摸到这里来。

我清楚地记得，那是记事以来鲁南最沉闷的一个夏天。整个麻庄像一个巨大的火药桶,憋闷得随时都要爆炸似的。麻庄人像暴雨时节浮在小龙河水面上的鱼一样,个个都张大了嘴巴,大口大口地吐着水泡。不知谁吼了一嗓子:受不了了,要炸了!吼声未落,一声炸雷在麻庄上空滚过。紧接着,大雨瀑布一样从天而降,铺天盖地地泼向整个麻庄。天色异常灰暗,白昼如夜。这场大暴雨在天黑之际突然戛然而止,天空放晴。虽然太阳已西落许久,但西天边仿佛装上了一面巨幅反光玻璃,把落山的太阳反射在麻庄的茫茫夜空。这一束巨大的光芒穿透了所有的遮挡物,把麻庄的一切都暴露在光亮之中。即便是隔着厚厚的墙壁,也能看得见屋子里的情形:端着碗喝汤的,早早地搂着女人躲进被窝的,站在当院儿里四顾茫然的,小孩子含着奶头睡觉的,鸡鸭鹅狗,粮仓锅台,一切都看得清清楚楚。

就在大家惊异于这罕见的景象之时,外面突然想起了扑嗒扑嗒扑嗒的脚步声,伴着似有似无的嘶喊,沿着麻庄奔来跑去。有人看见往常只在半夜里疯跑的女疯子却在此时开始裸奔,她边跑边手舞足蹈,嘴里发出模模糊糊的声音,仔细听,她仿佛在发出“我是女娲,伏羲快来!我是女娲,伏羲快来!”的呼唤。她奔跑的样子仿佛一条畅游在深水中的大鱼,摇头摆尾;又像是一条快速游走的大蛇,在呲呲呲地前行。她的样子根本不是在跑,而是在贴地飞翔。

天亮时分,女疯子就在麻庄消失了。几个月以后,村里的一个叫曹傻子的光棍汉,从石屋里抱出了一个哇哇啼哭的男婴。村里人给这个吃着百家奶长大的男婴起名为红旗。红旗刚学会走路不久,就被曹傻子带出了麻庄,销声匿迹。

女疯子消失之后,石屋还常常会成为男女野合之处,不知道是麻庄村里的,还是外面的人,在这里行那苟且之事,发出一些猫叫狗叫一样的声音。一旦发生这样的事儿,石屋里常常一片狼藉,麦秸干草凌乱得到处都是。

石板屋是麻庄的一个老物件，也渐渐成为村子的一个象征。现在依然如此。岁月无痕，石板屋永在。往常农闲时这里也是麻庄老人最喜欢待的地方。老石屋的存在好像是要成心和老人们作对似的，村里的老人一茬茬地离去，老石屋却一直杵在那里，岿然不动。每年进入深秋以后，风开始变得越来越野时，来这里晒太阳的老人便像蚂蚁发现了糖稀一样，从四处慢慢聚拢来，越聚越多。老石屋便随着老人们的说话声而渐渐热闹起来。

谁能想到，现在老石屋旁边的果园已经变成了一片汪洋！

小中巴刚爬上伏里村和马鞍山之间的高坡，我就从车窗看见了那一片银闪闪的亮光。这一片水域少说也得有五百亩，波光粼粼，一眼望不到边。原来的大片大片的树林、高耸的麻庄矿井、宽阔的通往煤矿的麻庄大路都没有了，只剩下白茫茫一片。塌陷波及麻庄，原来果园旁边的苇塘只能看到一点点干枯的苇梢。塌陷地已经和小龙河连接到了一起，果园被淹掉了一大半，坟头和果树都没了，隐隐约约能看到几个漂浮在水面上的树冠，那是祖先和娘坟堆上的柳树梢。看到这些，我的眼泪哗啦一下就下来了。

从小中巴下来，我三步并作两步向果园奔去。到处都是水，坟场没了，列祖列宗的坟头都找不到了。娘的坟头原来一眼就能看到，现在也找不到了。对着一片汪洋，我扑通一声跪在了地上，嘴里一遍遍念着：娘，娘……自从娘走了以后，我一直生活在现实与幻想之中。我总觉得娘并没有走远，她一直在陪伴着自己的三个孩子。我永远也忘不了她临走时抓住我的手，一遍遍地念叨着：娘走了以后我娃别忘了给娘添坟啊，我娃别忘了给娘添坟啊……娘念叨着念叨着就闭上了眼。看着眼前这一汪大水，我以后还怎么给娘添坟啊！我在心里暗暗发誓：一定要给娘和列祖列宗重新寻找一块风水宝地。想着他们的坟墓现在都被埋在冰冷的水下，我心里就像是扎了无数把刀子，充满了钻心的疼痛和深深的内疚。

第二回　刘君山他回忆多灾难的童年

我就是刘君山。虽说是和赵寻根同一年生人，但我辈分大，论起来赵寻根得管我叫叔。俗语说“多年父子成兄弟”，我和赵寻根从小一起光腚长大的，早已是“多年叔侄成兄弟”，管不得什么辈分不辈分了。事实上，这家伙也从来没把我当作长辈过，没大没小惯了，几乎都忘记了麻庄的老规矩。

赵寻根在马路牙子扑通跪下的时候，我正站在麻庄果园的门口。我没想到他会这么在意那些坟头。按说他大小也是一个知识分子，一个在大学里教书的老师，看待这些事情不至于太迷信。他跪下来的那一刻，我意识到赵寻根骨子里还是一个农民。他将来无论成为多么大的人物，都是麻庄的子孙。在麻庄，或许没有谁比我更了解赵寻根了。在麻庄这一拨孩子里面，赵寻根和我走得最近。韩慧慧和赵寻根的关系当然也很近，但她毕竟是个女孩子。女人是不能走进男人内心深处的，只有男人才能了解男人。

赵寻根是一个苦孩子，可以说他是我们这一拨孩子里面最苦的一个。

作为出生在“文革”以后的一代人，我们可以说是生在春风里，长在红旗下，充分享受到了改革开放的果实。不仅如此，我们还是计划生育上升为国家政策后出生的第一代，大部分是独生子女，个个都得到了父母的疼爱。所以，我们中的很多人觉得自己已经是很走运的了。虽然生活在农村，但我们确实没怎么受过苦，起码我们基本上生活在一个太平年代。我们没有像德国电影《我们的父辈》那样，卷入过大的国家战争，也没有遭遇过灭顶的天灾人祸。我们没有挨过饿，也没怎么受过冻。我们是看着《新闻联播》和春晚长大的一代。在我们的心里，祖国真的是一个大花园，作为花园里的花朵，我们自以为开得也还算鲜艳。

但赵寻根是一个例外。

他是一个少有的大例外。

与我们风平浪静的童年生活相比，这家伙的少年时代可谓是多灾多难。

赵寻根是端午节那天早上在老屋出生的。据说这天出生的人命硬，命里克爹娘。他出生的时候，他老爹赵东发不在家，正跟着刘南山的打井队在邻村打井。正打着井呢，赵东发忽然感觉眼前一黑，差点就栽了下去。赵东发感觉自己的脖子有点疼，一摸摸到了一个葡萄样的肉瘤，晶莹透亮，越长越大。见此情景，打井队队长刘南山对他说：东发你赶紧回去歇歇吧，给你放天假。赵东发忍着脖子痛恍恍惚惚往家走。刚走到麻庄村口，一个本家大嫂就喜滋滋地告诉他，老大赶紧去看看！你得了小子了！赵东发一听，喜出望外，顾不上脖子上的疼痛，捂着脖子兴冲冲往家赶。一进屋，看到媳妇刘晓玉怀搂着孩子斜靠在床头，正对着他笑呢。头胎就是个小子，且母子平安，赵东发恣儿得不行，问刘晓玉：你一个人就把孩子生下了？咋这能！刘晓玉点点头，又摇摇头，说：隔壁的五婶听到动静后过来帮忙剪的脐带，还给俺冲了一碗红糖水！刘晓玉抬眼看到了赵东发脖子上锃亮的大包，问：咋的了这是？赵东发说：不知道，今天早上突然就发起来了。刘晓玉看看身边的孩子，说：这孩子来了就挑了个端午的大日子，明摆着是硬命，百毒不侵哪，不知道是不是他给你谶的！你拿根针来，俺帮你挑开了就好了。刘晓玉刚生过孩子，赵东发也没敢让她动手，自个儿到针线筐里找了针,对着镜子把肉包挑破了,里面一下子涌出一摊黑色的脏水。他心里说,这小娃娃倒真是厉害!一出生就谶人!

端午节出生的赵寻根确实火气很大,动不动就哇哇大哭。刚满月那天,他哭个不停,哭声震天,那阵势恨不得把泥坯老屋都哭塌了。一开始刘晓玉以为是饿的,他一哭就赶紧往他小嘴里塞奶头。哪想到赵寻根小嘴一嘬,就立即吐了出来,哭得更凶了。赵东发听着孩子哭声不太对劲,看看刘晓玉说:孩子不会是嘬不出来奶水吧?刘晓玉说:不可能啊,奶水足着呢!说着,把奶头从赵寻根嘴里拔出来,对着墙,用手捏了一下,手还没用力呢,奶水就直直地喷了出来,喷得满墙都是。再把奶头塞进赵寻根嘴里,还是哭,就像嘬的不是奶,是根刺!再怎么哄,都是这样,奶水有毒似的,怎么都不肯吃。刘晓玉又心疼又奇怪,不知道该怎么办,急得直抹眼泪。熬了两天,刘晓玉终于忍不住了,抱着孩子去找村里的赤脚医生。医生拿着听诊器听了半天,又量了体温,最后说:这娃没啥毛病啊。刘晓玉心说娃没病咋会哭个没完呢?又等了两天,赵寻根还是哭,不吃奶还好,越吃奶哭得越凶。刘晓玉叭叭直掉眼泪。隔壁的五婶听说这事儿,跑过来给刘晓玉拿主意,说:伏里村伏羲庙旁边有个专门给娃看病的老中医,是个得道的和尚,专看疑难杂症,你赶紧抱着孩子去看看!刘晓玉不敢再耽搁,叫人去打井队把赵东发喊了来,两个人心急火燎地抱着孩子去了伏羲庙。老中医和赤脚医生到底不一样,他只看了一眼孩子的舌苔,翻了翻舌根,说娃身上的湿气太重,火气太大,把舌根顶发炎了。发炎的地方在舌根,被舌根线挡住了,不仔细看看不到。刚出生不久的小孩子舌头禁不住火气,眼看就要溃烂了!老中医说到这里重重地叹了口气:你们咋不早点来呢!赵东发听老中医这么说,急得汗都出来了。刘晓玉满脸都是眼泪,说:都怪俺,都怪俺!不知道会不会影响娃娃说话?这可咋办?娃要真是成了哑巴,俺可要亏欠他一辈子啊!老中医:说你们也别急,好在这娃娃命硬,舌头只溃烂了一点点，我给他抓几味中药，七天以后再过来，如果运气好，尽早恢复，可能不会影响说话。赵东发和刘晓玉直点头，拿着老中医开的几味药千恩万谢地回家了。

也该是和伏羲庙有缘，吃了三服药，赵寻根舌头果然就好转了。不但没成哑巴，说话还特别溜儿，炮孩子一样，从小就呱呱呱呱个不停。要不怎么说这小子命硬呢！

也得亏赵寻根的命硬，不然他的命可能早就没了。

八岁那年，赵寻根喜欢上了玩洋火枪。洋火枪现在已经见不到了，当年可是我们这一拨孩子人手必备的一大“武器”。洋火枪由粗铁条和废旧自行车车链子以及皮筋等做成。那时候村里会做洋火枪的只有几个人，赵寻根是其中一个，而且这家伙还是自学成才。洋火枪装上火药，在枪管上放一根火柴，扣动扳机，啪的一声响，火柴棍就打出去了。别看这种火枪的个头不大，但威力并不小，我们当时都用它来打在小龙河里游来游去的野鸭和在小树林里探头探脑的斑鸠。

俗话说：常在河边走，哪能不湿鞋？赵寻根喜欢倒腾这些东西，倒腾来倒腾去，最后差点被洋火枪要了小命。玩过火枪的都知道，火枪最需要的就是火药，对我们小孩子来说，那时候火药的来源只有一个，就是趁着过年时节收集鞭炮。有胆肥的甚至敢把家里好端端的鞭炮剥开，把里面的火药收集到一个小瓶子里。这样做的后果往往是被大人一顿暴揍。于是，我们只好费尽心机地满村子去搜集那些哑炮。过年那几天是我们最撒欢的日子，从腊八小年到正月十五，家家户户都要放鞭炮，搜集哑炮的机会特别多。因为全年的火药几乎都要靠这几天的“收成”，村里像我们这么大的孩子那几天都跟疯了圈的猪似的，每天起得比村里早起拾粪的地主老韩还早。老韩一开始很不习惯这一点，每次见到我们都会嘀咕一句：这帮孩子，革命劲头真大！我心说这跟革命能扯上啥关系？这个老地主，怕是被革命小将打怕了吧？那些日子，我们的耳朵和鼻子变得像狗一样灵敏，饿狼一样在村里嗅来嗅去。只要听到谁家有鞭炮响，就挣命般一股脑儿往那儿奔。我们有约定，谁第一个跑到地方，那里的哑炮就归谁。运气不好又心急的家伙往往会捡到那些呆瓜炮仗，眼看着炮捻子都灭了老大一会儿，感觉炮仗不会再响了，捡到手里来，却突然又炸了！这时候手心里留下个黑色伤疤那都是轻的，更严重的还会把手掌心炸开花。赵寻根倒是没被这些哑炮炸开花过，但他更倒霉，他的手被他自制的火药瓶炸残废了，整个左手都差点没保住。

说起来，关于赵寻根的左手被炸这件事，多多少少和我也有些关系。我是村子里第一个开始用透明玻璃药瓶盛放火药的人。为了方便，我还从我娘的针线筐子里找了一个锥子，专门在塑料瓶盖上钻了一个小孔，以便在使用的时候可以直接把药倒出来。赵寻根估计是受到了我的启发，找了个比我的大得多的玻璃药瓶，里面储存的火药几乎多盛了两倍，而且是黑白火药混合，威力强大。他也想在瓶盖上钻一个小孔，他知道我有经验，就拿着装满火药的玻璃瓶子，满村子到处找我。可巧那天我被刘少军拉着躲在韩慧慧家看电视，他没找着。回到泥坯老屋以后，爹娘都不在，他们一早就去前院收拾刚刚盖好的新瓦房了。赵寻根看到煤炭炉子旁边放着一根火钩子，心里想，用火钩子直接在瓶盖上钻一个小孔不就行了吗？他看了看烧得正旺的炉子，就把钩子放进炉子里烧了一会儿，直到把火钩子烧得通红，然后就用左手拿着药瓶，右手举起通红的火钩。火钩子接触到瓶盖子，散发出一股刺鼻的味道。赵寻根本能地松开了手。可还是晚了。火钩子钻透瓶盖子的一刹那，伴随着一股呛人的火药味，玻璃瓶爆炸了，轰隆一声巨响之后，赵寻根的耳朵就什么都听不见了。在半清醒半迷糊中，他看到自己的左手血糊糊一片,鲜血像喷泉一样喷涌而出。他吓得大声哭喊起来。正在前院收拾新房子的赵东发闻声跑来,一看赵寻根的样子就蒙住了。幸亏临近过年,村里人大都待在家里。本家人多,大家轮换着手抱着赵寻根就往镇上医院奔。到了镇上医院,大夫只瞄了一眼就无可奈何地说:孩子的手伤得太重了,镇医院肯定治不了,你们赶紧去枣庄县城!千万不能耽搁!说着,大夫一边安排护士打电话从枣庄医院要救护车,一边用一大卷纱布一圈一圈缠住赵寻根的左手。一卷纱布还没缠完,血水又流了出来。大夫着急地说:别等枣庄的救护车了,你们赶紧到公路上截一辆车去枣庄医院吧,血流得太旺了!

从镇医院跑到公路,正好一辆开往枣庄汽车站的公交车停在那里。赵东发带着哭腔说道:师傅,我们要去枣庄医院!司机一看赵寻根不断往外滴血的手,马上就明白了。他立即发动车子,一路上也不再停站,呼啸着直奔枣庄医院而去。

赵寻根的一个本家四姑在枣庄医院当护士。她得到消息以后早就联系好了手术室,赵寻根一到医院就直接被送了进去。本家四姑担心赵寻根失去知觉,不停地问他:寻根你还认识我吗?寻根你看看我是谁?赵寻根勉强睁开眼睛,弱弱地喊了声:四姑。四姑眼睛红了,叮嘱主治医生一定要尽力。医生打开纱布看了看伤口,摇了摇头说:这孩子的左手恐怕是保不住了!得锯掉!赵东发一听这话腿都软了,他扑通一声跪在了地上:大夫你千万要保住我娃的手啊,这娃绝对不能残废了啊!俺可就这一个孩子啊!医生扶起赵东发,又看了看四姑恳求的眼神,咬咬牙说:那试试吧!先不锯掉!但就怕术后感染。如果这孩子的造化好,手术后没有炎症,他的手就能保住!

赵寻根的手到底是保住了。

要不怎么说他的命硬呢!

后来医生开玩笑说，那个火药瓶等于是一个小型炸药包，而且是黑白药混合的炸药包！赵寻根用烧红的火钩子给密闭的瓶子钻小孔，就等于是拉响了炸药包的引信。火药瓶爆炸这么大的威力，把人炸死了都有可能。赵寻根竟然只损失了一截手指头，真是不幸中的万幸！

看到赵寻根的伤口逐渐好转，四姑心情也放松下来，她故作轻松地对赵寻根说：想不到你这娃小小年纪，还会自己制造炸药包！说得大家都笑起来。只有赵东发还绷着脸，他正为赵寻根的医药费发愁呢。医生说孩子手炸成了这样，最少要在医院里住上个把月。这一个月的住院费和医药费加起来，可不是一个小数目。

赵寻根住院那些日子，整个赵姓家族里的人差不多都来瞧过他。他们有的挎着一篮子自家攒的鸡蛋，有的背着一捆刚烙好的掺了豆面的白面煎饼，还有的买来几瓶较为稀罕的橘子罐头……总之，都来嘘寒问暖。这样的温情一直持续到赵寻根出院。直到他读大学，家族里的人都像凑份子一样，一分一分给他筹钱。这些人，有很多已经去世了。或许正是因为这些，赵寻根才会对坍塌的赵家坟场这么在意。我知道他这次回来的主要目的是什么，但要在麻庄附近再找一块像果园这样的宝地，这又谈何容易？我这几年研究命理学，略懂一些风水，方圆几十里，再也没有像果园这样背靠马鞍山、面向小龙河的风水宝地了。除非把目光看远，跳出麻庄的地界，往伏羲庙和女娲山那边找。但这两个地方似乎都离麻庄太远，再说，在这两个地方找新坟场可要比在麻庄难多了！老实说，我很有些替赵寻根担心。

虽然我和韩慧慧、赵寻根都喜欢写作文，但说句实在话，写作文和搞创作还是两码事。文学创作这件事确实需要先天的条件。不得不承认，在小说创作方面赵寻根的天赋要比我和韩慧慧高得多。对此，我和韩慧慧都有自知之明。别的不说,单是读书这一项,我和韩慧慧就没法和赵寻根比。

赵寻根的爷爷排行老五,是村里的识字大先生,读书多,写得一笔好字不说,单是他的经历,也是村里其他人无法比的,要不,村里人也不会都尊称他赵五爷。别看赵五爷是罗圈腿,走起路来就像是高僧扫地,一步一划拉,但麻庄人谁都不敢小看他。就是现在,在麻庄稍微上点年纪的人嘴里,一说起赵五爷,都啧啧称道:五爷,那自然是没的说!这就是家学的重要性。即便是山野之处,注重的也是“忠厚传家远,诗书继世长”。

赵五爷年轻的时候是麻庄的能人,从事过地下革命工作,到西暨大寺庙打过鬼子,斗过方圆百里的大小地主,但他从没有动手打死过一个人。他年纪轻轻就在麻庄一带赢得了很高的威望,很早就光荣地入了党,还当上了最实惠的麻庄公社的会计。

“大跃进”那几年,赵五爷偷偷留下了一口大锅。有人悄悄问他为何要留一手,他说这不是留一手,也不是不相信公社,更不是不愿意过天天等着要吃饭呢!听他这么一说,别人只有佩服的劲头,没有怀疑的理由。正是赵五爷的这口大锅,在食堂解散之后,不但救了整个家族大小几十口,还为半个村子的做饭解了一时的燃眉之急。从那时开始,大家都更加佩服赵五爷有先见之明了。

赵五爷犯了一个不可饶恕的“错误”,被公社党委开除了党籍。那几年鲁南粮食歉收,为了让孩子们吃饱,五爷从公社粮仓偷发霉的玉米。他自以为做得隐秘,但时间久了,他鼓鼓的肚子瞒不了人,这当然引起了别人的怀疑,也引起了公社书记的注意。于是,当他再次偷偷吞下公社粮仓里的粮食时,他就“原形毕露”了。

党籍没了,公社会计自然也干不成了,但赵五爷毕竟还是赵五爷。

麻庄离微山湖不远,那里有人在偷偷打鱼,贩鱼的人常常在半夜聚拢在微山湖边,挑了鱼,到各自的集市上偷偷卖掉,换取保命的粮食。为了一家人能活命,赵五爷也打起了贩鱼的主意。麻庄不远就是西暨街,那里人来人往,许多人在暗地里交换东西。下定决心之后,赵五爷带上大小两根扁担,带着年纪尚小的赵东发,爷俩摸黑穿过伏里村,走过一片黑坟地,这才敢走上大路,经过常山,过甘家林,到达薛城边上,来到微山湖码头。和打鱼的人用暗语接上头以后,来到岸边不远的一座小木屋,一手交钱一手交货,爷俩各担上两筐微山湖白鲢鱼和四个鼻孔的大鲤鱼,再摸黑原路返回。到西暨古镇时,天色还没亮呢。趁着朦胧夜色,和悄悄偎上来的其他贩子谈妥价格,在黑市交易完毕,爷俩拖着疲惫的身子潜回麻庄。一家老小的命就这样靠着爷俩贩鱼的两根扁担活下来了。

之后赵五爷干起了贩卖干货的生意。那时候,做生意已经不用偷偷摸摸了,可以光明正大地挑着担子在大白天走在麻庄通往西暨的大路上了。那些年,五爷做干货生意赚了不少钱,但没有存下来多少。一是家里吃饭的嘴多,更主要是赵寻根的奶奶走得早,五爷又一直没有再婚。等把孩子一把屎一把尿拉扯大,他却喜欢上了摸纸牌。那些纸牌很奇怪,是长条形的。没上小学之前,赵寻根经常在五爷的床底下翻出这些东西来,一大把一大把拿出来在我们面前炫耀。我回家跟爹说起这事,我爹不冷不热地说了句:当年赵五爷在摸纸牌时丢下的钱,少说也得有几大万哪!要是搁今天,不是百万富翁也得是十万大款!可比今天村里的那些万元户风光多了!可惜啊可惜,五爷赚了那么多钱,竟然没留下来一个子儿,全赌掉了!我在心里说,当年五爷若是能留下哪怕万分之一的钱,赵寻根小时候或许就不用过那么苦的日子了!

但赵五爷给赵寻根留下了书。

据赵寻根说,五爷的床底下藏满了各种好看的书,像《三国演义》啦,《水浒传》啦,《西游记》啦,《明英烈》啦,《七侠五义》啦,《薛刚反唐》啦,《封神演义》啦,还有外国的《母亲》啦,《钢铁是怎样炼成的》啦,《牛虻》

啦……这些书几乎被赵寻根翻了个遍,成了他最好的精神食粮。这些藏书全看完了,他就满村子找书看。我们班刘少军的姐姐刘秀玲曾经在县城摆过几年书摊,后来生意不好,加上又嫁了人,就不再做摆书摊的生意,把剩下来的几箱子书和过期杂志都堆在墙角,时间久了,有的发霉了,还有的被老鼠啃食得支离破碎。一个偶然的机会,赵寻根发现了这些书,宝贝一样都抱了来,昏天黑地地读了整整一年。刘少军那时候在我们这伙人里面声名狼藉,上房揭破瓦爬树掏鸟蛋,用弹弓打碎人家玻璃,有一次还差点打瞎韩慧慧的眼睛,简直是无恶不作,劣迹斑斑。唯独借书这一点,给赵寻根留下了好印象。就因为这,赵寻根很少在我们面前说刘少军不好的话。

那时赵寻根还到韩慧慧家去找书。韩慧慧的爹是村支书,赵寻根在她家的床底下翻出来好几卷白皮的《三国演义》和一本发了霉的崇祯本《金瓶梅》。《三国演义》他没看完,《金瓶梅》却翻了好几遍。虽说是洁本,那内容依旧无比强烈地吸引着他,看着看着,他就不想还了。后来韩慧慧整天跟在赵寻根的屁股后面,要他赶紧还书,还威胁说再不还书她就去告诉韩老海,让她爹在大喇叭里面向全村广播。赵寻根还是不想还她,想要赖,就问她:你是要我还《三国演义》还是《金瓶梅》?韩慧慧说:两个都要还!那可是我们家的书!赵寻根装糊涂,《毛泽东选集》还给你,《金瓶梅》还没看完!韩慧慧说都快一年了,你怎么还没看完?赵寻根说:没看完就是没看完嘛,等看完了再还你!韩慧慧没办法,又等了半年,赵寻根还是不肯还。韩慧慧急了,真把他当村支书的爹韩老海搬了出来,威胁赵寻根说再不还书就真在大喇叭里广播!赵寻根一听就乐了,说:你让你爹去广播吧,你知不知道《金瓶梅》是什么样的书?你爹他肯定不好意思广播!韩慧慧急了,骂赵寻根是癞皮狗。赵寻根说:你骂我癞皮狗,那我就真不还了。我了解赵寻根,他一般不会如此耍赖,他是真舍不得那本《金瓶梅》。再后来,韩慧慧再问他要书的时候,他摊开双手说书让猪拱烂了,吃掉了。韩慧慧气得直蹦。后来我悄悄问过赵寻根,《金瓶梅》是不是真的让猪拱了。他只笑不说话。

那些年,我们手里都有几本小人书,什么《铁道游击队》啦,《小兵张嘎》啦,《草原小英雄》啦,《苦菜花》啦,我们互相都交换着看。赵寻根看得最多,只要被他发现谁手里有小人书,结果只有一个,就是被他软磨硬泡要了去。他看过的小人书,少说也得有上百本。

读小学那些年,我估计赵寻根几乎把全村的书都看完了。有了这些书打底,他作文写得好并不奇怪。

因为喜欢写作,赵寻根还对方格子稿纸产生了兴趣。

在一位亲戚的介绍下,我二姐去济南给人家看小孩。碰巧那家的男主人在省作家协会工作,家里到处都是印有"山东省作家协会"字样的方格稿纸。二姐知道我喜欢这个,每次回家都带回来几大本。有一天,赵寻根发现了我在用这些稿纸写数学,瞪大眼睛说:刘君山,你这个狗眼不识泰山的东西!真是暴殄天物!这么好的方格稿纸你竟然用来列竖式!这可是写文章的稿纸!他看见稿纸上方印着的鲁迅体"山东省作家协会",更是稀罕得不得了,摩拳擦掌急不可待地要拿他手里的其他稿纸跟我换。这小子从来都是敬惜字纸,稿纸都是两面用,从来不敢浪费。为了换我手里的作家协会的稿纸,他宁愿采取三张换一张的折本方式。稿纸换回去了,他又舍不得用。直到小学毕业,上了初中,他还是一张没敢写。或许,那时候"作家协会"这样的字眼对他来说,实在是太过神圣了吧。

赵寻根还跟我换过钢笔。

他就喜欢倒腾这些玩意儿。他喜欢收集坏掉的钢笔,有的钢笔笔芯坏了,有的笔壳裂了,他就把笔芯好的钢笔装上另一支钢笔的好笔壳,这样两支坏掉的钢笔就能重新组成一支好钢笔。他曾经用这样组合出来的钢笔同我置换了好几支好钢笔。对于他的这些小把戏,我当然心知肚明,碍于他家里当时困难的情况，我不好当面作难他罢了。

说到底，我其实不过是想以这种不易察觉的方式，来帮助赵寻根实现他的作家梦。

第三回　赵寻根他新旧对比忆苦思甜

远远地看到刘君山袖着手立在果园门口。我猜他大概早已看到我了，见我跪在路边，不想过来打扰我。

看到刘君山的样子，我哑然失笑。这个刘君山，一直没怎么变，时间在他身上仿佛只是刮过了一阵轻风，没留下一丁点儿衰老的痕迹。他还是那副仙风道骨的模样，与前几年不同的是，他现在留起了八字小胡须，梳着个大背头，既仙风道骨又派头十足。

他看到我，龇牙一笑，冲着身后的石屋喊了一句什么。不一会儿，高高大大的韩慧慧从石屋后面探头出来，边走边系裤腰带，满面尴尬的笑容。

看到韩慧慧，我愣了愣神，勉强笑了笑，硬着头皮继续往前走，边走边在心里说：韩慧慧比以前瘦了，身材更显苗条，整个人高高瘦瘦的，举手投足间更有女人味了。

刘君山中气十足地说了句：等你半天了都！咋这么慢？早知道我骑御用电动车接你去了！我笑笑：小中巴从高铁站一直开到麻庄村头，过来很方便，哪个要你来接。愣了一下，我又说：再说你的东西都是御用品，我可不敢用！刘君山哈哈笑。我看看韩慧慧，她红着脸说了句：赵寻根好久不见了！天太冷了，我刚才到老屋后面避了避风。

我咧开嘴巴笑笑:我又不是什么稀客!你俩咋都来列队欢迎了?搞得我像是多大的人物似的。

韩慧慧也笑,露出两个小酒窝。她扬了扬胳膊,说反正在学校里闲着也是闲着!愣了一下又说:在咱们麻庄村你可不是个大人物咋的!说完,她捂着嘴咯咯笑起来。

三个人往村里走的时候,我发现村里比上次回来又干净了许多。村子的路面刚刚做了硬化,铺上了水泥,干净平整。不消说这是这几年新农村建设的一大成果。刘君山说上边为了这个村容村貌改造工程拨了一大笔扶贫款,去年来了个驻村书记,待了一年,把整个村庄的道路都改善了。现在驻村书记扶贫任务完成了,回到镇上去了。村里的大权又落到刘少军这个坏东西的手里。我笑笑,听他骂刘少军骂得多了,早习惯了。我看到村里靠路边的房子也都重新做了粉刷,看上去很有些小康村的派头。不得不说,这一年麻庄的改变是很大的。

走到村头拐角处,刘君山没头没脑地小声说了句:赵寻根我给你说个事儿,韩慧慧终于答应我要个孩子了!毕竟我们年龄都不小了。愣了一下,又说:你和万晓璐也要抓点紧!再不要就来不及了!我点点头,心里却有些酸,想起了临上大学前和韩慧慧的那一晚,一时间精神竟有些恍恍惚惚。

抬头看看头顶的太阳,天还早,我朝着刘君山晃了晃手里的黑色塑料袋,对他说:按惯例,我还是先回家去看看我爹和老叔。刘君山点点头说:那我们一会儿小学校见。韩慧慧说了句:我去弄几个小菜,一会儿我们边吃边聊。我笑笑。他们知道我每次回来都不大在家吃饭。我娘走得早,爹一开始就一个人过活,一边供养我上大学,一边拉扯着弟弟妹妹。等我大学毕业工作了,让他去城里看看,他也不去,说不习惯城里的拥挤和闹腾。娘走之后的第十个年头,老爹又找了个女人。没承想安稳日子过了没多久，那个女人偷偷卷了些财物，悄悄溜走了。老爹为此郁闷了很长一段时间，他的胸口痛就是那时候落下的。好在不久他又有了一个新女人，日子又慢慢过得活泛起来了。

但老叔的日子过得一直不太好。他出生的那年，正是麻庄大挨饿的时候。虽然有爷爷偷来的粮食充饥，那也只能是勉强活命。奶奶没有一滴奶水，老叔饿了，就只能吃玉米面糊糊。玉米糊糊刷嘴，一开始吃不惯，哇哇大哭。后来饿得狠了，咬牙吃，吃下了就吐。严重的营养不良让他长得十分瘦小。奶奶一共生养了五个孩子，第一个孩子早夭，第二个是我大姑，我爹是老三，接下来是老叔。最后一个是女娃，我小姑。在活下来的四个孩子当中，唯独老叔个子最矮。或许正是因为这个，爷爷一直主张老叔好好念书，无论家里多么困难，粮食总是先紧老叔吃。爷爷做干货生意那几年，手里过的钱多。老叔的生活费总是大把大把地从爷爷钱包里拿。我爹和姑姑也跟着偷偷拿。谁能料到，就是这些偷偷拿来的零花钱，后来竟然盖了一栋三间大房子！

老叔一直坚持念到了高中。在麻庄，像他一样念到高中的很少。可惜的是，因为爷爷曾经受过处分，老叔没有得到推荐上大学的机会。为此，他消沉了很长一段时间。那些日子，他常常一大早就出门，胳膊底下夹着一本高等数学书，自己躲到小龙河边的小树林里，一整天都不出来。他从那时开始，就变得少言寡语起来，哑巴一样，见了人一句话都不说，眼光变得呆滞，从不正眼看人，常常直勾勾地盯着一个地方，一看就是大半天。村里人都在悄悄议论，说赵五爷家的老三因为没有机会上大学变傻了。眼看老叔日渐消瘦，整个人麻秆一样，眼窝深陷，头发支棱着，像个讨饭的叫花子。对此，爷爷看在眼里，疼在心里，却毫无办法。他曾经尝试去找公社书记，那位铁面无私的公社书记说上面有政策，我就是想帮也帮不了你啊！软磨硬泡都不行，爷爷差点就给他跪下了。

不能上大学，个子不高的老叔又没有多少力气可出，地里的活计他也做不了多少。于是爷爷就买了几只羊，让老叔每天赶到马鞍山山半腰去吃草。因为放羊时可以看书，老叔慢慢也喜欢上了这个差事。高中毕业的老叔就这样慢慢成了一个娴熟的老羊倌。

老叔一直没有婚配。爷爷活着时，为了他的婚事，没少费心。一连托了麻庄好几个能说会道的媒婆，把方圆百里地的姑娘打听了个遍，都没有找到合适的人。有几个是人家姑娘没看上瘦小的老叔，也有一两个是老叔没看上人家姑娘。别看他身子弱，骨子里却保留着一个老高中生的傲气，不愿意凑合。这样一来，老叔的婚事就一直没个着落，慢慢地年龄就大了。就像是过季的瓜果一样，拉了秧子就再也没有开花结果的可能了。

直到爷爷去世，也没有给老叔找到合适的人。

那以后，老叔变得更加沉默寡言起来。他一个人住在爷爷留下的老房子里，每天依旧赶着羊群到马鞍山半山腰，腋窝里夹着一本似乎永远也读不完的高等数学书。

在我眼里，老爹和老叔的日子过得都不好。娘走了以后，家里等于塌了半个天，新的女人进到家门来，只会是更加隔了一层。这是我不想在家里吃饭的原因。老叔那边更是如此。

所以，和万晓璐结婚以后，我回麻庄的次数越来越少，来了也很少在家逗留。我每次来麻庄，几乎都是来也匆匆去也匆匆。

近来，不知道是不是和自己的年龄越来越大有关，许多次，我都有回老家待一段时间的冲动。摆弄摆弄土地，种一点儿庄稼和蔬果。闲时和村里的老人们一起蹲在石屋墙根儿晒晒太阳，听他们讲讲村里过去的那些老事儿，或者张家长李家短，那可都是写小说的好素材啊。说到写作，我最大的愿望就是回到老家，沉下身子静下心，拿出当年曹雪芹写《红楼梦》的劲头，写出一部能够传世的作品。顺着这个思路下来，一个在麻庄置办一处房屋的念想越来越强烈。听刘君山说正好麻庄今年要开始搞新农村建设,想在村前的马鞍山脚下盖几十栋小康楼,让住惯了瓦屋平房的乡亲们都能上楼,把原来横着的堂屋偏房锅屋全部变成竖起来的高楼大厦。听麻庄村支书刘少军话里的意思,以后麻庄村就不叫麻庄村了,叫麻庄社区!

我、韩慧慧、刘君山和刘少军都是同班同学,为了房子的事我上个月悄悄给刘少军打了个电话。听到我对小康楼有兴趣,他打着官腔说:买房这事好说,恁大作家要在麻庄小康楼买房,俺们求之不得啊,让小康楼蓬荜生辉啊,到时候一定给个最低价!我把这个想法无意中给万晓璐说了,还没说完呢,她就来了个一票否决,说咱们哪有闲钱去买那种只有小产权的房子!再说你一年在麻庄能待上几天?在那个鸟不拉屎的地方买房,神经病才干这样的事儿!万晓璐不支持,我只好作罢。

很长时间没回来了,二十年前盖的瓦屋似乎比以前颓废了,墙面斑斑驳驳。院墙的墙头上竟然还长出了草。那草刚刚开始返青,有了一点儿淡淡的绿意。年龄渐大的老爹大概已经没有打理它们的心思了。

老爹一个人在家,站在当院里边抽烟边抬头看天。上火车前我给他打了电话。他大概没料到我回来得这么快,看到我时一愣神:寻根你这是开飞机来的吗?我笑笑:爹不知道,现如今的高铁可快着呢!说着把手里的袋子递给他:你上次说彭城的“红杉树”好抽,我给你带了几条!他接过来,把烟头扔到脚下,又使劲用脚尖踱了两下。开门进屋,他把袋子仔仔细细放在堂屋正中间的桌子上。我坐下来,环顾四周。家里新换了沙发,还添置了一个新菜橱。老爹是会过日子的人,娶了新女人以后,更会过了。刚坐下来,老爹拿过我手里的杯子,要给我加热水。我制止他,自己倒满了。这时,不知从哪里钻出来几只鸡,在屋门口大摇大摆地晃来晃去,还不时地向屋子里探头探脑,仿佛看西洋景一样,歪着脑袋,看一眼,低一下头,看一眼,低下头。我指指它们,笑着问爹:既然院子打了水泥地,满地鸡粪很碍眼,为啥不把鸡圈起来养?爹笑笑:鸡粪用水一冲就都没了,他们说散养着的鸡下的蛋才有营养,我寻思着把这些鸡蛋都攒起来,你每次回来就带回去一些,自家鸡蛋吃起来放心,用城里人的话说就是环保健康无公害。我笑笑:爹你还是留着自个儿吃吧。爹顿了顿,从兜里掏出一根烟,又从茶几上拿出火机,点上,深深地吸了一口,又长长地吐出来,咳嗽了两声,带着些许痰音说:你路过村口的时候都看到了吧?我点点头,看到了,村东成了塌陷地了,大半个果园也没了,娘和列祖列宗的坟头也都被淹没了。老爹揉了揉眼睛:寻根你得赶紧想办法找一块好地,把列祖列宗的坟迁走,越快越好!愣了一下,老爹又说:我查看了好多次了,也下水去摸过了,咱家的坟场处于塌陷地的边缘,水下埋得不是很深,等哪天水退下去一些,说不定就能找到那些坟头,把先人们的尸骨迁走。他们在水下多待一天,我这心里就多一天不安哪,以后连添坟都没地方了啊。你想那水下该有多冷!尤其是你娘,活着的时候最怕冷,现在整天躺在冰冷的水下,我夜里睡不着觉啊!爹眼角湿润了。我面露难色:塌陷地越陷越深,水只会越来越大,咋办?爹皱皱眉头说,那就想点办法!全村的人都知道你在外面能得很,也认识区里镇上的几个头头脑脑,如果到头来要是连祖坟都保不住,那还不得丢大人了!爹说着把烟头扔到地上,用鞋底踝了踝说:这次被淹的坟头可不少,大半个村子的祖坟差不多都没了,现在麻庄好多人都在到处瞅风水好的地儿,到处找人换地买地,寻根你可得抓点紧哪。我只得硬着头皮说行,我这次回来主要就是为了这个事儿,爹放心。

我瞥眼看到茶几上放着一个红色封皮的册子,制作很是考究,随手拿过来。爹皱皱眉头说:那是老族长刚送过来的家谱,前些时日麻庄赵姓给老祖竖碑,顺便把家谱也续了。竖碑时,老族长还想让我给你打电话看能不能过来,我寻思竖碑也不是什么大事,怕耽误你上班,就没给你打。谁知，碑才竖好没几天，这坟场就被大水淹了！

我随手翻了翻这本封面写有“麻庄赵氏家谱”的小册子，里面密密麻麻地记录了赵氏家族的谱序、世系录、先世考、传记、坊墓、杂记等。让我吃惊的是，开篇竟然说到了伏羲：

> 中华先祖伏羲（生卒不详），风姓，又写作宓羲、庖牺、包牺、伏戏，亦称牺皇、皇羲、太昊，《史记》中称伏牺。古代传说中中华民族人文始祖，是中国古籍中记载的最早的王，是中国医药鼻祖之一。相传先祖伏羲人首蛇身，与女娲兄妹相婚，生儿育女，他根据天地万物的变化，发明创造了占卜八卦，创造文字，结束了“结绳记事”的历史。他又结绳为网，用来捕鸟打猎，并教会了人们渔猎的方法，发明了瑟，创作了曲子……

家谱中还引用了不少历史资料，以资佐证史实。诸如：

> 《独异志》有云：昔宇宙初开时，有女娲兄妹二人，在昆仑山，而天下未有人民。议以为夫妻，又自羞耻。兄即与其妹上昆仑山，咒曰：“天若遣我二人为夫妻，而烟合；若不，使烟散。”于烟即合。其妹即来就兄，乃结草为扇，以障其面。今时取妇执扇，象其事也。
>
> ……

我一时读得入迷，脑袋中不时闪过一个疑问：伏羲和我们赵姓家族真有什么关系吗？以我有限的知识视野，我知道那是一个神话传说，离我们很遥远的一个传说。

爹看我愣神的样子，说道：你想看就拿走吧，我过后再去老族长那里要一本。我点点头，默默把家谱放进了包里。爹问我在不在家吃饭，我说已经和刘君山他们约好了。爹点点头，没说什么。自从家里有了新女人之后，他知道我每次回来都喜欢待在小学校，我在那里念过书不说，更主要是可以和刘君山他们边喝酒边聊天，喝多了在小学校的宿舍倒头就睡，没有人打扰。

小学校在村子正西，靠近西边的麦地。因为在村子西边，麻庄人习惯性地称这片麦地为家西田。这是麻庄最大的一块水田。麻庄每次重新分地，最受瞩目的也是这里。水田周围有密密麻麻的水渠，干旱时节可以引来小龙河的水灌溉。这是麻庄丰产丰收的重要保障。为了分到一块好地，经常会有人发生口角，动手打架。麻庄人打架是真打，往死里打那种。手边有什么拿什么，抓钩子，铁锨，叉子，摸起来就下重手。什么都摸不到的，就摸满地都有的石头。这是小时候的记忆。那时水田就是一家人的命，都是拼来的。现在麻庄的年轻人都往外走，种地的都是像老爹老叔这样的上了年纪的人。有的一家子都出门打工，对这块水田基本上就没有什么感情了，任由它荒着，不太在意什么收成不收成了。

学校不大，就两排瓦房。前面一排是五间大教室，后面一排是办公室和宿舍。空荡荡的操场占去了大半个校园，操场西南角横着几个水泥台子制成的乒乓球案。那里曾经是我和刘君山最喜欢的地儿。我们都喜欢打乒乓球。那时候整个村子里都找不到一副完整的球拍。没有球拍我们就自己造。最理想的材料就是风箱两边的木板。把废弃的风箱木板拆解开来，用铅笔在上面画一个乒乓球拍的模样，然后一点一点锯掉周边，一个最简易的自制木板球拍便成了。这种球拍不可能有什么弹力，乒乓球落在上面砰砰直响，用这样的球拍当然也不可能打出多么漂亮的回旋球。至于没有球网的问题，那就更好解决了，我们就地取材，用随地可见的砖头整齐地排成一行,便有了世界上最结实的球网。别看设备简陋,我们照样打得满头冒汗热火朝天,津津有味。那时候的生活,是多么简单快乐!

一路上几乎没碰到什么人。经过这么些年的常抓不懈,计划生育政策在麻庄成效显著,村里的适龄儿童要比我们那时候少得多。所以现在小学校里的老师也不多,房子很宽裕,就是旧了点,有的还是危房。房子闲着也是闲着,虽说刘君山和韩慧慧都住在本村,他们还是在学校里各要了一间宿舍。这里看书清静,可谓是远离麻庄纷扰的一处清幽之地。

今天是周末,小学校没什么人。我直奔刘君山和韩慧慧的宿舍。韩慧慧正弯着腰在宿舍门口剥蒜苗,她那高高撅起来的圆滚滚的屁股看上去有些突兀。记得上小学的时候,她的个子就已经很高了,身材苗条得像村口石屋旁的那棵小白杨。那时候她的屁股就特别突出,大而圆,鼓鼓的像一个刚充过气的大皮球。麻庄老娘们儿称这样的屁股为鸭子腚,走路一摇一摆,很是招摇。看着眼前的这一切,我想起了临上大学的那一晚,禁不住心潮澎湃起来,脚下的步子一时间竟有些乱了方寸。

听到我的声音,韩慧慧转过身来,笑呵呵地说:刘君山今天非得要自己下厨,说我炒的菜不对你的味!我伸头往宿舍瞅瞅,刘君山正在给炉子换煤球,旁边的桌子上已经摆上了好几盘子菜。我对韩慧慧说了句:随便弄两个菜吃吃就行,干吗这么麻烦?韩慧慧笑笑:知道你爱吃蒜苗炒鸡蛋,就再弄一个。听见说话声,刘君山走出来,拍拍手上的煤灰说:这煤球炉子,没个一点球劲!我从包里拿出四瓶红酒,递给他。

你没留给老爹?他问我。

他不爱喝这个,今天专门来听两位老同学的高见,特地给你们带来的。这么长时间没在一起唠唠,咱们今天把这四瓶都干完!我笑着说。

我们能有什么高见?韩慧慧嘴角上扬,你赵寻根都是那么大的作家了!

没等我说话,刘君山指指红酒上的商标对韩慧慧说:这可是好酒,这次可以多喝点!

韩慧慧皱了眉头,这个酒醉人呢!

人生能得几回醉?醉了就睡!刘君山一脸的坏笑。他直到现在都不知道我和韩慧慧之间曾经有过的事儿。韩慧慧不给他说,我自然也不愿意拿这个已经过去许久的事儿伤他。

蒜苗炒鸡蛋出锅,一股香气四溢开来。我嗅了嗅鼻子,腮腺立即分泌出了一股酸水。这个菜,是我的最爱。

我们三个人坐下来,边喝酒边说话。

我问刘君山知道麻庄矿是怎么塌的吗,刘君山摇摇头,具体不清楚,但听说是过度开采。我说,麻庄矿不早就停了吗,咋还在开采?韩慧慧插话说,说是停了,其实没停,还在偷偷扩大生产,这两年煤炭的价格不是疯涨吗!那里还有将近一百个矿工呢!听说都挖到咱们麻庄村底下了!不然这次塌陷也不会这么厉害!你不知道那天夜里的情形,轰隆一声巨响,比咱小时候经历过的郯城大地震都厉害!整个麻庄感觉都要翻了个儿了!塌陷的时候我差点从床上滚下来。幸亏刘君山拉住了我。煤矿塌陷之后,一片汪洋,什么都没有了!我点点头,不说话了。刘君山哼了一声又说:咱村也乱得很,你看看这个小学校,房子年久失修毁得厉害,都快成危房了,给刘少军说了,他也不管。我皱皱眉头:他不是要搞新农村建设吗?还要盖小康楼。刘君山撇撇嘴。韩慧慧接话说:也不能这么说,刘少军也有他的难处!刘君山嘁了一声,面有愠色地问韩慧慧:我就奇了怪了,为啥我每次批评刘少军你都护着他呢!韩慧慧脸色微红,不说话。我说了句:我这次回来要给列祖列宗寻个新坟场,说不定还得有求于刘少军哪。刘君山紧咬着嘴唇,犹豫了一会儿,说道:如果你真想在麻庄拿地重建坟场,你也用不着求着刘少军这个狗东西。你不是和区里领导熟悉吗,让区领导直接发话！理他刘少军作甚！韩慧慧举起酒杯:来,喝酒喝酒,死后的事儿咱管不了,孔子不是说了吗,“未知生焉知死”,我们还是聊聊寻根的小说吧！

三杯酒下肚,刘君山话就更多了。他说赵寻根你的小说写得好是好,可以说在你们同一拨作家里面是最有实力的,但你知不知道,你的作品有一个很大的问题？我摇摇头,这家伙的话吊起了我的胃口,夹了一半的蒜苗炒鸡蛋我也放下了,示意他继续往下说。他打了个饱嗝,看了看韩慧慧,说:我和韩慧慧都有一个感觉……韩慧慧打断他:你就先说你的意见,别扯上我,我一会儿自己说。刘君山尴尬地笑笑:好好好,那我就说我自己的看法,我的意思是赵寻根你不能老写咱们村过去那些事儿,就是写你也得写一写咱们这些年轻人哪。写老一辈你能写得过陈忠实,你能写得过《白鹿原》？就算你能写得过陈忠实,写得过《白鹿原》,你还能写得过曹雪芹,写得过《红楼梦》？你还是写写咱们改革开放以后出生的这一拨年轻人,把咱们自己的精气神写出来！我点点头,看看韩慧慧。韩慧慧咳嗽了一声,红着脸说道:我也是这么个看法,你确实该写写我们这一代,写写你自己。像你这样的,从小在农村长大,读大学后进入城市,可以说是典型的身体在城市,精神在乡村,灵魂在路上的一代。我很有些吃惊地看着韩慧慧,不相信她能说出这么富有哲理的话来。看来,这几年她还真读了不少书。韩慧慧大概被我看得不好意思起来,低下头不说话了。我再看看刘君山,他对我点点头,又点点头,表示对韩慧慧的说法非常认可。

过了好大一会儿,他俩都不说话了,只喝酒。

我说你们都不说了,那我就说说我的想法吧。你们俩说得都没错,我不能老写麻庄过去那些事儿,我要写点自己从乡下到城里的事儿,写一写我们被城乡之间所撕扯的灵魂,捋一捋我们的精神来路。其实下一部作品我早想好了,就想写咱们这一代的精神轨迹,从盘古开天伏羲女娲开始,挖挖咱们精神的根儿！

刘君山和韩慧慧互相看看,一起举起杯:这个一定有意思,我们支持你!

也不知喝了多久,我竟然迷迷糊糊地睡着了,醒来后发现自己躺在韩慧慧的床上。外面一片静寂。只有两只蛐虫偶尔发出吱吱声。我看看表,已经是夜里十二点多了。此时精神却出奇地好,我干脆起来洗了把脸。环顾四周,我想找本书看。突然想起包里面的那本《麻庄赵氏家谱》,我便在灯下翻看起来。

刘君山一大早就赶了来,抱着一锅玉米糊糊,说:韩慧慧知道你喜欢喝玉米粥,刚熬出来的,好喝着呢,你趁热喝了吧。我心里一热,多少年了,韩慧慧竟然还记得我给她说过的话。我告诉刘君山,今天上午没什么事,想到伏里去走走,看看那里的风水,给新的坟场定定位,顺便也找找伏羲的遗迹。刘君山点点头说:今天我有三节作文课,抽不开身,就让韩慧慧陪你去吧。我说你们谁都不用陪,我自己能找到地儿。这时韩慧慧从门外进来,说了句:还是我带你去吧,今天我没啥事,而且伏里那地儿变化大,你自己去不一定能找到想看的东西。我只好点点头。刘君山见我有思想负担,笑了笑说,反正你在这儿也待不了几天!我们家韩慧慧也伺候不了你多久!我笑笑:你真了解万晓璐,我临来时她早有交代,这次最多只给我一周假!

喝完玉米糊糊,我和韩慧慧就出发了。她从屋里推出一辆老款"飞鸽"自行车,带横梁的那种。我对韩慧慧说,这样的车子现在已经不多见了!她笑着问我:你带我还是我带你啊?我脸色一红,想起上中学的时候,有一次韩慧慧自行车坏了,我自告奋勇带着她回家,在过西暨街路口时被一辆迎面驶来的拖拉机晃了一下,我们俩一起跌倒在路边的水沟里,弄得满身都是泥,狼狈不堪。见我不作声,韩慧慧说了句:还是我带你吧,进城这么些年,估计你骑自行车的技术更不行了!说完捂着嘴巴呵呵笑。我担心村里人的眼光，对韩慧慧说：哪有女人带男人的，还是我来骑吧！我扶过车子，不由分说骗腿上车，韩慧慧没办法，嘻嘻笑着坐上了后座。

自打进城，自行车确实骑得少了。除了上大学时偶尔骑上几次，带着一个心仪的女同学去过几次郊外，毕业留校以后基本上就没有骑自行车的机会了。认识万晓璐不久就买了车，到哪里都是以车代步，原来的自行车都堆放在楼道里，早已经是锈迹斑斑。

不知道是因为后面坐着高高大大的韩慧慧，还是这几年我身体严重发福，到了村口上坡的时候，气力跟不上，蹬了一会儿，我就有点气喘如牛了。韩慧慧在后面哧哧地笑。我俯下身子，使劲蹬脚踏板。这时，韩慧慧环腰抱住了我。我浑身不自在起来，四下里张望了一下。好在我们已经出了麻庄，这会儿路上几乎没什么人。韩慧慧已经嫁作他人妇这么多年，没想到她还是这么大胆。她的举动，不禁又让我想起了上大学前的那一晚。

我读高三那一年，正是家里最困难的时候。为了贴补家里，高考一结束，我就跟着一个亲戚一起到一个建筑工地去打小工了。那年整个暑假我都是待在工地上，直到收到大学录取通知书，我才和工头结了账，回家做读大学的准备。我能考上大学，在村里人看来是一件很大的事。我爹说：自打你祖爷那一辈起，我们老赵家就没再出过什么大人物，都盼天盼地盼着能出个状元，到你这一辈，咱老赵家的祖坟终于冒了烟了！我跟爹说：大学生和状元可是两码事。爹固执地说：我问过村里的裴瞎子了，他说现在的本科大学生就是以前的状元郎，两者差不多！我不想在这个事上和爹较真。娘走了以后，他既当娘又当爹，一把屎一把尿把小我一旬的弟弟和妹妹拉扯大，累得腰也弯了，背也驼了，如果我考上大学能让他高兴，他说啥就是啥好了。

我考上大学的消息很快就传遍了麻庄，韩慧慧是第一个跑来家里向我祝贺的。那天，正好爹和弟弟妹妹都不在家，她进门就说：赵寻根我早说过你能考上大学！怎么样，我说得准不?！她说着递给我一件毛衣:这是我自己学着织的，留你上大学穿。彭城那边的冬天要比我们这边湿冷得多，这是羊毛的，穿在身上暖和。我推搡了一下，不肯接。她硬塞到我手里。临末了，红着脸问我:今天晚上你陪我一起去跑跑步吧？吃完饭我在南场边上等你！我点点头，一种巨大的幸福感充满了我的全身。

晚上我到南场的时候，韩慧慧已经在那里等了一会儿了。她看到我，说了句:怎么这么慢，蜗牛一样！还以为你不来了呢，人家刚要走。我笑笑说:时间不早了，别跑步了，我们就在南场上走走吧。韩慧慧笑笑:好吧。南场上密密麻麻到处都是麦秸垛，我和韩慧慧向着南场另一边走去，那里视野更加开阔，可以看到广阔的玉米田。南场最边上有一棵枝叶繁茂的老梧桐树，我们靠在它粗大的树干上，抬头看着天空。微微的月光照耀着鲁南平原大地，几颗星星在遥不可及的夜空闪烁。八月的热风夹杂着麦秸香暖暖地吹拂在脸上，透着一股股惬意。我和韩慧慧一直在不停地说话，从小学时的作文课到中学时的文学社，从油印刊物《地平线》到琼瑶的爱情小说，我们还说到了未知而美好的大学。韩慧慧说:大学里的生活一定很精彩，听说在大学只需要学习自己感兴趣的东西，想看什么书就看什么书。我哑然失笑，在心里说:如果韩慧慧不那么早地迷恋琼瑶的爱情小说，或许她也能考上大学的。要是她也能考上中文系，至少在读书这方面是可以"为所欲为"的。在大学中文系看小说，那可是理所当然的学习啊。

不知什么时候，韩慧慧的手碰了我一下，我们的手很自然地就绞在了一起。在月光下，在那棵梧桐树的影子里，正处于青春期的我们情不自禁地紧紧抱在了一起。我们的身体再也不听从大脑的使唤，它们径自离开，然后互相亲吻着，抚摸着。我不知道自己为何失去了理智，仿佛那一刻灵魂已经出窍。我拉着韩慧慧的手向着最近处的麦秸垛跑去，温暖的带着甜味的风开始变得灼热起来，我们的身体也灼热起来，像两只巨大的火球，被身体的黑洞裹挟着，挟持着，融入了无边无际的黑暗当中。韩慧慧后来说，那事怎么不像琼瑶小说里写的那样美好啊？除了疼痛根本就没啥感觉嘛。

这就是我和韩慧慧的第一次，也是迄今为止唯一的一次。

第二天，我就去彭城的师范大学报到了。大学里的另一种风景深深地吸引了我，我很快就将韩慧慧抛在了脑后。大一那年，韩慧慧给我写过几封信，她在信中告诉我她已经去了枣庄县城，读了当地的一所高职。一开始，我们还经常联系，后来随着时间的推移，我们之间的联系就渐渐地少了。现在想来，我其实是一个十足的坏人，我对不住韩慧慧。在韩慧慧这里，我有罪。

小心，前面有一条大沟！韩慧慧一声大叫打断了我的回忆。我们已经离开大路，开始沿着山间小路往山上走。韩慧慧不放心，从车后座上跳了下来，说还是推着车子走吧，这路太窄了。我知道她怕摔，笑着对她说：你对我就那么不放心？韩慧慧脸色一红，没说话，半天小声说了句：你呀，从来就没叫人家放心过！说完就捂着嘴笑。我脸色一红。

第四回　韩慧慧她就是薄命知己红颜

我承认我喜欢过赵寻根，直到现在我对他还有那种感觉。

和刘君山结婚这么多年，我还是没能把赵寻根从心底最深处彻底赶出来。有好多次我和刘君山做那事时都出现过幻觉，错把刘君山当成了赵寻根。奇怪的是，每次出现这种幻觉，我的感觉就特别好。我知道这样对刘君山不公平，但又能有什么办法呢？我能控制住我的身体，可我控制不了我的脑子啊！

要说赵寻根身上有啥吸引我的地方，好像一下子也说不上来多少。他有才华，喜欢写作，这一点当然是我所喜欢的。但更加触动我的可能还有他那坚毅不放弃的精神，他面对苦难时的坚韧不拔。在我们这一拨孩子里面，他遇到过的困境是最大的，有些是我们所无法想象的，可他都咬着牙一一挺过来了。他最痛苦的那段时期，我都能听到他时常咬紧牙关的咔咔声。我很同情他，也努力想方设法帮助他。

我愿意帮助他，还有另外一个原因。听我爹说，我们家和赵寻根家还有着拐弯抹角的亲戚关系。按理，我该管赵寻根的娘叫姨。因为她名字里有个玉字，我都是喊她玉姨。玉姨在我们村里是长得最好看的一个，她嫁过来那会儿，村里好多人都对东发叔竖过大拇指，夸赞他有福气，娶了个大美人。更让人嫉妒的是，玉姨不但人长得好看，人也贤惠，待人接物落落大方，大事小事丁丁卯卯，从来不会乱了分寸。父贤母慈，赵寻根上小学之前，弟弟妹妹都还没有出生，家里的日子过得有滋有味。

小学三年级的时候，赵寻根有了弟弟，接着又有了一个妹妹。因为计划生育抓得紧，玉姨那两年不得不到处东躲西藏，担惊受怕。那时候，一出去躲藏，赵寻根就得跟着去，拿着手电筒给玉姨照路。他们一般都会去三十里地以外的三姨家。夏天还好说，冬天下了雪，地湿路滑，很不好走。有一次，又是下大雪，那雪下得可真大，棉花团一样，砸在地上砰砰砰直响。偏偏镇上负责计划生育的人这时候下来检查，玉姨匆匆忙忙抱上孩子，喊醒还在熟睡的赵寻根，摸上手电筒，匆匆绕开大路，抄村西的小道进入麦田，沿着麦田田埂，艰难地往三姨家赶。下着大雪，加上刮着西北风，玉姨和赵寻根根本睁不开眼睛。玉姨紧紧抱着孩子，叮嘱赵寻根走慢一点，别摔着。赵寻根并不担心摔跤，他担心的是明天早上还能不能按时上学。半路上，要经过一片松树林。松树林很大，里面遍布着大大小小的坟头。此时，松树冠被大雪覆盖，个个都弯了腰。借着雪反射的光，可以很清楚地看到那些隆起来的坟包。赵寻根走在前面，有些害怕。玉姨知道赵寻根害怕，就让他紧紧抓着自己的衣角。

正是那几年东躲西藏，寒来暑往，让玉姨的身体落下了病根。尽管如此，他们家最终还是没逃过违反计划生育的惩罚。镇上负责计划生育的人还是发现了麻庄有人超生，一口气下了好几张罚款单，限期交款。东发叔没办法，咬着牙交完一大笔罚款，又去镇上医院结了扎。这之后家里的底子就彻底垮了，负担陡然加重。

那个时候尽管日子苦一点，一家人还是常常苦中作乐，紧巴的日子里还能听到笑声。很快，弟弟妹妹也都能脱开身了，玉姨让东发叔去西暨街买了三头小花猪，养了大半年，出圈以后，换了一笔不小的钱。玉姨接着又买了五头小猪。这样过了两年，家里的日子眼看着又慢慢宽裕起来。

人都说福祸相依，月盈则亏，赵寻根家的好光景在他考上初中那一年戛然而止。那一年，玉姨忽然得了一场肺病，喘得不行。一开始，玉姨没有太在意，只是到村里的诊所拿了一些药，吃了不管用，才不得不咬着牙去镇上医院打针。等病情稍微好转些，她就不再往镇上跑了。玉姨说家里大大小小、灶前锅后都得打理，哪有工夫去医院呢！半年之后，病情复发，玉姨依旧只是到镇上打了几针就算了。这样反复多次，最后终于喘得实在厉害了，气管像拉风箱一样，呼呼直响。尽管如此，当东发叔要带玉姨去枣庄县城看医生时，玉姨仍旧不肯，依然坚持说：去镇上医院打打针就行了，去枣庄县城看医生那得花多少钱呢！咱娃寻根正在上中学，两个小娃还不能完全脱开身，用钱的地方多着呢！可不敢乱花钱。就这样，玉姨拖了又拖，病情也越来越严重。直到赵寻根读高三那一年，玉姨肚子疼得已经直不起腰来，才不得不住进了枣庄医院。

枣庄医院就是赵寻根小时候因为炮仗炸手曾经住过的那家医院。

赵寻根说他们家跟这家医院有缘，他自己因为玩炮仗炸了手来过这里，想不到现在玉姨又住到了这里。此时他的本家四姑还在这家医院上班，给了他们不少的照顾。住进最方便的病房不说，还把能减免的医药费尽量减免了。这些年家里几乎被罚款和玉姨的病情拖垮了，亲朋好友也都借得差不多了，再也掏不出看病的钱来。东发叔没办法，只好把未长成的猪秧子卖了。因为发愁，正值壮年的东发叔一夜之间头发就白了一大半，人也变得更加沉默起来，整个人像一根木头一样，很少言语了。

看着躺在病床上的玉姨，再看看唉声叹气的东发叔，还有无人照料的弟弟妹妹，赵寻根此时已经无心读书考大学。他悄悄地把铺盖卷搬回了家，打算自己找个地方打小工，挣钱给玉姨看病。

因为不在一个班，我听到赵寻根想退学的消息时，已经是他离开学校三天之后了,心里替他着急,跑了几个地方,问了许多人,都不知道他在哪个工地上打工。

找不到人,我下课就在医院里守着。我知道,赵寻根一定得回来看玉姨。

这天,赵寻根到医院来,被我抓了个正着。我就当着玉姨的面劝他:赵寻根你还是继续回学校读书吧,眼看就要高考了,你成绩又这么好,一定能考上很好的大学。赵寻根不想在病房里讨论这个问题,示意我出去。走出病房,赵寻根双手抱着脑袋,蹲在地上,不停地抓着头发,很痛苦的样子。他带着哭腔对我说:我娘都病成这样了,你让我怎么能安心读书?再说,现在家里这个样子,我就是考上大学又能怎么样?从今年开始连师范类大学都开始收学费了,家里哪有钱给我交学费!没等我说话,玉姨不知什么时候站在了病房门口,她指着赵寻根说:孩子你要回去上学!家里越是困难,你越是要咬紧牙关好好学习,要参加高考,现在咱们这个家唯一的盼头就是你了!赵寻根满脸眼泪:我去上学谁来挣钱给你看病啊!我咬紧嘴唇,把赵寻根从地上拉起来,对他说:我去问我爹借钱给玉姨看病,你回去上学!等你考上大学,真没有钱交学费了,就让我爹给你交!赵寻根泪眼模糊地看了看我,目光渐渐变得坚定起来。不管我的话能否兑现,至少对他来说是一种鼓励。

后来我听说赵寻根的班主任和其他同学也来劝说过他,说他是班里最有把握考上大学的,如果真放弃高考就太可惜了。

赵寻根终于又背着铺盖卷儿回学校了。

我能想象那些日子对于赵寻根来说是多么地难熬。面对家里的压力,面对玉姨日益严重的病情,他没有退路,他只能咬着牙坚持到最后。

俗语说,苦心人,天不负。真是天不欺人。高考一个月以后,赵寻根的大学录取通知书下来了。那天,当邮政局的两个送通知书和喜报的人出现在麻庄村口，我就知道赵寻根的好运来了。在石屋门口拉呱的老人们很少能看到邮政局的小轿车，只是邮递员骑着自行车偶尔来一趟村子。这次不一样，不仅来了小轿车，还有两个穿着浅蓝色制服的姑娘。她们身上披着红色的绶带，一个手里捧着鲜艳的喜报，另一个手里捧着鲜红的录取通知书。她们在村口询问赵寻根的家在哪里，坐在最边上的裴瞎子指了指村子，边清理喉咙里的浓痰边说：靠东头那一家！看到姑娘还是一脸的茫然，旁边的刘南山站起来，拿起地上的马扎，说：走！我带你们去！不远！

刘南山问两个送喜报的姑娘：你们是来给寻根娃送喜报的吧？这孩子命苦得很，如今终于考上大学了！可算是脱离了苦海了！两个姑娘红着脸，说这个通知书耽搁了一些时间，地址写得不清楚，一开始送到了别的地方，发现送错了以后，领导赶紧让我们加急送过来。

赵寻根正在家看书。听到外面的动静，连忙走出来。看到门口已经站着不少人，乡亲们都听说了赵寻根考上大学的消息，都为他高兴，有的还抹起了眼泪，喃喃自语着：可算是熬到头了！可算是熬到头了！两个送喜报的姑娘把通知书交到赵寻根手里，看看周围的情况，已经猜出了赵寻根家里确实困难，其中一个说了句：这喜报是你的中学让我们送来的，他们说钱可以由你来付，也可以由他们来付……你们家困难的话……这时，旁边的五婶说：全村就属他家最困难！另一个送喜报的姑娘听了这话说：没关系，这钱中学会给，就是不给也不要紧，我们是来报喜的，考上大学是天大的好事，再次祝贺！说完，两个人就上了邮局的小轿车，走了。赵寻根对着她们的身影，深深地鞠了一个躬。老乡们都抹起了眼泪。

赵寻根是麻庄第一个考上大学的，这个消息自然轰动了整个村子。大家都为赵寻根高兴。赵东发更是激动得直搓手，背着手挺着胸在村东走了一圈又一圈。赵寻根考上大学终于让他在村子里扬了眉吐了气，腰杆儿挺得更直了。还躺在医院里的玉姨听到这个消息，病仿佛也一下子好了许多，因为肚子疼而弯下去的腰身终于也能直起来了。但很快，一家人又陷入了恐慌当中。赵寻根考上大学自然是好事，为了省钱，又能保证毕业后找到工作，他也早打算好报考师范类大学。那样的话，不仅能保证毕业后公家分配，上大学时还可以按月领到师范生补贴。可从这一年开始，大学招生开始并轨，无论是不是师范生，都要交学费。对于赵寻根这样困难的家庭来说，这一笔数目不菲的学费从哪里来？家里已经是家徒四壁，连给送喜报的辛苦费都拿不出来，怎么可能拿出供养他上大学的钱？

玉姨的病情很快进入更加严重的阶段。医生说她的病已经没有办法看好了，在医院里待着也于事无补。听到这样的话，东发叔知道玉姨已经去日无多，自己偷偷跑到医院的角落里抱头痛哭了一场。哭完了，他擦干眼泪，很平静地办好了出院手续，把玉姨接回了家。我去家里看玉姨时，发现她整个人变得更加瘦小，吃饭越来越少。她和家里人一样，每天只能就着咸菜喝一点玉米糊糊。玉姨说，自从她生病以来，家里几乎就没闻到过肉味。眼看着她的身体慢慢垮下去了，赵寻根的家里渐渐连买菜的钱都没有了。隔了一条大路，不远处就是一家豆腐坊。以前赵东发还经常差使赵寻根去称上一斤豆腐，给家里改善改善生活。而现在，只能隔着院墙闻闻豆腐香了。豆腐坊的四奶奶知道赵东发眼下到了难关，时不时地会送来一大碗豆腐渣，让他们炖萝卜条吃。豆腐渣是做豆腐的副产品，虽说不像豆腐那样有营养，但对于赵寻根一家来说，这已经是很难得的美味了。

有一次村会计给我家送来一筐鱼。我知道玉姨和赵寻根都喜欢吃鱼，就挑了几条最大的放到一个黑塑料袋里，顺便到不远的菜地里薅了一把蒜苗，送到赵寻根家里去。东发叔去村里新开的砖厂做工了，只有玉姨在家里。玉姨那时已经非常憔悴，说话也是有气无力。她看见我说：慧慧你拿这些来干啥？他们爷仨不在家，我想做也做不了。我含着眼泪说：这鱼是给你补充营养的！我来给你做！玉姨苦笑了一下，说：我这个样子还补什么营养，补了也白搭，还是留给他们爷仨吃吧。我擦了擦眼泪，默默地把鱼放进了锅屋。

赵寻根上大学以后，玉姨就开始卧床不起了。不到两个月，她就走了。她走的时候一遍遍地念叨着赵寻根的名字，说：俺儿咋还不回来看看呢？俺儿咋还不回来看看呢？娘这就要走了啊，你咋还不回来呢？……小姑来家里看玉姨，她看到玉姨的第一眼就流泪了，对赵东发说：哥，你赶紧想办法通知寻根回来吧，再晚他娘俩就真见不着了。东发叔哽咽着说：怕耽误寻根上课，就一直没给他打电话。赵寻根得到消息后，一路大哭着从学校往家赶。在村口一下车，就一路狂奔起来，终于赶在玉姨闭眼之前见了一面。玉姨拼尽了全身的力量，睁开眼睛，看了看赵寻根，嘴唇哆嗦了半天，只说了一句话“孩子你可回来了”！就再也说不出话来。赵寻根握着玉姨已经瘦成皮包骨头的手，眼泪汹涌而出。

当天夜里，玉姨走了。

赵寻根后来对我说，他永远都忘不了玉姨临闭眼时对他说过的那句话：孩子你千万别忘了给娘添坟！

那天，整个村子都听到了赵寻根给玉姨喊路时那如同狼嚎般的声音：娘去西南大路啊，西南大路好走啊！娘去西南大路啊……

为了不耽误赵寻根上大学，发丧的日子就定在了第三天，只给办丧事的人留了一天的准备时间。

麻庄至今还保留着互相帮手的好传统。这一点尤其体现于办红白喜事的时候。村子里一旦有哪家要办红白场，半个村庄的人都会过来帮忙。因为和东发叔有一点亲戚关系，我爹一直在帮着打理各种事情。他那时还是麻庄的村支部书记，谁家有事都要请他来当大老总。何况这次是沾亲带故的赵东发，他当然更要尽心尽力。这边安排人看好墓穴，那边赶紧打棺材。还有搭厨屋，撑案板，买焦炭，扯大篷，缝孝衣，等等，事无巨细，都要安排下去。最重要的是要尽快差人通知所有的亲戚,不能有一处遗漏。白事不比红事,一定不能失了礼数。

发丧前一天,我和刘君山从枣庄县城匆匆赶回来。一回来就直奔灵棚,我看到赵寻根一身重孝,失魂落魄一样,两眼呆滞无神,见谁也都置之不理。我含着泪对他说:赵寻根你可要挺住啊!他似有似无地看了我一眼,歪了歪嘴,蹲在棺木前放声大哭起来,边哭边用手捶打着棺木,嘴里喃喃说着:我对不起娘,我是个罪人!我对不起娘,我是个罪人!我想安慰他,但碍于人来人往的场合,只能陪着他一起哭。刘君山想做点什么,瞅瞅四周,却又插不上手,只好去了刚搭建好的厨屋,找点事做。

麻庄办丧事的规矩,每有人来哭丧,孝子孝媳就要出来磕头谢客。因为赵寻根还没有成家立业,只能一个人给男客磕头。我心里想,要是自己能以孝媳的身份出来谢女客就好了。但我知道这是不可能的,一方面我和赵寻根没有那层关系,这在麻庄老人的眼里是不合规矩的;另一方面即便是我提出来,赵寻根现在是大学生了,用村里人的话来说,他已经是大学士状元郎了,他的眼里哪还能装下我这个小村姑?

玉姨发丧那天,天落了小雨。

全村的人差不多都出来了。往常麻庄谁家发丧,大家出来多半都是为了看个热闹。这次不一样,许多人都是抱着同情心来抹一把眼泪的。赵家接连摊上了两件大事,赵寻根考上了大学虽说是好事,但玉姨这么年轻就离开了人世,却叫人心痛。

在发丧的队伍里面,哭得最厉害的是赵寻根的小姑。玉姨嫁到麻庄的时候,一开始和赵五爷一大家子都住在一起,和小姑处得特别好。赵寻根出生以后,她帮玉姨带孩子最上心。姑嫂两个人在一起无话不谈,每次该做饭了,玉姨总是问小姑:愿意做饭还是愿意带孩子?小姑总是选带着寻根玩。她可不愿进锅屋,夏天热死冬天冷死。她比玉姨年纪小,知道玉姨处处让着她，才愿意在玉姨跟前撒撒当老小的娇。大姑也哭得厉害，毕竟玉姨走得太早了。虽说玉姨嫁过来时她也已经远嫁到另一个山村，但毕竟每年回来看五爷时都能处上一些时日，玉姨的脾性好，知道体谅人，哪个不感到惋惜？

在哭丧的队伍里还有一个女孩子哭得特别伤心。好多人都以为那是赵寻根的女朋友。他们说现在大学生很早就开始谈恋爱，赵寻根可能也会如此。我心里清楚那不可能。但我还是想方设法打听了一下，确认那个女孩是赵寻根的一个不远的表亲。那表亲的年纪和赵寻根差不多，瘦瘦高高的，长得甚是标致。人说"女人俏，一身孝"，这话一点儿都不假。

那时候，我已经隐隐约约地意识到，我和赵寻根之间可能不会有什么结果了。我们之间的差别越来越大，而且天各一方，赵寻根放假多半时间都是留在学校里做家教赚取生活费，我们一年到头没有几次见面的机会。而且他自始至终都没有说过要娶我的话，虽然我们早已经越过了男女之间的最后一道红线，但在这样一个开放的时代，那又有着多少意义呢？

安葬完玉姨的第二天，赵寻根就回学校去了。他很痛苦，在家里多待一天就多一天的痛苦。到处都是玉姨的影子，他躲也躲不掉。他要回到学校去疗伤，那伤口伤得太深，一直在流血。陌生的环境，或许能早点让伤口结上疤。

看着赵寻根远去的背影，我心里很清楚，自己和赵寻根的距离只会越来越远。老实说，在高职的时候也不是没有男孩子追我。我们班一共二十几个男生，有一多半都请我看过夜场电影，有五六个想带我去开房，但他们最后都没有得逞。有一次我喝多了，被班里最帅的一个哄上了床，但在最后的关口我还是清醒了过来。他跪下来求我。我问他：是求我嫁给你呢，还是求我满足你？他愣住了。说实话如果他没有犹豫，如果他说愿意娶我，我那时候肯定会答应他。哪怕那仅仅是一个谎言。

职高那几年,刘君山也来找过我。他倒是没有使用班级那些男孩子的惯用套路,每次来都只老老实实地请我吃饭。而且吃饭也不知道找个好一点的地方,随便在一家路边馆子就凑合了事。他或许觉得我们之间已经很熟悉了,没有必要再过多破费。他那时读书读得两眼发直,要不怎么说刘君山身上有一股子呆气呢！这个呆子对我也一直没有进一步的表白,我也就装糊涂一直和他保持着不远不近的距离。

职高三年,我和赵寻根的联系几乎全靠着书信往来。一开始我们的信件还算稠密,几乎每周都有一两封信。赵寻根从我的信中得悉县城里大大小小的变化,他也常常要求我把麻庄里的大小事情都告诉他。我告诉他东发叔精神已经变好了许多,他比从前更加富有同情心了。听我爹说,有一次下大雨,他一个人闷在家里喝酒,忽然听到门外有人叫门。开门一看,是个衣衫不整蓬头垢面的叫花子。他不但没有赶他走,还把他请进屋里来,两个人竟然一块儿喝完了一斤酒。这事很快就被村里的人知道了,都夸赵东发心善。对此,赵寻根在信中只淡淡地说了一句话:我爹他可能是太孤独了吧。

那时候,去收发室拿信是我最为期盼的事情。慢慢地,赵寻根的信越来越少,从每周一封,到每月一封,再到一学期一两封。他说自己在读书写作,没有时间给我写那么多信。他说自己把学校图书馆里的名家作品差不多都读完了,最喜欢左拉和巴尔扎克的小说。受这些作品的影响,他也开始写起了小说。写他自己的苦难,写麻庄的那些传说。这个时期,他的每一封信几乎都在追问同一个问题:失去了最爱的亲人,我们活着的意义又是什么？如果不追问人生的意义,我们像总统一样活着,和像叫花子一样活着,又有何不同？我们如果只是作为一具行尸走肉,那和一条狗、一只猫又有何区别？诸如此类的追问常常让我无言以对。我发现自己越来越难以和他对话了。我知道玉姨的离开对他的打击很大,他一直觉得自己太自私，不顾及玉姨的病情而去上了大学，他为此感到深深的内疚。他说是自己命硬，克死了玉姨。他说自己是一个有罪的人，他要用自己的生命去赎罪，去偿还，他愿意早早地离开这个世界去陪伴那个世界里的玉姨。他给我寄来他写的那些关于玉姨的小说，直看得我泪流满面。

渐渐地，我已经跟不上赵寻根对灵魂和命运的思考。他在文学的路子上也走得越来越快，越来越远，我和刘君山都难以望其项背了。

大学毕业前的那一年寒假，赵寻根回麻庄过年。我和刘君山一起去看他，三个人的话题竟然都说不到一块儿。赵寻根满脑子的文学思想，刘君山三句话离不开命理学，而我，关心的则是赵寻根心里究竟有没有我哪怕一丁点儿的位置。最后，我们三个人只能默默互相注视着对方。沉默许久，赵寻根说了句：我们去小龙河滑冰吧！今年冬天特别冷，小龙河的冰肯定结得很厚。那天，我们三个人一下子变回了小孩子，回到了童年，在小龙河的冰面上疯跑着，飞快地滑着。我蹲在冰上，让赵寻根和刘君山一边一个，拉着我的手一起往前跑，他们两个使坏，跑着跑着，忽然同时松开了手，冰面太滑了，惯性又大，我滑翔的速度有增无减，吓得我闭着眼睛大声尖叫着。情急之下，我一屁股坐到了冰上，身体打了好几个转儿才慢慢停下来。赵寻根和刘君山乐得眼泪都出来了。

这两个坏蛋，一点儿都不懂得怜香惜玉。

这是我们三个最后一次如此放纵，如此快乐。

大学毕业，因为成绩优秀，赵寻根毫无悬念地留校工作了。工作以后，他回麻庄的次数更是越来越少。后来，我听东发叔说他找了一个城里的女朋友，感觉自己彻底没机会了，这才答应嫁给了刘君山。

第五回　赵寻根他要去看伏羲女娲山

相比麻庄的规模来说，伏里只能算是个小村。从村东走到村西，估计用不了十分钟，也就百来户人家吧。村子就坐落在伏山脚下。这个村的房屋有一个特点，就是建筑材料多是就地取材，用青石板搭建而成。这样的一个村子，和外界的感应不是很多，也不灵敏。或许因为一重重大山的缘故，这里的信息相对闭塞。对于这样的一个小山村来说，这世上只有两种日子，一个是电视里的日子，一个是眼前的日子。无论外面如何地动山摇，这里仍然岿然不动。

庆幸的是，这里终究没有被“外面的日子”所遗忘。近年来，改革开放的东风终于吹进了鲁南大山深处。不知从哪一天开始，斑驳的墙面上突然刷满了“乡村振兴奔小康”之类的标语，村干部们开始活跃起来，跑东跑西。昨天还在伏里村前村后和镇上的人一起拉皮尺丈量土地，今天就跑到伏羲庙周围，东瞅瞅西看看，在那里盘算着什么。嘴里嘟囔着：上头有钱了，做点什么呢？上头给了这么多钱，做点什么好呢？伴随着他们的唠叨声，这里的村容村貌也迅速得到了一些改善，砖瓦房逐渐多了起来。但一些老宅子仍旧还在，比起砖瓦房来，老人们还是更愿意住在这些老屋里。青石板房虽说没有砖瓦房整齐好看，但冬暖夏凉，用老人们的话说就是适合咱们这些山里人。遗憾的是,在风雨侵蚀之下,这些老屋到底显得破败起来了。年轻人是不屑于住在这样的房子里的,在电视的蛊惑下,要么扛着被褥行李毅然决然走出了山窝窝到城里去打工,要么义无反顾地搬出老宅住进村里新建的康居楼。韩慧慧指着路边那一排排三层小洋楼告诉我,现在那些小楼大部分都还空着,是上面的工程。我皱起眉头:村里人为啥不住进去?盖都盖好了!韩慧慧笑笑:这些康居楼建在了伏里的新村,一些老人说那里的风水不好,他们念旧,还是喜欢待在老村里。我看着那些矗立在风中的小楼,说道:新村和老村几乎挨在一起,离得不算远嘛,风水能有多大区别?韩慧慧说:我哪懂这个?好像区别就是隔了一座伏羲庙!她从我手里推过自行车,说穿过村庄就可以看到伏羲庙了。我在心里说,这次来正要看看伏羲故里的风水,没想到新村旧村如此之近的距离,风水竟然会有如此之大的差别。看来,这里面的学问大得很呢!下次还是得带着懂行的刘君山来。

在村口遇到几个老人,韩慧慧和他们打招呼,大爷大叔地叫着,他们的喉咙里有些含混不清地咕哝着什么。有一个看着我说:城里来的吧?来看看伏羲庙?这几天来看庙的人可多着呢,年轻人是该多看看,伏羲女娲可是俺们的老祖宗哩!我对他笑笑,心里说这些老人真有意思,他们守着老祖宗过活了一辈子,从来没有因为这座庙得到过什么,现在终于因为伏羲女娲而有了些许的自豪感。虽说麻庄和伏里村离得并不远,可我竟然从来没有来过一次。上大学之前日子太穷了,没有心思来看;大学毕业以后留在了彭城,回来得很少,每次回来都是匆匆忙忙,当然也是没有时间来看看。人哪,就是这样,都以为故事在远方,哪知道最美的故事就在眼前。总是以为别处的风景才是好的,才值得一看,哪知道在不经意间忽略了身边最好的风景。

拐过一道弯,伏羲庙终于呈现在眼前。与想象中的样子不同,这座中华始祖伏羲的庙宇并不是很大,相反,它看上去甚至有些过于狭小了。大门上的红漆已经脱落,整个建筑外墙也是十分斑驳,一块白一块黑,一副年久失修的样子。唯有院子里的两棵古树还是郁郁苍苍,透着几分古意和生机。进入院子,只见一个老妇人站在当院,手里端着几炷高香。她的年纪应该不小了,脸腮深陷,那是牙齿脱落的结果。她看我们进来,脸上的皱纹开裂,露出一副很和蔼可亲的笑脸,问我们:小两口上不上香啊?这伏羲神仙灵验着呢!你们今天给他上了香,保准明年这个时候就能抱着娃娃来!我面红耳赤地看看韩慧慧,她红着脸摇了摇头,对老妇人说:大娘你误会了,我们不是夫妻,是同学!只是来这里看看,不烧香!老妇人叹了口气,嘴里嘟囔着说道:现在的年轻人啊,咋就不知道敬敬先祖呢?我和韩慧慧相视而笑。

整个伏羲庙由三座青石板房组成,最中间的屋子中立着一尊须发茂盛的伏羲像,甚是威武庄严。伏羲像前放着三个草垫,那是专门给跪拜的人准备的。我笑着问韩慧慧:你要不要拜一拜?刘君山跟我说你们正想要个孩子!韩慧慧嘴一撇:你以为是想要就能要的?都准备这么多年了,不也没个结果嘛!再说这里也不是随便拜的,要先烧香的!愣了一下又说:要拜也是为你拜,愿你能早日为老赵家的祖坟找到一块满意的风水宝地!说完,她从刚才的那个老妇人手里买了两炷高香,自己拿一炷,塞给我一炷,说你也拜拜吧,离地三尺有神明!我接过香,学着她的样子,双手举过头顶,对着伏羲像拜了三拜。

伏羲庙两边各有两间低矮的屋子,布置成了展室,墙上挂满了写有各种历史传说、图文并茂的画图。从展示出来的资料得知,现在看到的这个建筑只是最早伏羲庙极小的一部分。原来的伏羲庙依傍山势,南北走向,利用山坡层面,呈上中下三路布局。据说,明末清初鼎盛时期庙内司祭有一百三十余人。每年农历三月三、十月初一是祭祀人祖的盛大庙会,祭拜者满山遍野难以计数。只是随着时间流逝，伏羲庙年久失修，终致逐渐萎缩成现在这副模样。

作为伏羲的故里，麻庄周边有许多与伏羲女娲相关的历史遗存，除了伏山、伏羲庙，还有磨脐里、阴母娘娘山弯、古龙沟、大九峪、小九峪等。伏羲和女娲都是人首蛇身，在鲁南地区出土的画像石中，清楚地再现了伏羲和女娲交媾的情形。伏羲和女娲被誉为中国的“亚当”和“夏娃”，其丰功伟绩，在伏里村口口相传，一直从远古流传至今。据说，七千多年前，鲁南曾发生过一次很强烈的地震，作为部落首领的女娲率领民众抗震救灾。其事迹经后人夸张演变后，就成了“炼石补天”。“造人”和“补天”经过代代相传，到炎黄时期，基本上传遍了华夏地区。

伏羲女娲的神话在鲁南的传承脉络十分清晰，如传说中女娲炼石补天的地方、女娲生活处、女娲部落遗址等。可以见出，伏羲、女娲等人物和事迹是东夷族群里的真人真事，只不过被后人神化了。鲁南是正宗的东夷文化的核心区域。先期的东夷文明创造了中华地区华夏文明的启蒙文化，北辛文化位列新石器时代的最上层，这个区域的历史文化独树一帜，氏族族群至少在这个区域生活了两千年左右。后来，这个区域的始祖文化逐渐向外扩散到全省乃至中原地区。自此以后的相当长的一段时期，尤其是鲁南及苏北地区一直保持着与黄河中上游相区别的相对稳定的历史文化传统。

所有这些，让我更加认定麻庄所在的区域是一块难得的风水宝地。这块风水宝地就是我从小长大的地方，它的一山一水、一草一木都和我的生命息息相关。娘临走前的那句“勿忘添坟”的叮嘱时刻在我耳边回响。因此，对于祖先坟茔的安置，我不敢大意。自从坟场塌陷以后，我对于刘君山所说的风水学产生了兴趣，用刘君山的话说，祖坟是风水学里重要的一部分，它不仅是人死后物质肉体的归宿，而且还是子孙后代祭奠祖先的一个精神场所，同时也是影响子孙后代繁衍生息的一个隐形磁场。如此说来，兹体事大矣。

出伏羲庙门，把自行车存放在一个老乡家里，我和韩慧慧继续往山上走。我想爬到伏山山顶，一览伏羲故里全貌，也看看麻庄周边的总体地形。

或许是爬山的缘故，韩慧慧有些娇喘，她把手递给我，说：赵寻根你就不能拉我一下吗?！这荒山野岭的又没有什么人！你还怕谁看见不成?！我笑笑，没听说过古人的教导吗？“君子慎其独也”，越是没人越是要自律啊！韩慧慧直撇嘴：就你知道得多！她的这个撇嘴的动作让我想起了她上学时的样子。我伸手拉住她。虽然一直没怎么离开麻庄，韩慧慧却很少有摆弄农具的机会，她上面有两个哥哥，家里劳动力多，平时根本不用她下田。因此韩慧慧手臂的皮肤白皙而柔软，她的手指很滑润，像一条蛇一样，一不小心就会滑出去。韩慧慧紧紧扣住我的手，边努力往上走边对我说：赵寻根你知不知道，关于伏羲故里，其实是有很多争议的！甘肃、陕西、河南，还有我们这边，都有伏羲的传说。我点点头：以前看过一些这方面的书，但最近开始接触咱们这边的一些史料之后，我确信伏羲一定和这里有着密切的关系。鲁南地区的中国史前文化保存着一个完整序列，在中国现有的全部考古发现中，到目前为止只有鲁南地区积淀着中国远古历史和中国文化的雏形，山东以及黄淮地区最古老的史前文化——北辛文化、东夷文化的起源地都在咱们这里，这个区域是唯一拥有黄帝陵、黄帝故里、女娲、伏羲这些上古神话人物的地方，这些都是可以从古籍记载和遗址现实两个方面相互印证的。东夷形成了完整谱系的四个发展阶段：北辛文化—大汶口文化—龙山文化—岳石文化。在中国现有的全部考古发现中，一个狭小的区域内能形成中国史前文化完整序列者，到目前为止，只有鲁南地区。可以说，这里是中国人的祖先几十万年来时间最长、最稳固的生活区域，这里积淀着更多的中国远古历史和中国文化的雏形。

我说得头头是道，韩慧慧点头如鸡啄米，她犹豫着说：你要真想写这些,还是要谨慎些好,毕竟要研究很多史料。我笑笑,不置可否。前面就到了山顶了。我使劲拉了韩慧慧一下,让她和我肩并肩站在一起。

山顶风大,含着一丝热气,吹在身上很舒服。站在山顶往下看,整个伏里和麻庄地形尽收眼底。伏山周围高低起伏,一片郁郁葱葱,青石板房错落有致,万亩田畴宛若一块块绿毯,平铺在大山之间。山脚不远,有一个巨大的湖,在阳光的照耀下,闪着明晃晃的银光。那就是小有名气的伏羲湖,也叫伏里湖。在伏羲湖不远处,有一个高耸出来的土丘,韩慧慧指指那里说:那就是传说中的伏羲女娲合磨点——老磨台。我的眼前再次浮现那个神话传说。作为中华民族的始祖,伏羲女娲不仅率领先民战天斗地、征服自然,更为瑰丽神奇而传唱不衰的还是伏羲女娲兄妹为孕育人类而滚石成亲的故事。远古天地玄黄宇宙洪荒人类灭绝,为了繁衍后代,本为兄妹的伏羲女娲欲结为夫妻,但又觉得羞耻,便向上天祷告,若两山的云烟聚拢即为天意所使,话音刚落,云烟果然聚合。女娲又提出第二个条件即滚磨成亲,两人分别从伏山山顶各把上下一扇石磨滚放下来,两磨果然合在了一起,不仅"天作"而且"地合",伏羲女娲终于下定决心结为夫妻。站在伏山山顶,我似乎听到那萦绕在山水合抱之地的古老歌谣:

伏羲山,伏羲山,
天连水来水连天。
多咱哭到黄水干,
黄水干了立人烟。
……

这古老歌谣所唱的,正是伏羲和女娲结为夫妻之时的情境,那时候,水漫天地间,洪水灭绝了一切活物……

正沉浸在这样的遐想中,韩慧慧碰碰我的胳膊说:我去那边解个小手,你帮我看着,别万一有人来。我笑笑:这荒山野岭的,哪有人!韩慧慧也笑:连你也不许看!我点点头,一脸坏笑地说了句:又不是没看过。韩慧慧不说话了,满脸通红,去了不远处的一棵大松树下。过了一会儿,她喊我:赵寻根,你过来。我愣了一下,犹豫着走过去,看到韩慧慧斜躺在松树底下一片草地上。她笑着说:你也躺下来,很舒服。我有些脸红,问她:你也不嫌凉?韩慧慧说:今天天暖和!我犹豫着慢慢在她旁边坐下来。韩慧慧拉了我一下,佯装嗔怒状:人家是让你躺下来,不是坐!我摆弄了几下草丛,嘟囔了句:这草……韩慧慧小声说:怎么,你是不是嫌草脏啊,那你躺到我身上来……她的声音很小,却像一声惊雷。我嘴张了两下,说道:我不能再对不住刘君山啊!以前那是因为你们还没确定关系,现在你们已经……韩慧慧打断我,闭上眼睛,说了句:既然十年前你就对不住他了,现在还多想什么!这话戳到了我的心窝,麦秸垛的情景再次浮现在眼前,一时冲动之下,我三下五除二解开了韩慧慧的衣服。韩慧慧边喘息边喃喃自语着:让我们也来一个滚磨成亲吧,我就是那远古的女娲,你就是那远古的伏羲……

我知道,自己这一生或许再也忘不了伏羲山了。

我问韩慧慧:和刘君山结婚这么多年,你们咋就一直没要成孩子?韩慧慧脸色暗淡下来,声音很低地说:其实我们也想要,但一直怀不上,也不知为啥。愣了一下,韩慧慧又说:如果明年再要不上,我想就放弃算了,年龄也渐渐大了,都成高龄产妇了。我点点头:或许很快就会有了。我犹豫着问:你和刘君山就没去医院检查检查?韩慧慧摇摇头:刘君山不愿意去,我也没办法。韩慧慧话锋一转:你呢?为啥到现在也没要孩子?我低下头:可能是万晓璐有一点问题,去医院检查说有一根输卵管不通,我们基本上放弃了。韩慧慧不说话了,愣了半天,又说了句:现在科技发达了,应该可以手术的，再说，不是有试管了吗……我苦笑，抬头看遥远的天。

下山的时候，韩慧慧突然说了句：要是咱俩能有个孩子该多好！我大惊。她看我一副手足无措的样子，笑笑：看把你吓得！你放心，即便是怀了你的孩子，我也不会告诉任何人！我看着韩慧慧一脸笑容，也不知道她的话是真是假。

回到学校，已经很晚了。放学以后，小学校里异常安静。在学校操场西北角，有一个破烂的篮球架。刘君山正和几个没回家的学生打篮球，篮球砸在破烂的篮板上，发出砰砰的声音，在寂静的校园里，是那样幽远。

麻庄小学校一开始并不是建在这里。最早的小学校址是在地主老韩家的大院。那家大院的情形我记得很清楚，就在麻庄中间偏西，占据着村子最好的位置。大院是三进门的，每一进的院子都很宽敞，房屋也很高大，全是青砖瓦房。这在当时的麻庄，是独一家。老韩家的院墙最高，上面还抹了许多玻璃碴子。太阳一出来，那些玻璃碴子就闪闪发光。我们不怕果园的花椒树，也不怕麻庄砖厂的大狼狗，更不怕麻庄矿上的铁栅栏，地主老韩家的这些玻璃碴子更挡不住我们。趁着中午没人看见，以刘少军为首，我们几个人曾经偷偷翻墙潜入过老韩家的院子。刘少军的手被玻璃碴子划了一个大血口子，血水淌得呼啦呼啦的，但这小子愣是忍着没出声。那是上小学的前一年。我们都知道第一进的房子早已经被充了公，第三进房子住着老韩一家人，只有第二进房子，是空着的，村里人都说里面藏着老韩家的金银财宝。虽说老韩的家财已经被瓜分殆尽，但总还会留下点什么好东西。我们的目的很简单，胃口也不大，只想去找几个外圆内方的铜钱，给喜欢的女孩子用来做鹅毛毽子。

那天中午很热，跌喽龟不厌其烦地“热了热了”地叫着，在我们听来，那叫声就像是在给地主老韩报信，分明在说：“知道了，知道了！”刘少军第一个从院墙上跳到了当院里。我们几个人犹豫着不敢跳，院墙太高了，也怕地主老韩发现。刘少军在下边小声喊:没事,你们跳啊,这院子铺的是泥砖,很软和!我指指地主老韩的第一进院子。刘少军很有把握地说:老韩正搂着他的小老婆睡觉呢!不会发现的。地主老韩在鬼子来到麻庄那一年娶了邻村一个不满十四岁的女娃娃,虽然还是个孩子,出落得却如同出水芙蓉一样,腰软得就像小龙河的水草。在我们这拨孩子眼里,即便是现在,地主老韩的小老婆依然是麻庄少有的大美女。

在刘少军的怂恿下,我们一个个都跳下来了。院子里有一棵老槐树,枝繁叶茂,遮天蔽日,跌喽龟的叫声就是从那茂密的树丛里发出来的。老槐树把太阳光都遮住了,院子里有些阴凉。正是夏天中午最热的时候,我们却直感到后背发凉,都有些畏缩,不敢上前。刘少军胆子大,去推堂屋的门。那门竟然是虚掩着的,轻轻一推就开了。随着屋门打开,一股凉气从里面冲出来。刘少军打了个寒战,把头探了进去。过了半天,他回转过身子,脸色变得煞白,指着阴森森的屋子哆嗦着嘴唇,却说不出一句话来。我们都很奇怪,再看看刘少军的裤腿,已经被尿湿了一大片。我们好奇起来,猜测刘少军一定看到了什么特别可怕的事情。一时间谁都不敢上前,都呆愣在老槐树下。过了好大一会儿,刘少军突然瘫软在地,一副想哭却又不敢哭的痛苦样子。我们几个鼓足勇气,想去拉他起来。刘少军示意我们不要动,大吸了几口气。过了一会儿,腿终于可以挪动了,他一言不发地站起来,推开了通往第一进院子的门,再从第一进院门逃到了大门外。我们几个人赶紧跟着他跑出来。刘少军这才哇哇大哭起来,边哭边说:有鬼,有鬼,他妈的里面有鬼!我们面面相觑,追问他都看到什么了。刘少军惊魂未定,大口喘着气说:我看到了鬼!妈的,太吓人了!幸亏你们没看到,不然非吓死你们不可!他这么说,我们更奇怪了:你到底看到了什么?刘少军说:一口棺材!一口大棺材!里面还躺着一个人,那人还活着呢!我当时看见他翻了个身!妈的,太吓人了!听刘少军这么说,我们都吓得不轻,但转念一想，鬼怎么会在大白天出现呢？村里老人讲，麻庄果园里面也有鬼魂，他们都是半夜才出来，鸡叫之前就会消失。按照这样的说法，刘少军怎么可能会大白天在地主大院里见到鬼呢？我们你一嘴我一嘴地议论来议论去，感觉刘少军看到的一定不是鬼，是人！刘少军听了我们的分析，觉得有道理，说我看那个鬼的确有点儿像人，现在想想，怎么觉得有点儿像地主老韩呢？可是如果是老韩，他一个大活人，怎么可能会大白天躺在棺材里？我们决定再回去看看，确认一下躺在棺材里的到底是不是老韩。

这次我们不用翻墙而进了。老韩家的两进大门都被我们打开了，我们光明正大大摇大摆地走进了院子。当走到老槐树底下时，听到树叶簌簌的声响，我们还是有些胆怯。虽说我们推测那个躺在棺材里的人不是鬼，但谁都不敢贸然向前。还是刘少军胆儿肥，刚才给吓得不轻，他要弄清楚那到底是不是老韩，如果真是老韩，他准备带领我们一定痛打他一顿，出出恶气。在麻庄，镇压地主老韩是天赋人权，再正常不过的事情了。门依然虚掩着，这次刘少军不再是轻手轻脚的，而是猛地一推，然后大喝一声：老韩你个狗东西给我滚出来！奇怪的是，没有任何回应，再一看棺材，里面什么也没有。环顾四周，只有阴森森的空屋子。刘少军傻眼了，我们也都呆愣在那里：这他妈到底是怎么回事儿啊？

回去的路上，我们都一言不发。

我把这事儿讲给刘君山和韩慧慧听，韩慧慧说肯定是老韩在装神弄鬼。刘君山说听老人们说过，农会批斗老韩时，刘少军的爷爷是农会负责人，他经常一个人去老韩家里批斗他，老韩从此落下病根，只敢睡在棺材里了。对此，我和韩慧慧都将信将疑。刘少军的爷爷到现在都活得好好的，老头儿几乎算是麻庄年纪最大的老人了，但身板依然硬朗。他喜欢钓鱼，没事就拿着刘少军从城里给他买来的那杆玻璃钢鱼竿去小龙河钓鱼。老头儿很和善，见谁都是一副笑呵呵的样子。

地主老韩被批斗的事儿我们的确都听说过，也知道他曾经被斗得很不成样子。农会就只给他和小老婆两个人留了三间房，其余的房产都被充了公。“文革”后不久，第一进房子被改造成了麻庄小学。直到我报名上小学那一年，新的小学仍旧没有建好。本家的一个大哥带我入学报名时，仍旧是在韩家大院。报完名去看教室，一屋子全是石桌石凳。那时正是夏天，屁股坐在冰凉的石凳上，很舒服。可惜，等到开始上课的时候，新的小学就盖好了，我们便都搬了去，桌子凳子也都换成了木头的了。

在操场打篮球的刘君山看到我和韩慧慧，远远地朝我招招手，让我也过去打篮球。我自知打篮球的技术很差，便微笑着回绝了，回屋继续看《麻庄赵氏家谱》。

从伏羲庙回来，我对访古和堪舆的兴趣更加浓烈了。根据史料记载，伏羲与女娲为兄妹关系，后为繁衍后代而结为夫妻。史称“女圣主”的原始先祖女娲氏，在《帝王世纪》《太平御览》《说文》《春秋世本》等几十种古籍中均有记述。《淮南子》中记述：往古之时，四极废、九州裂、天不兼覆、地不周载。火烂焱而不灭，水浩洋而不息……于是，女娲炼五色石以补苍天。这和民间传说的“天塌地陷”如出一辙。所谓天塌，就是天降陨石，世人称作“流星雨”。在离麻庄不远的阴平镇红土埠遗址西北方文峰山，至今流传有“补天台”的传说。峰顶有四块巨石，传说是女娲炼石补天剩下的石头。

由此可知，远古时的女娲很可能活动在鲁南金陵山一带。

我已经看过了伏羲庙，决定再去看看女娲冢。女娲的坟茔应当是周边风水最好的地方，看了女娲冢，或许就知道风水宝地究竟为何物了。

正琢磨着，刘君山满头大汗地进来，见我坐在桌前发愣，笑笑说：看来咱们的大作家这次真要写出一部惊天地泣鬼神的大作品了！我苦笑：那部作品早就被一个叫作曹雪芹的人写完了！刘君山点点头，又摇摇头，边拿毛巾擦脸边说:《红楼梦》惊为天人,可惜不是咱们小老百姓的生活。你挖挖咱们的根,写一部咱们这些小民的精神史! 我挑开话题:明天我想去看看女娲冢,也看看那边的风水,为祖坟新址做一个参照。刘君山想了想说:正好明天没课,我陪你去! 那地方我还从没去过呢,一起去看看! 我点点头。和韩慧慧的藕断丝连,让我在刘君山面前感觉不大自在,对他有着莫名的愧疚感和负罪感。他和韩慧慧至今没有孩子,韩慧慧猜测是刘君山身体有些问题。但刘君山身体明明很健壮啊,这究竟是怎么回事儿?

从麻庄去女娲冢,要到麻庄正东的西暨镇公交车站坐车。

西暨古镇,在我们的童年留有美好的记忆。那些好吃的好玩的东西差不多都来自这个小小的古镇集市,尤其是每年的四月和十一月,西暨古镇要举行两次大的集会,如同庙会一样,方圆百里的乡亲都会来"赶西集"。什么辣汤、油条、煎包、蒸包、羊肉汤、丸子汤、面筋汤,好吃的好喝的应有尽有;什么杂耍团、说书的、唱戏的、耍猴的、玩皮影戏的,还有各种小人书,好看的好玩的一应俱全。不但我们小孩子喜欢"赶集",年纪大的人也喜欢到集上解解闷儿,小时候我们经常唱起的一首童谣,说的就是这个。我记得那童谣这样唱道:

小老头,赶西集,
买了一对小公鸡,
吃鸡肉,喝鸡汤,
留着鸡毛扎风箱。

很巧合的是,西暨之地,虽然与集市有关,但其得名却是源于此处在商代时期的一个古国——暨国,后世又传称其为蔇国,或者称为既国。可见,西暨是个名副其实的古镇。

西暨以北,原来是和麻庄矿连接在一起的大块平原,现在因为煤矿塌陷,已经变成了一片泽国。这片水域西到麻庄果园,东到西暨古镇,足有几百亩地。麻庄矿位于麻庄和西暨之间偏北,是枣庄中兴煤矿的一部分。中兴煤矿1878年经洋务大臣李鸿章奏请创办,慈禧太后、光绪皇帝御批兴建。中兴煤矿命运坎坷,历经了帝国主义的觊觎、新旧军阀的勒索,抗战时期与日寇顽强抗争,新中国成立后积极实行公私合营,屡败屡兴,百折不挠,终于走上了新时期的发展之路。十年前,麻庄地下的煤炭资源日渐枯竭,随同中兴煤矿的转型发展,麻庄矿也不断地裁减人员。原来麻庄有许多人在矿上工作,男人们能吃苦的就去地下挖煤,工资最高;不愿意吃苦的就留在地上当保安,工资当然比挖煤少得多,但图个心安;村里的老娘儿们也不闲着,去矿上洗衣房和餐厅打小工,一天也能落个三十五十的工钱。麻庄矿规模缩减以后,基本上没有多少生产能力,工资也越来越少,麻庄的青壮年也就不再盯着身边的这份工作,纷纷远走他乡。有的跟着中兴煤矿转战内蒙古、青海和新疆的大煤田,有的甚至还去了孟加拉国和印度尼西亚;还有的干脆放弃了"煤黑子"的活路,去了广东和深圳打工,一去就是三五年,连过年都不回来,只捎话说那里的钱很好赚,当个保安都能月入七八千。小青年们有的在那里安了家。

麻庄矿衰败以后,曾经有过要倒塌的传言。但终究没有坐实,时间一久,麻庄人也就不相信这个说法了,渐渐放松了警惕。矿上也没有太把这个当作什么大事儿,只是减了产,但采煤机并没有停下来。就这么维持了几年,直到麻庄矿轰然倒塌,殃及麻庄东头的果园,赵家的坟场瞬间沉入了水下。一座中型煤矿,就这样灰飞烟灭了。

今天不逢集,西暨镇上人不多。穿过镇子时,街道两边的理发店和商场正在不停地重复播放着一首震天的歌曲:

出卖我的爱
逼着我离开
最后知道真相的我
眼泪掉下来

出卖我的爱
你背了良心债
就算付出再多感情
也再买不回来
……

刘君山和着音乐的节拍,也跟着小声哼哼,脸上挂着一丝不易察觉的笑容。他看我一副麻木不仁的样子,问道:赵寻根你不会不知道这是什么歌吧?

我故意装出一副一无所知的样子来:不知道啊!什么歌这么俗?

刘君山大笑,笑完了说:是《爱情买卖》,你这个书呆子!多通俗的歌啊,你连这都不知道!还是来自苏北大城市的人呢。

我心里说:满大街都在唱的歌,我能不知道?

刘君山从我的表情大概猜到了自己受到了愚弄,脸色一崩,说了句:其实你小说里写到的西暨那些事儿都已经消逝许久了,你看现在这里哪还有过去的那些记忆?

我点点头,指着旁边一个摊位说道:你还记得不?我爷爷以前在那里摆过干货摊!刘君山看了一眼那个摊位,面色凄然:赵五爷一辈子不容易啊,干过公社会计,开除过党籍,在微山湖贩过鱼,还在西暨街做了大半辈子干货生意。我笑笑说:听我爹说爷爷还打过毛衣呢!那时候家里穷,为了一家人活命,我爷爷就薅羊毛打毛线,用毛线织毛衣。他白天在公社算账,夜里就偷偷织毛衣,用毛衣换粮食,这才没让一家人饿死在那个天灾人祸的年月。刘君山点头说:赵五爷的一辈子,活成了别人的两辈子!愣了一下,他又说:说起来赵五爷倒是一辈子没缺过钱,即便是最艰难的岁月,他也能有法子活命。

我走到路旁的摊位边,在原地站了许久。小时候每当西暨逢集,我就和老叔拉着地排车,车上摞满了各种各样的干货,一大早就送到这里来。然后把干货卸下来,一一摆好,爷爷张开马扎,在摊位上一坐,一天的生意就开始了。我有时候自己回家,有时候也去摊位不远的小龙河对岸的说书场去听《杨家将》和《七侠五义》。那时候,说书人每说到"欲知后事如何,且听下回分解"就停下来收钱,我们小孩子是不给的,他当然也不要。等肚子饿了,就跑回摊位来。爷爷看到了,就说:今天是吃肉煎包还是喝丸子汤?我说肉煎包!他就给我一张五元的钱,说:先买上一笼煎包,再去喝碗丸子汤。我拿了钱,兴高采烈地去了隔壁不远卖煎包的摊位。多数时候,我会尽可能地把钱省下来一些,留着买中意的小玩意儿。等吃完饭回来,爷爷的摊位上就会聚拢很多麻庄的人,他们喜欢在爷爷的摊位稍加休息,再回转麻庄。那时候的日子,是多么风轻云淡啊!

刘君山看我发呆的样子,说了句:转眼间我们这代人已经开始怀旧了。愣了一下,我问他:西集旁边的那个大寺庙怎么样了?记得咱们上小学时那里是被改造成了面粉厂的。

面粉厂早没了,现在大寺庙已经荒芜了。刘君山悻悻地说道,听说区里正准备打报告向上面要钱重新修缮呢,也不叫大寺庙了,叫普照寺。据说这是寺庙原来的名字。他们考证了,普照寺是古峄县名刹,始建年代不详,明代万历年间和清代道光年间进行过维修,推断此寺应创建于元代以前。刘君山咽了口唾液,带着些不屑:现在不是要发展旅游产业吗!南面的台儿庄搞古城建设，打出天下第一庄的噱头，咱这里看着眼馋呢。就连刘少军那货，都拉着架子想在马鞍山搞旅游大开发！

我笑笑：搞旅游开发是好事，路子是对的。现在大家生活水平提高了，都想着怎么好吃怎么好玩，都想到有山有水的地儿去耍。咱这边青山绿水，搞好了那些城里人自然都愿意过来。

可惜咱这里是个穷山窝子！全国有名的贫困县，哪来的钱呢？没有钱，还搞什么旅游开发？说着，刘君山指指不远处的汽车站，说道：你看这个车站，破破烂烂的，这可是咱们镇里的脸面。连脸面都这样不堪入目，人家城里人谁愿意来？

我默然。说心里话，鲁南的旅游资源还是很丰富的。如果以麻庄为圆心，以五十公里为半径画一个圆，西北有儒家鼻祖孔子孟子，东南有人祖伏羲女娲；再远一点有五岳之首泰山，近旁有红色沂蒙山脉、建新遗址和汉墓；南方有古运河和微山湖，北方有北辛文明和抱犊崮。这里是儒家文明的集大成之地，也是汉文化的发源地，更是人祖文化的起源处。著名的大汶口文化是新石器时代后期父系氏族社会的典型文化形态，以泰山地区为中心，东起黄海之滨，西到鲁西平原东部，北至渤海南岸，南及今安徽的淮北一带，河南省也有少部分这类遗存的发现。因首先发现于大汶口，人们遂把以大汶口遗址为代表的文化遗存，命名为“大汶口文化”。大汶口文化的发现，使黄河下游原始文化的历史，由四千多年前的龙山文化向前推进了两千多年。可以说，鲁南是一块名副其实的风水宝地。或许，我应该和区文化局的那个鲁山局长见一面，和他好好聊聊这事儿。

车站人不多，但卖水果的小贩不少，还有几个开机动三轮跑出租的，在瑟瑟的风中袖着手，招揽生意。等车的时候，刘君山说了句：刘少军说村里搞大开发以后，要把咱村里的山地收回村委会，拍卖给镇上的汽配厂，把马鞍山脚下那一大片地利用起来，搞一个汽配城；还有就是对接区里的规划，搞小康楼建设,同时发展旅游产业,对小龙河进行改造。

我点头说这是好事啊,没想到刘少军这小子还这么有想法!

刘君山往地上啐了一口吐沫,说道:好个屁!刘少军表面上是为村里搞开发,实际上是要往自己腰包里捞钱。他建汽配城是为了卖地赚钱,改造小龙河是为了把麻庄后半个村子迁拆,说是退耕还田搞绿化带,其实还是倒腾土地。

我愣了愣,那后半个村子的人要往哪搬?

他不是给你说过要在马鞍山脚下店韩路边建几排小康楼吗?名义上是争取上面新农村建设拨款,实际上也要村民自己掏钱补贴购买。盖了楼房一半安置拆迁,一半对外销售。这明摆着是搞变相的房地产开发嘛!刘君山情绪有些激动。

我也知道刘少军搞房地产的真正目的,但说实话,他这个思路是符合当今形势和政策的。现在国家正推行城镇化建设,刘少军的做法是被鼓励的。我没料到初中毕业的刘少军还能有这样的想法。他当年上学时成绩一塌糊涂,在学校里整天打架斗殴不说,还隔三岔五地骚扰班里小女生,闹出了不少笑话来。他小小年纪,就敢去招惹地主老韩的小老婆。就是这个调皮捣蛋无恶不作的刘少军,竟然接替韩老海当上了村里的支部书记。可他是什么时候入的党?又是怎么当上了村支部书记?看来,老祖宗说得没错,士别三日当刮目相看,现在的刘少军,绝对不是当年的那个小混混了。这次在麻庄重新寻地安置赵家坟场的事儿,多少都要仰仗他的帮忙,我该如何和他打交道呢?

等了半天,车还没来。我有些耐不住,对刘君山说:我们租个机动三轮吧,反正也不是太远,省得坐公交下车以后还得走路。刘君山点点头,看看旁边的一个三轮车,找了一个有车篷的,问价钱。谈了半天,没谈拢。我看看天,太阳老高了,就对刘君山说别耽误时间了,就按车主说的价吧,我们赶紧去。那个车主是个中年妇女,就住在麻庄邻村姚庄。眼见拉到一桩好买卖,她乐得合不拢嘴,很麻利地突突突发动了车。

三十里路不算太远,机动三轮车跑了半个小时,就到了女娲冢所在的金陵山脚下。刘君山让三轮车原地等候,我们两个人便拾级上了山。从齐整的台阶可以看出,女娲冢在当地已经得到了初步的开发。那些台阶皆由青石板垒成,全是就地取材,与整个景点十分相宜。

爬了没多久,眼前现出一块石碑,上书"女娲冢"三个大字,魏碑体,遒劲有力。再走几步,则见一大冢立于眼前,这就是传说中的女娲冢了。冢的周边皆围有大石块,可以看出当地政府刚刚对女娲冢作了修缮,上面的人工痕迹尚存。

刘君山指着离女娲冢不远的地方说,那里就是红土埠遗址。遗址南北长约五百米,东西宽约四百米。因遗址耕土层下是大量烧制陶器遗留下的红烧土,故当地群众为这个古老的土台取名叫"红土埠"。该遗址属于新石器时代,包含有大汶口文化、龙山文化、商周乃至汉代遗物,延续时间长,是原始社会晚期的一个有代表性的重要古遗址。

我没想到刘君山对这里如此熟悉,竖起拇指称赞他真是知识渊博,学富五车。刘君山以为我在嘲讽他,很严肃地看看我,说道:我可是认真做了功课的!这山上的土与别处不同,全是红土,这是其他地方所没有的!现在好多地方都在考证女娲补天的地点,其实,女娲补天的神话传说在我们这里至今还能找到印证呢。刘君山咽了口唾沫,继续说:鏊子你知道的,对不对?咱们这里家家户户都有的,烙煎饼,圆圆的,其实这鏊子就是补天石的模样。这个鏊子直到现在鲁南的百姓还在用,其他地方有吗?没有!还有一个可以印证的地方风俗,咱们这边结婚拜完天地要入洞房对吧?你知道为何是"洞"房?因为远古时候先祖都住在山洞里,所以要入"洞"房!刘君山说完,看着我。我愣了半天,点点头,又点点头,再次竖起大拇指说:你说得有道理！你这家伙不但是命理学研究专家，还是女娲研究专家！刘君山嘴巴一撇：嘁，专家谈不上，乡村知识分子勉强可以算一个。说完，自己笑了起来，笑完了说：伏羲庙你看过了，女娲冢也考察了，你们老赵家的新坟场选址，你心里应该有数了吧？我点点头，又摇摇头：有一些想法，但还是没能定下来。刘君山说：那我带你去看一块地儿，在我看来，那可是方圆几十里最能旺人的宝地了！可惜的是，这块地刘少军也看中了，他就是要在那里建小康楼！我眼睛一亮：你赶紧带我去看看！

下山的时候，我对刘君山说了句：你知道得这么多，不写点东西可惜了。刘君山沉默了一会儿，笑了笑：和学生一起写写作文还勉强，让我像你那样写小说，我可没那本事！他拍了一下我的胳膊，说道：对了，你有空给五年级的学生上一堂作文课呗，你是作家，和我们讲的角度不一样，学生肯定爱听！我摆摆手：尺有所短寸有所长，要我写可以，讲可不行。刘君山不信：那你在大学里咋讲的课吗？我笑笑说：大学生好糊弄！刘君山嘟囔了一句：小学生不更好糊弄吗？说完了立即意识到不妥，改口说：小学生不能糊弄！我说了句：小学、中学时候的语文最重要，如果当年不是遇到了赵无极和贺书风老师，我今天也不会写什么劳什子小说。

刘君山带着我来到了马鞍山脚下。这里是一个平整的高地，有五六十亩地的样子，位于麻庄的西南方。站在高地，视线十分开阔，往远处可以看到伏羲河和伏羲庙，近处则有马鞍山，面向女娲冢，有山有水，可谓是块宝地。

刘少军要在这里建小康楼，颇有些眼光。这里不占用水田耕地，上头肯定支持。只是，现在小康楼还没最后敲定，完全可以另外选址。如果能说服刘少军把这块地皮让给我，作为列祖列宗的坟场，那该有多好！我知道这个很有些难度，必须得和刘少军好好谈谈。

不远处，有几个人正在那里东瞅西望，一会儿俯身，一会儿抬头。他们正在丈量土地，仔细看，领头的正是刘少军。只见他嘴里叼着一根烟，一会儿指指近处，一会儿指指远处，不时地吐一个烟圈，样子甚是悠闲自在。这家伙上学时就显得老成，现在梳着大背头，看上去更显得有派了。他转身看到我和刘君山，愣了愣，然后朝我俩挥了半天手。我和刘君山互相看看，走了过去。

刘少军老远就夸张地伸出胳膊，待我走近一把抓住我的手，像领导接见重要嘉宾似的，使劲摇了两下说：大作家回乡，咋不提前通知老同学一声哪，咱也好尽尽地主之谊嘛，等会儿到西暨羊肉馆喝酒去！我请大作家吃顿全羊宴！我笑笑：你现在成了村支书，我哪敢打扰你啊？刘少军哈哈笑，指着那几个丈量土地的人说：这些都是区里搞规划的专家，明年这里将动工建设鲁南汽配城。我点点头。刘君山问：建这个汽配城是不是要占用不少耕地？刘少军看看刘君山，笑笑说：主要是山地，水浇田基本上占不着。愣了一下，又说：说定了啊，一会儿一起去喝西暨羊肉汤！咱们三个老同学好好唠唠。我摆摆手：还是不打扰了吧，看你也挺忙的。

我是很讨厌和不喜欢的人在一起吃饭的。要不是为了新坟场拿地的事儿，想和刘少军套套近乎，想来我是不会答应和他推杯换盏的。

说这话的意思倒不是看不起刘少军，但我确实对他有些不好的看法。这个家伙上学的时候比我们大了两三岁，身架子也高得多。仗着这个，他时常欺负班里的同学。刘少军不是一个爱学习的人，因此他的成绩差得一塌糊涂。他的家里人心里也清楚，把他送进学校也就是做做样子，让他在学校里待几年，长长身板，然后跟着他哥哥姐姐到城里去打工。刘少军排行老四，上面有两个哥哥和一个姐姐，大哥是开火车的司机，工作没几年，就在彭城和枣庄的火车道上结识了不少混社会的人。没过多久就把人高马大的老二刘少民也带了出去，刘少民不久就混成了黑社会。他本来就是个拼命三郎，现在更是胆大妄为，动不动就和人家拼命，听说在枣庄到彭城一带名头很大,道上的人对他的大名几乎无人不知无人不晓,连枣庄的黑社会八海见了他都是毕恭毕敬。据说他现在成立了一个公司,专门替人家讨债要账。

凭着刘少军的成绩,如果不是一锅端,他根本不可能有机会读初中。上了初中以后,他依旧不爱学习,最讨厌的就是写作文。记得有一次上语文课,贺书风把他的作文当作反面教材,当着全班同学的面读了一小段。这大概惹恼了他。当天晚上贺书风的宿舍玻璃就被砸碎了好几块,我们猜测,这事儿肯定和刘少军脱不了干系。

我知道坟场拿地这事儿少不了要刘少军帮忙,加上刘君山说最近特别想喝西暨羊肉汤。他这么一说,也勾起了我的食欲。于是,就坡下驴,我和刘君山如约去了西暨杨武羊肉汤馆。去之前我提醒刘君山叫上韩慧慧,让她也来解解馋。但韩慧慧一听说是刘少军请客,面有难色地拒绝了。我问刘君山:韩慧慧为啥讨厌刘少军?刘君山摇摇头说:我也不晓得,刘少军那样的人,麻庄没有几个不讨厌他的!我隐隐约约感觉,这事没这么简单。

第六回　刘少军他从小就爱调皮捣蛋

我能看得出来，赵寻根这家伙现在不比以前了。以前他家里穷得叮当响，就那副穷酸样，在村子里也没有几个人看得起他。在村里人眼里，他老爹赵东发也是个十足的窝囊废。一辈子只会赚点挣命钱，劳碌得不得了。就那个穷样子，竟然还那么热心。村里谁家有什么事儿，有什么出力的活儿，只要开口，他再忙都会去帮。什么盖屋铺院了，什么红白喜事了，什么东家支锅李家杀羊了，他都不推辞。大家伙当面说他有情有义，转过身就指着他的脊梁骨说他傻，只知道憨乎乎给别人帮忙，却不知道省心赚钱。别人家都早发家致富了，唯独他，日子还是过得紧紧巴巴的。忙活了大半辈子，也没落下个啥。倒是他的儿子赵寻根，这几年出息了，也风光了。但他再风光也风光不到我的地盘。麻庄现在就是我的天下。在麻庄，我就是天王老子！妈的，你赵寻根再厉害，也早已经不是这里的人了！你可以衣锦返乡，可惜你现在已经不是这里的主人了！主人是谁？主人就是我，刘少军！你赵寻根大可以在城里呼风唤雨，但到了我这里，你是条龙也得给我趴着！我早就听说区里有领导很拿赵寻根当回事儿，以为他能给家乡写点东西。说实话，我也是想利用这一点，通过他和区里领导疏通疏通关系。要不然，我才不会低三下四地请赵寻根喝他娘的什么羊肉汤呢！

说起来，我和赵寻根两个人也算是一起玩大的，虽然不像他和刘君山那样整天黏糊在一起，但我们也一起干过不少坏事。记得有一年夏天，刚下过一场大暴雨。村里的小路眼看着成了小溪，狗尿一样的水一汪一汪的到处都是，我和赵寻根赤着脚丫子在村里闲逛。这时，雨还零零散散地飘着，毛毛虫一样。雨虽然不大，但把我们身上的背心和裤衩都湿透了，雨水汗水夹杂在一起，黏糊糊的，很不舒服。雨中的麻庄很安静，一连下了半个月的雨，连狗都懒得叫了。此时，村里的男女大都躲在炕上，饭也懒得做。我和赵寻根饿得前胸贴后背，实在是闲得无聊，我们在村子里逛来逛去，如两条丧家的狗一样。

我们路过一家院子，敞着大门，站在大门口，能清楚地看到院子里的水泥案台上摆着几盆鲜艳的花。那花儿湿漉漉的，在雨中摇来摆去。再看看屋里，里面黑着灯，估计男人女人也都在炕上呢。我问赵寻根：你看见没？赵寻根愣了一下：什么？我说：花呗。赵寻根皱皱眉头：什么花？我鄙夷地说：你眼瞎啊，你看不见好看的花啊。愣了一下，我很有把握地说：这家里没人。

你咋知道没人？说不定都躺在床上呢。赵寻根不太相信。

我鼓动他：我们把花拿走吧。

被人逮着咋办？赵寻根有些胆怯。

我四下里看看：哪有人？连鬼影子都没有！我知道这家。男的叫刘文学，在镇上小学教书，会写大字儿，听说还给人家写过碑。那女的不大在家，就是在家也没事，我们拿了就跑，她撵不上。我满不在乎地说。

我不去。赵寻根还是不敢。

看看赵寻根的㞞样子，我不再鼓动他了。对他说：那你在大门口等着我。我去拿。

我进了院子，张开双手，麻利地抱起了花盆。

这时，漆黑的屋子里突然传来一声吆喝：干什么的？我吓得一哆嗦，扔下了花，花盆落到地上，哗啦一声碎掉了。我赶紧跑出来。赵寻根还傻愣在那里，我朝他吼：还不快跑！你这个傻蛋！

一个高个子男人紧紧追着在我们的屁股后面跑。

赵寻根惊魂未定，问我：刘文学怎么跑那么快？

我边跑边气喘吁吁地说：听说狗东西在镇上小学教过体育。

赵寻根哭丧着脸说：那完了，我们肯定跑不过他！

跑不过也得跑啊！我和赵寻根撒开脚丫子继续跑。

我跑得比赵寻根快，刺溜拐进村里另一条路。刘文学犹豫了一下，不管我，撵着赵寻根跑。我一看心里乐开了花，只要刘文学不追我，我就不害怕了，跟在他俩后面看热闹。

我看到赵寻根跑到家门口，犹豫了一下，继续向着村外跑去。刘文学在赵寻根家门口停住了。他认出了赵寻根。我听到他在门口喊赵东发赵东发。

我知道赵寻根害怕他爹赵东发。赵东发的手硬得很，打后腚一巴掌一个坑。

赵寻根那天在村东外的麦地里猫了一整天。

雨停下来，又下；停下来，还他娘地下。赵寻根蹲在麦地里，在细雨中睡了一觉，醒来时肚子饿得咕咕叫。可这小子不敢回家，还蹲着。麦子一丈高，扎人。麦穗很香，他吃了几口。天快黑了，村庄还是很安静，像是什么都没有发生过一样。这时，有人在喊：寻根儿，寻根儿。

是刘晓玉来找赵寻根了。

寻根儿，寻根儿。

赵寻根站出来。他不怕他娘，因为他娘从不打他。

刘晓玉看见赵寻根,揉了揉眼睛说:走,跟娘回家去吃饭。

我爹在家吗? 赵寻根胆怯地问。

刘晓玉嗯了一声:在家等你回呢。

那我不回,我回了非得挨揍不可!

你放心,你爹不打你。来的时候他跟我保证过了。

不打我? 那才怪。赵寻根还是不相信。

他不打你。我看着,他不敢打你。刘晓玉又揉了揉眼睛。

他每次打我你都在旁边,你说了不算,没有用。赵寻根还在那里喃喃自语。刘晓玉越是这样说赵寻根越是紧张,干脆不说话了。赵寻根躲在刘晓玉身后,一步一步往村里走。村东口站着一个人,是韩慧慧的爹韩老海,他背着手,眼里透出一股温柔的光:给东发说别打寻根,孩子小嘛,不懂事。

刘晓玉感激地点点头。

迎面走来一个人,是小学校的老师赵无极,说着和韩老海一样的话:别打他,孩子小,不懂事。

刘晓玉又点点头,眼睛湿润了。

看来,这事儿全村都知道了。

看见大门了,赵寻根两腿开始发软。

刘晓玉硬拖着他进了家。

赵东发蹲在屋门口,一言不发,盯着赵寻根看。

赵寻根低着头,不敢抬头。

快吃饭吧。赵东发叹了一口气。

赵寻根看见桌上有个大瓷碗,大瓷碗里卧着两个荷包蛋。

刘文学老师刚刚送来一盆花,他说你要是真喜欢就直接问他要,他也会给你。赵东发说着指指屋角。赵寻根看到一盆开得正艳的花,散发出浓浓的香味。赵寻根不争气地哭了。

我后来才知道,赵东发不打赵寻根,其实另有隐情。我听我爷爷说赵东发曾经历过同样的事。因为那件不光彩的事情,他差点被赵五爷打死。

赵五爷自己是个读书人,自然也喜欢读书人。他一心要将自己的儿子培养成读书人,希望他们都能好好上学。那时候赵东发的娘刚刚去世,四个孩子都要靠赵五爷一个人拉扯,日子过得很不是个滋味。虽然那时候大家的日子都不好过,但赵五爷的日子尤其困难。四个孩子都要上学是不可能的,赵五爷只能狠狠心,让两个女儿在家帮衬持家。大女儿那时候将要出嫁,小女儿年龄尚小。就是在这样困难的情况下,赵五爷咬牙供养两个儿子上学。赵东发一开始上学很努力,成绩在学校里数一数二。因为成绩好,他在三年级的时候直接跳到了五年级。不知道是不是因为跳级上学步子迈得太大跟不上,赵东发的成绩出人意料地开始下降了。有一次,赵五爷正在家里烧火做饭,小学校的校长突然走进来,很着急地问:东发今天去学校了吗?赵五爷说:去了,一大早就去了啊。校长摇摇头:他没去学校上课。这孩子不知道干什么去了!这不是第一次了!五爷您让我好好管教孩子,想让他出息,可他连学校都不来,您让我怎么管教他呢?!赵五爷听了,一言不发,默默把校长送出门。

到了放学的时间,赵东发背着书包回来了,满裤腿都是泥。赵五爷猜想他是去小龙河捉鱼去了,装作什么都不知道的样子,问他:今天上学学得怎么样?赵东发想都没想脱口而出:今天学得还不赖!赵五爷一听气不打一处来,摸起身边的扁担照着赵东发的后背就砸了下去。边打边大声呵斥:你这个撒谎成性没出息的小东西,我辛辛苦苦供养你念书,你的姐姐妹妹想念书我都供不起,你还不好好去学校,还谎称学得不赖!赵五爷这一扁担下去,赵东发应声倒地,口吐白沫,昏死了过去。正在锅屋烧火的赵寻根的小姑看到这一幕吓得哇哇大哭。幸亏住在隔壁的赵寻根的二爷爷正好在家,他听到动静,匆匆忙忙跑过来,看到赵东发正躺在地上,直翻白眼。

他把手指放在赵东发的鼻子底下,说:坏了,老五你把东发打死了!你怎么能这么狠地打他?你也下得去重手!二爷爷边责骂着边按压赵东发的心脏。折腾了半天,赵东发终于活了过来,有了微弱的气息。二爷爷他们松了口气,对赵五爷说:孩子惊着了,你赶快给孩子弄两个荷包蛋!你这个手,下得也太重了点!

等大家都走了,赵五爷看看坐在地上依旧惊魂未定的赵东发,眼泪一下子就下来了。他哽咽着问:还疼吗?赵东发忍住眼泪,说:不疼了,爹。赵五爷点点头,说:你娘走得早,我一个人供养你们四个,再苦再累都能撑得住,就是不能看到你们不争气!你不好好念书,将来怎么能有出息?为了你和你兄弟,我都没能让你姐和你妹上学!赵东发满面泪痕,说:我对不起爹!

赵东发后来终于没能念出什么名堂来,包括赵寻根的老叔,最后也只是上了高中,没能考上大学。所以,当多少年以后赵寻根考上大学的消息传来,最高兴的就是赵五爷了。

我不知道赵寻根为什么不告诉家里人,那花其实不是他偷的。他当时只是站在大门口,刘文学追出来,他稀里糊涂地跟着我跑。他碰都没碰那盆花。或许是这小子太老实了?在这方面,赵寻根不像我,做过那么多的荒唐事。因为这些荒唐事,我成了一个被韩慧慧讨厌的人。

有一天放学,我和韩慧慧走到一起,半开玩笑半认真地问她:想不想玩游戏?韩慧慧脸色红红的,说:玩什么游戏?我说:你是真傻还是装傻?韩慧慧憋红了脸,气呼呼地说:我不想和你玩!我故意逗她:那你想和谁一起玩?韩慧慧不说话。我知道她最喜欢和赵寻根、刘君山他们在一起。他们三个人作文好,平时不大和我们这些成绩不好的人玩。

我和韩慧慧玩不到一块儿,却和她的大哥韩小树关系很好。韩小树喜欢我姐刘秀玲,他总喜欢在我们家大门口转悠。碰巧那天我又在家门口看到了他，我对韩小树招招手。因为我姐的缘故，韩小树对我很客气。他嗵嗵嗵跑过来，低三下四地问我：你姐在家吗？我灵机一动，告诉他：你想不想和我姐玩游戏？韩小树眨眨眼睛：什么游戏？我知道他是在揣着明白装糊涂，故意不再理他，往家走。韩小树拦住我：你确定你姐会和我玩游戏？我点点头：你把你妹妹叫来，我们一起玩！韩小树又眨巴眨巴眼睛：我妹不一定能答应！我笑笑：我去说服我姐，你去说服你妹！趁着我爹我娘都不在家，你要玩就赶紧！韩小树再次眨巴眨巴眼睛，说：那我去叫慧慧。

刘秀玲正在准备猪食，后腚撅得老高。她平时最喜欢读爱情小说，吃饭时读，烧锅时读，给猪喂食也在读。她说自己的最高理想就是长大后能摆一个小书摊，边卖书边看书。她的这个伟大理想后来还真实现了，跟着我大哥在县城卖了好几年书报杂志。没承想没过几年城里人都开始看光碟了，书报杂志卖不动了，她就背着一大捆子卖不出去的书报杂志回来了。

刘秀玲光顾着看书喂猪，根本没察觉到我正在靠近她。到了她跟前，我拿手啪啪打了两下她滚圆的屁股，她恼怒地转过身来，很少见地骂了一句粗话：驴日的刘少军！我一愣，继而哈哈哈大笑，笑得上气不接下气。笑完了我指着刘秀玲说：你竟敢骂我爹！你等着，等爹回来我一定告诉他不可！刘秀玲害怕了，我爹平时打她最狠，她丢下书本来哄我：好弟弟乖弟弟，千万别告诉爹，姐姐错了！我梗着脖子说道：不告诉爹也行，那你得答应我一件事！刘秀玲点点头：姐答应你，别说一件事，一百件都行！我心里一乐：那好，等会儿韩小树带着他妹来，咱们四个一起玩游戏！刘秀玲显然明白玩游戏的意思，她脸色通红，继而发紫，眼看就要爆炸了似的。我以为她要打我，刚想跑，没想到刘秀玲小声说了句：那好吧。

半小时以后，韩小树拽着韩慧慧来了。韩慧慧根本不知道要来做什么,只是一个劲地问:咱们到刘少军家里来做什么?韩小树也不回答。到了院子里,把韩慧慧拉到我面前:喏,交给你了!韩慧慧一脸茫然地看着我。韩小树对她说:一会儿让刘少军教你做游戏!韩慧慧更加奇怪了:做游戏?做什么游戏?韩小树不再搭理她,问我:你姐呢?我指指屋里。韩小树来回搓着双手,脸色涨得通红,一副急不可待又有些胆怯的样子。

韩小树先进了屋。

韩慧慧想走,被我拉住了。韩慧慧一瞪眼:刘少军你想干什么?我笑笑:你是真不懂还是装糊涂,你真没玩过游戏?韩慧慧摇摇头。我拉着她的手,说道:我带你到屋里看看你哥和我姐。这时韩慧慧终于明白了什么,甩开我的手就跑,我在院子里追上她。她恼羞成怒地说:我不和你玩那种下三烂的游戏!我怒道:你哥刚才答应我,你要和我玩,不然我姐也不会和他玩!韩慧慧呸了一口唾沫,骂了句:他是他,我是我!愣了一下,又骂道:你们真不要脸!韩慧慧跑出去了。

我知道韩慧慧不想和我玩,是因为她看不起我。没上小学之前,她还能偶尔和我耍一耍,在上了学尤其是看到赵寻根和刘君山的成绩越来越好之后,她眼里就只看得上赵寻根这样的人。自从上了小学,在韩慧慧面前,我就开始找不到自信心了。因为韩慧慧的缘故,我对只知道学习的傻瓜赵寻根一直充满了不屑和仇恨。

好在,初中毕业那年,老子我终于扳回了一局。

我从小就不喜欢学习,成绩一直是稳居班里倒数的行列,因为从来没有好过,也不可能再坏。初中一毕业,我就滚回了家,跟着我姐在县城摆了一段时间的书摊,感觉不过瘾,太他妈闷了,我又不是像赵寻根那个傻子一样喜欢看书,我这辈子最烦的就是和书本打交道。

我爹先是在打井队干,后来看我干啥啥不行,惹祸第一名,一气之下就买了一辆机动三轮车,让我跟着他出憨力贩粮食。那几年麻庄很多人都做这个营生，几乎家家户户都有一辆机动三轮车，有很多人都因为倒腾粮食发了财。每天一大早，你会看到几乎全村的男人都倾巢出动，蚂蚁一样爬出巢穴，到山里贩了粮食，再拉给山外的大粮食贩子。各位千万不要以为我们只是赚个差价，差价毕竟是明面上的，累死累活也赚不了几个钱。那时候我们主要在秤上做手脚。收粮食的秤是专门请人做的，秤星没有一个是准的。还有就是在称粮食的时候，趁别人不注意，用脚往上抬。用这些法子，一麻袋粮食要差了不少斤两。

我天天跟着我爹贩粮食挣钱的时候，赵寻根他们已经读了高中。有时候收粮食回来得早，我还能在路上碰到他们。在学习上我比不过赵寻根，但在女人缘方面，我自信比他强。

不知道是不是整天和山里人打交道的缘故，我对于山里的那些女人一看一个准，哪个生过娃了，哪个还没有破瓜，哪个已经怀春，哪个水性杨花，都逃不过我的眼睛。

有一次，我在离麻庄不远的马山庄收粮食，碰到了要卖粮食的初中同学李香兰，因为成绩不好，她也和我一样没有读高中。她上初中的时候和傻瓜赵寻根同桌，对他仰慕得不行，整天眼巴巴地看着他，一脸的无知和崇拜。现在赵寻根上高中了，她也见不着仰慕对象了，整天一副六神无主失魂落魄的样子。她那天见我背粮食额头直冒汗，特地给我和爹倒了一大壶茶叶水，末了还想留我们在家里吃饭。我爹很客气地拒绝了。临走，我不怀好意地告诉她：下雨天不收粮食时我都在家，回头到麻庄来找我耍！她红着脸点点头答应了。走出村口，我爹说了句：女娃不错！不生分！我漫不经心地说了句：李香兰上学时就那样，赵寻根困难的时候，她还主动帮他买过本子呢！傻妮子一个！

进入夏天，鲁南雨水渐渐多起来。一下雨，出去贩粮食的生意就不得不停下来。爹这时候要么去地里薅草，要么出去打牌，我就只能待在家里，看刚买来的“熊猫”牌电视，看累了就躺在床上睡大觉。这天雨下得很大，我躺在床上读刘秀玲带回来的一本时尚杂志。我其实也没有看文字，只是对着封面大胸肥腚的金发女郎发呆。这时候，我听见我娘在外面嘟囔：这大雨天的，谁在外面敲门呐？一会儿，我听见一个声音传来：大姨，刘少军在家吗？我是他初中同学！我娘连声说：在在在，闺女快进来，下这么大的雨，衣服都快淋湿了！我从声音判断，来人正是李香兰，她真来找我了！面对送上门的大傻妞，我犹豫着要不要穿衣服起床，想了一下，决定干脆继续装睡觉。

一会儿，李香兰推门看了看，没有进来。我娘说：军军在那屋睡觉呢，我把他叫起来！李香兰说：别叫了，我等他睡醒吧。我娘笑笑：那你坐一会儿吧，我去后边豆腐坊买点豆腐，中午你留在家吃饭！我听见我娘出去了，透过门缝喊：李香兰！李香兰！李香兰推门进来，脸色通红地说道：你睡醒了！我向她招招手，让她坐到床边来。李香兰犹豫了一下，坐过来了。我问她：你衣服都淋湿了，冷不冷？李香兰点点头：有一点。我掀开被窝一角：那你到被窝里来暖和暖和吧。李香兰脸色更红了，愣了半天，还是没动手。我忍不住，一把抱过她。

我又一次拥有了李香兰。如果说此前的那一次是我强迫她的话，这一次则是李香兰主动送上门的！一种从未有过的快感传遍我的全身。我知道，那快感里面大多是征服，也有一点点报复：一个喜欢赵寻根的女孩，如今躺在了我的身下。这太他奶奶的解气了！

不久，我和李香兰结婚了，我们有了一个闺女。再后来，我们很快又离了婚。表面上的原因是她宫外孕手术以后再也不能生孩子了，其实是因为我另有所欢。关于这一点，李香兰要在很多年之后才会明白。

出乎意料的是，在离婚这件事上，李香兰并没有多纠缠。她提出的唯一一个要求是闺女要跟她。她说不能让闺女成为我这样的烂人。虽说是多年的夫妻,我承认仍旧不够了解傻妮子李香兰。仿佛直到此时我才认识到,表面憨乎乎的李香兰骨子里并不是一个简单的人。办完离婚手续以后,李香兰冷冷地告诉我:其实我那天本来是去找赵寻根的,只是他碰巧不在家。

我恨得咬牙切齿,他娘的肺都气炸了,真想狠狠痛打一顿李香兰,想想还是忍住了。婚都离了,还弄那些事儿干啥,没个球劲!

第七回 赵寻根他有情有义左右为难

沿着104国道，一溜儿开了十几家羊汤馆，名字都带着“西暨”字样，区别无非是“西暨”两个字后面的张三李四和王五。因为靠着国道，过往车辆很多，司机都喜欢在这里停下车，然后冲着厨房吆喝一声：老板，来一碗羊肉汤，要大份的啊！大份的是半斤肉，小份的是三两肉，汤都是一样，不限量，随便加。除了吃肉喝汤，司机师傅大都喜欢再来几张山东大烧饼，焦黄酥脆的烧饼配上羊肉汤，无论是泡着吃还是就着吃，都是难得的美味。

西暨杨武羊肉汤馆位于国道的最边缘，比较清静。但看得出羊汤馆的生意特别好，门前已经停满了大车小车。我和刘君山到的时候，刘少军已经点了一桌子菜，有凉调羊肚、烧羊杂、白菜粉丝炖羊肉、烤羊排等，另外要了本地的两瓶兰陵特曲。刘少军指着两瓶特曲说：今天没别人，咱老同学三个把这两瓶十年的兰陵干了！我笑笑，对刘少军说：看你这架势，平日没少来这里腐败吧？刘少军嘿嘿笑了两声，避重就轻地跳开话题说：整个西暨羊肉汤馆有十几家呢，但杨武这里的羊肉确实美味，几天不喝就他娘的想得慌。刘君山说了句：刘支书这几年在麻庄日子过得无比滋润哪。刘少军边笑边用牙咬开酒瓶，没说话。他的这个动作无比熟练，牙齿比起子还要好用，只见他上下牙一合，瓶盖啪嗒一声就开了。我有些吃惊地看着刘少军，竖起大拇指：厉害！刘少军看看我，笑笑：咱们一个混日子的庄户人，不像你们城里人那么讲究，习惯了！

因为都是同学，我也就不再客气。酒满上，一仰脖，干了。兰陵酒十分醇厚。但我平时不善白酒，感觉嗓子眼辣得直疼，要往外冒烟，赶紧拿起筷子夹起了一块羊肉。西暨羊肉汤味道的确异常鲜美，不愧有“天下第一汤”之誉。据说前两年镇上的人还专门注册了商标，如今早已名声在外。我每次回麻庄，都会专门到这里喝上一碗。如果开车来，喝完了还要打包带回一些，回家让万晓璐用羊肉汤下面条，那味道，啧啧！

吃了几块羊肉，喝了几杯兰陵特曲，三个人的脸色开始活泛，话也就多了起来。此时，刘君山脸色通红，俨然一块酱猪肝。他卷着舌头问刘少军：少军你给我们说说掏心窝子的话，你这次搞这个汽配城和小康楼的工程，到底是为了咱们麻庄百姓还是为了私肥你自己的腰包？刘少军也喝了不少，但他的酒量明显比我们好，他斜着眼看了看刘君山，又看看我，摆摆手，那意思是不想说这事儿。刘君山仗着酒劲儿，又问了一遍。刘少军见逃脱不过去，笑了笑说：刘君山啊刘君山，亏你还是个饱读诗书的小学老师！但我看你也就适合当个小学老师！你看看人家赵寻根，多大气，多稳重，人家怎么就不问你这样幼稚低级的问题？因为人家是大学教授！我笑笑：不是教授，是副教授，副教授！刘少军说：副教授也是教授不是？教授就不会问如此低端的问题。刘君山一听这话有些急：刘少军你这话的意思是我不配高端呗？刘少军还是笑，笑完了说：刘君山你这颗脑袋就是个老榆木疙瘩！死不开窍！愣了一下，刘少军把脸转向我，说道：大作家，听说你认识区里的领导？我一愣，心里嘀咕：刘少军咋知道这事儿？我赶紧解释：文化局的人看过我的作品，联系过，但还没见过面。刘少军举起酒杯：来，我敬大作家一杯，干了！说完瞟了一眼刘君山，见他垂头丧气，拍了一下他的胳膊，说道：刘君山，你陪一个！刘君山喝多了，端起酒杯一饮而尽。刘少军也喝干了。我只抿了一小口。刘少军不放过,说:大作家这是看不起我怎么着,不给俺们大老粗面子啊。我只好一仰脖子,也干了。放下酒杯,刘少军说了句:有机会还是要和区里的领导见一面,咱们都是平头小老百姓,能有和上面的人交往的机会,那可要拼死命都要抓住!我笑笑,没吱声。刘君山大着舌头说了句:我和赵寻根是平头小老百姓,你刘少军不是!刘少军给他夹了一筷子羊肉:来,吃菜!他要给我夹,被我制止了:自己来,自己来!刘少军脸色有些难堪,他点上一支烟,重重地吸了一口,吐出来一个大烟圈,笑了笑,对我说:作家你这是看不起我啊,我实话对你讲,虽然我没有你那么大的出息,也没有你那样的学问,但现在的刘少军也不是上学时候的那个刘少军了!我可以明明白白地告诉你,我为麻庄做的事,都是好事!我没有私心!话音未落,刘君山接了句:才怪!刘少军打了一下他的胸口。刘君山笑了。我也笑了。刘少军面色诚恳地对我说:大作家有机会和区里的领导来往,一定别忘了提携我一下,不瞒你说,我在麻庄奋斗了这么多年,别的想法没有,就是想再往上走一步!你有机会可得拉我一把!刘君山嘟囔了一句:人家赵寻根这次回来是想重建祖坟的,哪有时间去见什么区领导!刘少军一愣,问我:你要重修祖坟?我不想当着刘君山的面讨论坟场的事,故意说了句:主要是为了搜集小说素材。刘少军警觉地说:你想搜集哪方面的素材?我笑笑:伏羲女娲方面的,还有乡土文化和风俗民情。刘少军一拍大腿:早说啊,我这个粗人虽然不懂啥乡土文化,但和伏里村的支书关系好,我可以带着你去看看那里的土陶啊!我一听他这样说,来了劲头:来,喝酒!

不知不觉,两瓶兰陵特曲竟然全部见了底。刘少军确实很能喝,他一个人喝去了一大半不止。我和刘君山酒量到底不行,虽说每人喝了平均半斤不到,但都已经有了些许醉态。喝到半下午,一桌酒菜被我们一扫而光。

走出羊肉汤馆,刘少军搂着刘君山的肩膀,说了句:韩慧慧可是个好女人啊,你小子真是憨人有憨福!

刘少军的话没引起刘君山的注意,倒引起了我的警觉:刘少军为何突然提起韩慧慧来?难道他们之间还有什么故事?

这个问题,一直萦绕在我的脑际。

第二天,刘少军一早就出现在小学校,一个人在学校操场上瞎转悠。我蹲在宿舍门口刷牙时,正看到他探头探脑地往韩慧慧宿舍里张望。他的样子更加加重了我的疑心。听刘君山说,这几年麻庄的年轻人纷纷往外走,青壮劳力都到城里打工去了,把年轻的小媳妇都留在了家里,结果现在整个村庄剩下的大都是妇女、儿童和老人。刘君山猜测说在鲁南其他村庄也是普遍现象。这是乡土中国的一种现状,一时间难以改变。这个风流成性的刘少军,不会也打上了韩慧慧的主意吧?想到这里,我皱紧了眉头。

不好让刘少军久等。洗漱完毕,简单吃了点东西,也没和刘君山他们打招呼,我就和刘少军一起出了校门。孩子们开始来上学了,稀稀拉拉的,也有三五一群的,有说有笑。其他的大多是形单影只,脸上也丝毫没有上学的高兴劲儿,一个个紧皱着的眉头根本不像小孩子,倒像是上了年纪的老人一样,沉闷、忧郁。除了极个别的收拾得很干净,他们中的大多数脸上都是脏兮兮的,衣服也穿得乱七八糟。刘少军看出了我脸上的疑问,说了句:大人都出去打工了,老人年纪都大了,哪有时间照顾孩子呢?我点点头,问他:咋起这么早?刘少军咳嗽一声,说道:这么多年,养成习惯了,狗一样,睡不着,也不知道是咋回事儿?愣了一下又说:我着急啊,满村都是留守的女人和老人,你看看麻庄哪还有一点活泛的劲儿?男人都出去打工了,女人们也都不生娃了,眼看着村里的孩子越来越少,这样下去,麻庄可真就完了!我笑笑:这不正好给你这样年轻有为的村干部创造机会吗?刘少军看看我:不瞒你说,我还真是想让满村都跑满了娃!可惜,那些小媳妇不敢生!我心里说:自己男人不在家,哪个生小孩?

小学校不远的大路边停了一辆黑色小轿车,刘少军摁了摁手里的遥控器,车子发出嘹亮的开锁声。他边开车门边说:大作家来考察,咱不能在人前丢份啊,你说是不是?我前段时间刚整了辆新车,今天刚好用上!我指着车标说:可以嘛,新款桑塔纳!他笑笑:咱农村不像你们城里,这里到处都是孬路,狗日的桑塔纳跑起来最好使,跑坏了也好修。上了车,我心里嘀咕:看来刘君山说得没错,刘少军如今真是鸟枪换炮了!

刘少军不紧不慢地开着桑塔纳,趁着这个时机,我想和他商量新坟场拿地的事儿。这也是让他陪我出来的主要目的。我咳嗽了一声,清了清嗓子,说道:老同学,听说你要建的小康楼选址就在那块高地上?刘少军点点头:对对对,区里的专家说了,就那块地位置最好,更主要的那里是山地,稍加平整,有五六十亩哪,正好够用。愣了一下,他又说:你不是要买一套吗?到时候我给你留一个位置最好的!我苦笑了一下:手头紧,也不一定能买成!刘少军笑笑:那我就先不收你的钱!我看看窗外,轻声叹了口气。刘少军通过车内的后视镜看了看我,说道:大作家有心事儿?我斟酌了一下语气,对他说道:麻庄矿塌陷,连带着果园也塌了,老赵家的坟场都没了。我爹嘱咐我尽快寻个新的地块,把列祖列宗的坟墓迁出来。我寻摸了半天,觉得小康楼那块地不错,上风上水。刘少军不言语了,只是不停地从后视镜看我。他不表态,我也不好再说什么。愣了一会儿,刘少军说了句:我们到了。

桑塔纳在伏里村的村口停下来,刘少军说:我们走两步吧,本来想一直把车开到伏里村委会显摆显摆,想想还是算了,别刺激甘支书他们了。下了车,刘少军继续说:伏里村经济搞不上去,甘支书年年在镇里挨批评,这几年大力开发伏羲文化土陶文化,但到底还没搞出个模样来,他们巴不得你这样的大名人给做做广告!我笑笑说:小说的力量有限,不像大报上的新闻报道,也起不了什么作用。话音未落,迎面走过来一个肚子微挺的中年男人。天还热着,他竟然穿着一件皮衣,头上还戴着一顶鸭舌帽。刘少军小声对我说:这就是伏里村的甘有强支书,我一大早就给他打了个电话。话音未落,只听见平地一声吼:刘支书大驾光临,欢迎欢迎!好一个大嗓门。和大嗓门的支书握了手,刘少军向他介绍:这是我们村走出去的大作家赵寻根,今天到你这里考察考察土陶工艺。我朝他直摆手:不是大作家,也不是来考察,是来学习,了解一下情况。甘支书哈哈笑:欢迎欢迎!俺们这里是伏羲故里,土陶文化全国独此一家别无分店!停顿了一下,又说:天还早,要不要先去看看伏羲庙?我笑笑说,前几天刚看过了。甘支书一愣:看过了?他把脸转向刘少军:咋没跟俺打个招呼?俺好带着你们去嘛。刘少军呵呵笑:你看看你看看,连我都不知道大作家已经来过这里了!

在伏里村委会旁边,有一排新建的瓦房,最边上一间房子门口挂着一个白底黑字的牌子,上面写着:伏里土陶研究所。甘支书指着牌子说:这是我们村专门为甘有志成立的土陶研究所,甘有志你听说过没?他现在可是著名的省级非物质文化传承人啦!说着话,甘支书啪啪啪拍了几下研究所的门。拍了半天,没啥动静。甘支书边掏手机边嘟囔:这个甘有志,我昨晚给他说要早点来,早点来,结果到现在还没来!正拨着号码,一抬头正看见远处摇摇晃晃走来个身影,甘支书摘下鸭舌帽,摸着头皮笑起来:终于来了!甘有志和甘支书长得有点像,胖乎乎的,但不像他那样大嗓门,说话细声细气:俺起这么早,没想到还是来晚了!都怪俺那个不开窍的老娘儿们,让她起早做饭起早做饭,结果日上三竿了还没做好!双方做了介绍,甘有志抓住我的手说:欢迎赵作家来考察土陶文化!他打开研究所的门,里面有些凌乱,不像个研究所,倒像个大仓库,边边角角都堆满了瓶瓶罐罐,全是各式各样的土陶。有菩萨像、大辟邪、香炉、香案、香牌、狮子、香筒和土堞等,这些属于祭祀品类。祭祀品旁边摆放的是赏玩类的土陶,有陶鬶、陶狮、陶虎、陶羊、蟾蜍、孩儿枕、泥哨等。蟾蜍在伏里土陶中品种最多。特大个蟾蜍背上挖洞，可植花草，用来辟邪镇宅驱毒疫；大个蟾蜍作为摆件使用；中、小个蟾蜍内置陶球，可作儿童的陶铃，是当地儿童的辟邪玩具；最微型的蟾蜍可挂于儿童脖子上以求辟邪之效。在研究所的一角，还有生活用品类的土陶，包括汉纹罐、八角松枝盆、阖盆、灯台、烫酒用的酒鬼、钱闷子等。

甘有志说得津津有味。他如数家珍的样子，更增加了我对土陶文化的兴趣。

在土陶研究所的另一间屋子里，则摆满了各式各样的土陶娃娃：有蹦着的，有跳着的，有笑着的，有哭着的，有闹着的，有站着的，有坐着的，有跑着的，有愣着的，有张着嘴的，有伸着腿的，有互相抱着的，有背对着的……满屋子的娃娃，大小不等，高矮不均，有胖有瘦，宛如村中之儿童，栩栩如生。刘少军指着这些娃娃问甘有志：为何制作了这么多的土陶娃娃？甘有志笑笑：你们听说过女娲造人吗？这就是她造的人，是我们土陶文化的一大主题。俺们这里的土陶娃娃，可上溯到五六千年前，是东夷部族向中原地区发展而定居下来的产物。至今仍沿袭古老原始制作方式，将黏土暴晒、泡浆、过滤，用脚踩、手揉等方式增加胶泥的黏性和可塑性后印坯成型，又采用刻、沾、雕、上釉、打磨、抛光、阴干等十几道工序精制而成半成品后，再经八百到九百摄氏度的高温烧制成红土陶。因温度和土质的不同可呈灰、深紫、象牙黄等色彩，给观赏者以返璞归真之感。

看到这些，我突然有了些许感悟：伏里土陶文化作为伏羲文化的一部分，这里的土陶娃娃和女娲造人相互呼应，反映的是中华民族的生殖崇拜，是对种的延续和渴望。千百年来，麻庄人所做的一切也无非都是为了这个目的。我自己这些时日的奔波，所心心念念的风水宝地，也都是为了血脉的承续。那一抹香火的飞升，蕴含着一代又一代人的古老基因。

回麻庄的路上，刘少军一开始沉默不语，我知道他还在为坟场拿地的事儿犯嘀咕。这事儿对他来说有点儿难办。建小康楼是已经规划好了的,而且是他的一个大政绩工程,他不可能轻易改动选址。但我提出来的要求,他又不能不考虑。果然,沉默了没多久,他终于说了句:大作家你拿地的事儿要从长计议啊,你先别着急。坟场反正已经被淹了,迁坟也不在这一天两天的。话已出口,他或许感觉不妥,又赶紧补充了一句:当然,迁坟也是一个大事,我会抓紧想办法,谁让咱们是老同学呢!我知道刘少军在打官腔,只笑笑。愣了一会儿,刘少军问我:这次回来你和区领导见一面吧?你要是去,我这个大老粗可以给你开车。我猜测刘少军是想通过我和区里领导搭上线,这也是他对我如此客气的真正原因。或许,我可以利用这一点,让他尽快想办法把坟场用地的事儿解决了?或者干脆直接给区里领导说,让他们给刘少军施加点压力?

看来无论如何,都得和区领导见一面了。

在麻庄这几天,我的手机基本上处于闲置状态。除了偶尔收到的几条短信之外,几乎没有任何电话。在高校里工作,社会关系比较单纯,没有那么多复杂的朋友圈。加上我的性格,也不善于和人交往,正好落得一身清静。

刚回到学校,安静多日的手机突然吱吱震动了两声,我一看,是万晓璐,她给我发了一条短信:赶紧给我死回来!

我回了她:不是还不到一周吗?事情还没有办完呢!

她回我:想你了!

这是万晓璐的一大撒手锏,对我非常好使。我赶紧给她回复:我今天订票,明天回去,行不?

她很快回过来:票给你订好了,你直接刷身份证,今天下午的,晚上到家吃饭不晚。

我没辙了,只好说:好的。

我看看时间,本想去区里见见文化局的鲁局长,看来只能下次了。

我去办公室找刘君山,想给他说下马上要回城的事儿。刘君山不在,对桌的本家五叔正在办公室一角的小黑板上写着什么。我犹豫了一下,不知道此时该喊他啥。他教过我们语文,按理说得叫他赵老师。但同时他又是我未出五服的本家,按辈分该规规矩矩地喊他五叔。他听到敲门声,转身看到我,说:寻根来了,快进来!我慌里慌张地说了句:五叔,刘君山不在啊?他笑笑:去上课了,你进来坐。多年不见,我看到五叔头上有了许多白发。我听刘君山说起过,按照五叔的年龄,似乎早该退下来了。但因为愿意留在小学校的年轻老师太少,师资力量不够,他又长期担任着小学校的校长,只好一直勉强撑着,至今还在教着两个班的语文。虽然都是本家,但刘君山和他的关系更近一些,知道的情况比我多。我在刘君山的办公桌前坐下来,五叔也坐下来,又起身给我倒了一杯水。我说自己来自己来。他按住我,说了句:我在小学校教了那么多学生,你是唯一一个考上大学本科的,看到你,我心里就高兴!况且,你又不常来!我拗不过他,只好随他去。五叔现在的样子很慈祥,他教我们语文时是在二十几年前,当时他看上去还很年轻,有时候还会对我们发一点脾气。

我记得有一次我和班里的几个同学因为争抢乒乓球台起了争执,说着说着打了起来,刘君山站在一边看热闹,上课铃都响了好大一会儿我们几个人还没进教室。这节课正好是赵无极的语文课。他站在教室门口朝我们喊:你们几个!干什么呢?还上不上课了?我和刘君山等人这才反应过来,赶紧往教室跑。赵无极那一次发了大脾气,只见他怒目圆睁,恶狠狠地来回看了我们几个好几遍,最后咬牙切齿地问:谁带的头?我们互相看了看,再看看气势汹汹的赵无极,谁都不敢吭声。赵无极说了句:没有人站出来是吧?没有人站出来那就各打五十大板!说着,他拿起讲台上的语文课本,指着我们说:你们都给我上来!此时,刘君山不知出于什么心态,突然站了起来,指着我说:是赵寻根带的头。我当时只以为是刘君山仗着他爹和赵无极是拜把子兄弟,故意告我状。我只好站出来,低着头上了讲台。刚站好,就听见啪啪啪几声巨响,我的眼前便飘起了无数个小星星,耳边嗡嗡嗡直响。再看看赵无极手里的语文课本,已经打掉了封面和封底。

我拿手捂着脸,有些愤恨地看看赵无极。赵无极仍旧很气愤,指着我的鼻子说:赵寻根你瞪我干什么?你再瞪我还打你!说着,手里的课本又落了下来。这次,我不敢看他了。他让我回座位。我走下讲台,路过刘君山的座位时,拿手指指着他,小声说了句:你等着!不想这句话又被赵无极听了去,他说:赵寻根你说什么?你再说一遍我听听!他边说边走近我,再一次扬起了手。经过这一顿打,他手里的那个语文课本基本上是报废了。

这天放学,刘君山早早地就跑到了办公室,像个小尾巴一样一直跟着赵无极。这小子怕我打他。我看到韩慧慧一直注视着我,一脸的担心。我冲她挤挤眼睛,表示我没事。她笑了笑。

后来,刘君山专门到我家里来,解释说他是不想坏了我一世英名。我有些奇怪地看着他:你小子告我状导致我挨了顿暴打,在同学们面前丢尽了颜面,怎么到头来还是为了我一世英名?他解释说:赵寻根你怎么就不明白我的苦心呢?那天的架是不是你带头打的?我点点头:是我。刘君山说:对呀,你带头打了架,赵无极问是谁?按照你一人做事一人当的风格,我以为你会自告奋勇站出来!但你没有!我当时就替你着急呀,你不站出来岂不是让其他同学知道你不能"一人做事一人当"吗?所以,我一着急,就说了出来。我一听,得,刘君山这小子有三寸不烂之舌,算他会说。那以后,我们的关系变得更铁了。

我一直有个疑问:赵无极那天为何那么狠地打我?虽说我家和他的关系不如刘君山那么近,但好歹也是本家啊。这个疑问终于在几天以后得到了答案。原来那天赵无极家里出了事儿:五婶回娘家的时候,被一辆拖拉机撞断了腿。

这么多年过去了，想必赵无极早已经忘了这件事。他大概不会想到，如今我和刘君山的关系居然会这么好。

从办公室出来，我看到韩慧慧正一个人在宿舍里看书。我进去时，她正在拿毛巾擦脸上的泪痕。看到我，不好意思地笑了一下，说：看书看哭了！我笑笑，拿过书翻了翻，是钱钟书的《围城》，版本和高考前送我的那本一模一样。这样的书你也能看哭？应该笑才对。我笑着嘲讽她。她摇摇头：看了好几遍了，没笑过，看一遍哭一遍。愣了一下，她又说：刘君山说我是林黛玉的身子薛宝钗的命！你觉得对吗？我点点头：挺准的，看来刘君山很了解你。停顿了一下，我告诉韩慧慧：下午就回城了。韩慧慧愣了愣：咋突然就回去了？你不说这次要在麻庄待上一周吗？坟场用地的事儿定下来了？我看看门外：坟地的事儿一时半会儿还定不下来，刘少军还没表态。单位上有点事，我回去处理一下，过段时间我调休再来吧。韩慧慧点头，起身去关门。我赶紧拉住她的胳膊：别关门！韩慧慧有些意外：刘君山在上课，两节呢！我红了脸：要回城了，我马上去跟爹说一声就回！韩慧慧眼睛红红的：看来你心里还是没有我！我摇摇头：不是，是不想伤害刘君山！韩慧慧没再说话。愣了半天，说了句：下次来时提前说声，我再陪你去看看那伏羲女娲。愣了一下，她又说：新坟场用地的事儿我见了刘少军会和他说。我点点头，在韩慧慧有些幽怨的目光中，走出了学校。走出好远，我才想起来有个问题没问她：她和刘少军到底有没有什么关系？想来想去，似乎有些难以启齿，留待下次见面再说吧。

在半路上碰到爹，他扛着锄头，正要下田。远远地看到我，立在原地。我喊了声爹。他嗯了一声，说道：以为你早回城了呢。我说：这就回去了爹。他问我：坟地的事儿有眉目了吗？我摇摇头：过些时日我回来再和区里领导见个面，想想办法。愣了一下，我又说：到时候争取能定下来。爹点点头:路上小心点。说完,他有些犹豫地嗯啊了几声。我看出他有话要说:爹你有什么话就直说吧。他看看我:有句话本不该我来说,但我憋不住话。我点点头:你说吧,爹。爹四周瞅瞅,小声说了句:我这一辈子,没啥要求你的,你回去和晓璐商量商量,别再等了,赶紧要个孩子吧,你们的年龄都不小了! 他说完转身走了。我看了一眼他瘦小的背影,眼睛有些潮湿。

爹个子不算高,只能说是中等个头,年轻的时候出过大力。爷爷知道他受苦,也曾经想过办法,小学毕业以后,爷爷托人让他进了枣庄城里的一个饭店,想让他学一门手艺。干了两年不到,他又回来了,说城里人难伺候,不想干了。爷爷问他想干什么,他也说不出个子丑寅卯来。爷爷没办法,只好让他一边跟着自己做点干货生意,一边收拾收拾地里的杂活。如今,爹也越发显得落寞了。我参加工作一开始还经常回来看他,但自从他找了新女人,我就不常回来了。对此,爹也是心知肚明。他每次别的话不说,就说要照顾好弟弟妹妹。他俩现在都跟着我在彭城上学,一个上大专,一个上中等师范。每年的学费和平时的生活费都是我给。在这方面,我从来没让爹为难过。作为长子,我自觉是尽了责任的。

从学校出来,一直走到麻庄村口,我在路上都没有碰到几个壮劳力。这几年,麻庄是孩子妇女老人的世界,村里的情形确实就是那个386199(妇女儿童老人)的电话号码了。可是,我这几天发现,村里的小孩子也越来越少了。年轻人出去打工,小媳妇们的肚子大不起来。慢慢地,大家便越来越不愿意生养了。刘君山说小学校里的生源呈锐减之势,以前一个班四五十个人,坐得满满当当。现在倒好,稀稀拉拉的,没了上课的气氛。照这个样子下去,学校迟早要关门大吉。只有那些上了年纪的老人,总是在不停地叨叨要人丁啊,要留种啊什么的。可这些话没有几个年轻人愿意听,说了也是白说。和日渐减少的小孩子比起来,村里的老人显得越来越多。他们的身影不时出现在村头的墙角,小卖部的门口,在那里一蹲就是大半天。

通过这些天的观察，我发现麻庄变得比以前安静了。村庄里少了许多小孩子的闹腾，连那些走来晃去的狗都变得懒散起来，懒得花力气叫唤了。与村庄的安静形成鲜明对比的是马鞍山脚下轰鸣的工地，一辆辆卡车在不停地运输着渣土、水泥、沙子，那里的汽配城已经开始打地基了。看来，小康楼动工之日也不会太远了，真要拿到那块地，必须得下点大功夫！

去高铁站的乡村公交一般都是半小时一趟，但这次却不准点，左等不来右等不来。在村口站了半天，终于等来一辆小中巴。车上没什么人，我是唯一一个乘客。这个时间点去高铁站的人很少，也可见大家出行也并不频繁。我一上车就听司机抱怨车胎不顶用，还骂修车的人换个胎花了这么长时间。我心说换车胎不是很简单吗，不过是在为车子晚点找借口吧。小中巴行驶在宽阔平整的店韩路上，路过伏里村口时，我又看到了那个伏羲纪念大碑，“伏羲故里”四个正楷大字在阳光下熠熠生辉。

因为小中巴晚点，本来相对从容的时间变得有些紧张了。到了高铁站，离发车不到半个小时，我只得匆匆忙忙到肯德基买了一个汉堡，要了一瓶饮料，带到火车上吃。这个点儿坐车的人不多，车厢里显得有些空空荡荡。经常在京沪线上坐车，有时候我也会发些无谓的感慨：如果连京沪线上的高铁都坐不满，那咱们国家的高铁还能赚钱吗？这样的担心当然是杞人忧天。实践证明，知识分子这样的无谓担心多是没有什么实际效用的。人少，也就无所谓按不按票入座了，我随便找一个靠窗的位子坐下来，看着手里的巨无霸汉堡，没有一点食欲，这几天在麻庄的一幕幕飞快地在脑海回放。最后一个镜头定格在爹反复叮嘱的那句话：咱们赵家这一支的香火得往下传啊！自打听到老爹的这一句话那一瞬间，我就好像是魔怔了一样，脑袋中反复萦绕的全是这句叮咛。我这些天在麻庄所看到的一切，似乎也都因为这句话而串联在了一起：无论是伏羲和女娲，还是韩慧慧和刘君山，以及整个麻庄的现状，被淹的坟场，似乎都和这个“香火”有关。作为从麻庄走出去的农家子弟，我当然知道“不孝有三无后为大”的语中真意。这些年来，我和万晓璐也不是没有做过努力。刚开始同居期间，我们还采取点措施，但结婚以后，我们俩就再也没碰过什么避孕套和避孕药。奇怪的是，万晓璐的肚子竟然没有一点儿动静。我不知道是自己的问题还是万晓璐身体有毛病。万晓璐去医院做检查，说可能是输卵管有一根不通，但还不至于影响生育。爷爷在世的时候，我还有过这方面的压力，心里总想着让他早点抱上重孙子啥的。但自从他走了以后，这个念想慢慢也就淡了。有时候还自我安慰，不是还有弟弟吗？他将来念完书结了婚肯定会有孩子的。现在经老爹这么一提，我忽然又有了一点焦虑。无论如何，回去一定要和万晓璐一起想想办法。

这样想着，我竟然迷迷糊糊地睡着了，好像还做了一个梦。我清晰地梦到了伏羲和女娲，他们两个像蛇一样紧紧地缠绕在一起，你中有我我中有你，根本分不清对方的身体。他们一会儿盘旋在高空，一会儿漂浮在江河；一会儿飞跃过大山，一会儿游荡在原野。我的耳边充斥着伏羲女娲呼哧呼哧的喘息声。在这刺耳的声音中，我一下子变成了伏羲，怀抱着女娲骑在一条巨龙身上，在广袤的天地间飞来荡去。当我想俯首亲吻怀中的女娲时，却发现她已经变成了韩慧慧。我又惊又喜，正犹豫间，她又变成了万晓璐。就这样，我怀里的女人一会儿是女娲，一会儿是韩慧慧，一会儿是万晓璐，她们的身影在梦中互相重叠在一起，根本分不清彼此。

第八回　万晓璐她说赵寻根是凤凰男

昨天夜里做了一个梦，梦到赵寻根和一个女人上了床，两个人毫无廉耻，我在梦里看了都脸红！我担心他出事，赶紧召他回来。别的我不敢说，就听老婆的话这方面来讲，赵寻根算是一个好男人。

在我眼里，赵寻根是个不折不扣的凤凰男。

首先，他符合凤凰男的出身标准：赵寻根来自穷山沟，为了走出农村，他努力考上了大学，由此花光了家里的全部积蓄，因此他的背后有一个需要接济的农村家庭。其次，他也符合凤凰男的性格标准：赵寻根在离家不远的城里工作，身体上已经融入城市，但他的精神依然停留在乡村，骨子里有严重的大男子主义，在自负的同时有一点点自卑。最后，他也符合凤凰男的婚姻标准：赵寻根和我谈恋爱那会儿，我就三番五次地告诫他：我是一个从小在城市里长大没吃过什么苦头而又有些个性的姑娘。我所属的这一群体在网络上常常被称作孔雀女。一个是70后凤凰男，一个是80后孔雀女，这算不算是赵寻根眼里的伏羲和女娲那样的天作之合？我曾经给自己提出过这个问题，一时间却难以找到答案。记得我和赵寻根结婚那会儿，办了两场婚礼。一个是在单位，我们只请来了同事。婆婆去世得早，赵寻根不想让老家的人出现在婚礼上。双方家长都没有出现，只请了赵寻根的中学老师贺书风,他是唯一一个来自老家的人。贺书风是赵寻根的中学老师,也是他的文学启蒙者,还是为数不多的能谈得来的好朋友。他们之间是亦师亦友的关系。贺书风对赵寻根的影响很大,不单单是在文学方面,在生活上,在社会交往中,都给赵寻根以引导和帮助。赵寻根平时联系最多的也是贺书风,早已经把他当作家人一样看待。赵寻根事后对我说:我们是天底下为数不多的自己给自己举办婚礼的人。这话说起来很轻松,但听上去总有那么一些酸楚。在老家,我们按照麻庄的传统风俗也办了一个婚礼。那天,赵寻根七大姑八大姨都来了,很热闹。我看到家门上贴着的大红的对联,除了喜字之外,还有一副是:天作之合,白头偕老。那斗大的毛笔字出自赵寻根之手。我还记得婚礼的当天晚上赵寻根哭了。他喝了酒后,在贺书风和刘君山面前哭了,哭得肩膀一抖一抖的,很伤心。我知道他一定是想起了什么。那时候我就想,这个能在朋友面前放声大哭的人一定不会是坏人,一个热爱写作的人再坏大概也坏不到哪里去。结婚这么多年的实践证明,我的这个判断基本上大差不差。

赵寻根认识我的时候已经留校工作了,那时我大学还没毕业,正在读大四。我们的年龄差了三岁,一个刚参加工作,有一点自己的积蓄,谈恋爱不至于太吝啬;一个是在校生,头脑单纯简单,又家境殷实,没啥负担,对于谈恋爱重感情不重家庭。因此我们的爱情似乎很顺利,迷迷糊糊间生米很快就做成了熟饭。加上我毕业后也顺利留校工作,成为这所大学的实验员,我们很快就买了房结了婚,过起了自己的小日子。

说到买房子,赵寻根真算是走了狗屎运。我留校工作前一年,彭城的房价已经开始涨了。按照赵寻根当时的经济状况,家里指望不上,刚参加工作工资收入有限,虽说有一两万块钱的积蓄,但这点钱离买房子要差得老远。为此,赵寻根拼命写文章,千方百计赚钱。他还和学校的一位老师合作写了一套教材,印数不少。那时候买房的念头对于我和赵寻根来说只是那么一个闪念,但赵寻根一下子警醒了似的,很当回事儿地对我说:我们确实该买一套房子,不然怎么结婚?虽然未来的岳父岳母大人一向很宽宏大量,但一直租房子住确实说不过去。于是春节之前,闲着没事儿,赵寻根骑着那辆除了铃铛不响哪儿都响的破二手自行车,带着我到学校附近查看有没有合适的房源。也该当我们运气好,一个在学校旁边刚刚竣工的现房,恰好空出来一套。因为原来定下来要买这套房的人没有贷成款,只好不买了。而我和赵寻根到售楼部的时候,他刚好做出放弃购买的决定。赵寻根问售楼小姐:这套房什么价格?售楼小姐说:仅此一套现房了,你要是买,还是原来的价格。我和赵寻根心里一喜:原来的价格就是没涨之前的价格,那可真是太好了!售楼小姐问赵寻根:你能贷来款吗?贷不来款你也买不了。赵寻根忙不迭地说可以贷来款,可以贷来款,我是师范大学里的老师,可以使用公积金贷款!售楼小姐点点头:那首付呢?这套房子比较大,首付也要三万多!赵寻根算了算手里的存款,满打满算只有一万多,缺口不小,怎么办?指望家里不可能,向未来的岳父岳母张口磨不开脸。其实我当时有打算,只要赵寻根张口,我决定去找老爸老妈给我们出一点赞助费,这个应该是没有问题的,毕竟他们只有我这么一个宝贝女儿。虽然还有一个不懂事的弟弟,但他是爸妈头脑一时发热,从一个亲戚家抱来的,不是亲生的,和我这个亲生的毕竟还不一样。但赵寻根硬是咬紧了牙关,不张这个口。他脑子转悠了半天,想到了那本刚出版的教材。如果能提前把教材的稿费支取出来,加上手里的一万多,正好够这套房子的首付。想到这个,赵寻根给出版社编辑打电话,出版社编辑那边也算是老朋友,一听说赵寻根要买房,二话没说,第二天就把稿酬打了过来。赵寻根付完首付,办完公积金贷款,拿到新房的钥匙,就到了过春节的时间了。春节从老家回来,我们就听说房价涨了,而且涨得十分离谱!不到半年,房价翻了一倍,又过了半年,又翻了接近一倍!我们后来感叹:要是当时不买那套房,这之后我们就可能真买不起了。想想真是好险！对此，除了感叹运气眷顾之外，赵寻根还有一点点自鸣得意。他对外吹嘘：我的房子是用键盘一个字一个字敲出来的！是用稿酬换来的！他这么说，听的人莫不是佩服得做五体投地状，恭维他几句。每每这时，赵寻根就暗自有几分得意。

结婚以后，过日子不比谈恋爱，一天一天又一天，几乎都是无味的重复。时间长了，我和赵寻根免不了也会发生口角。每次吵架，我总能把话题引向赵寻根的出身，总是会不无恶毒地如此数落赵寻根：你说说看，结婚买房是不是我提醒的你？人家结婚都是金银首饰一大堆，我有啥？我手上戴的哪一个不是我爸妈给我买的？你挣的那点儿钱够不够堵你们家的那个穷窟窿？你看看你那些穷亲戚，什么七大姑八大姨，哪个不向你伸手要钱？说好听点那是借，说难听点那就是讨！……这样的话说得多了，慢慢地就在赵寻根的肚子里积聚成了一个定时炸弹。今年春节前夕，这颗炸弹终于爆发了。

刚结婚那会儿，虽说心里有一百个不愿意，但最终我都会跟着赵寻根回鲁南老家过春节。哪怕只在麻庄待一天，赵寻根心里也高兴。他也知道老家条件不好，鲁南地区冬天冷，家里又没有什么取暖设备。有一次我好心带回去一个“小太阳”取暖，结果家里电线老化，还不敢用，一用就跳闸。麻庄这样的条件与城里真是没法比，对于从小过惯了温室生活的我来说，在老家每多待一分钟都是一份考验。尤其是厕所，就是一个臭气熏天的茅坑，那个恶心啊，现在提起来我都想吐。特别是冬天晚上上厕所，黑灯瞎火的，天又冷，脱了裤子屁股都能被冻成冰疙瘩！那情形堪比大东北！更让我烦恼的是，老家的亲戚多，免不了要走动走动。大年初一那一天，赵寻根的嫂子们还要拉着我去给无数个爷爷奶奶叔叔婶婶大爷大娘去拜年。麻庄的拜年可是真的要拜的！是要跪下来磕头的！可不是城里的拱手作揖。我一开始看到赵寻根扑通一声跪倒在地，撅着屁股给老人们磕头的时候，很不习惯,想笑又不敢笑。心说鲁南这地儿可真是规矩多,不愧是孔子故乡礼仪之邦,这礼数可真是不简单哪！这些,对于我来说,都是一种煎熬。一时着急的时候,我忍不住埋怨麻庄规矩多,心里忍不住骂赵寻根:非得要回麻庄来过年,还要跪下来磕头,真是去你大爷的！下次绝对不干这事了！

第二年,眼看春节就要到了,赵寻根提前两个月给我做思想工作。两个月的时间里,好话说了一箩筐,我就是不松口跟着他回老家过年。我咄咄逼人地给赵寻根讲道理:结婚以后,去年春节就是跟着你回老家,今年你咋就不能将就将就我,回我爸我妈那里过春节？赵寻根面有难色:不都是初二才回你爸你妈那里吗？这是风俗嘛！我眉毛上挑,怒目圆睁:不管什么风不风俗不俗,今年就得回我家过春节！赵寻根急了,对着我吼:你是嫁出去的女人,论老理就得跟着我回老家！我毫不示弱:现在可不是那万恶的旧社会！你愿意回你回,反正我是要留在彭城跟着爸妈过春节！赵寻根吵不过我,想动手又不忍心,只得使劲拿手砸桌子,把大理石桌子拍得啪啪响。我仍旧怒目相向:你再拍我现在就回爸妈家！话未说完,赵寻根啪的一声,把桌子上的盘子拍到了地上,哐啷一声,盘子碎了。我气得眼泪都出来了,转身拿起包,噔噔噔走到门口,摔门而去！

人都说小两口吵架不过夜,但那一次“冷战”,却持续了大半个月。赵寻根有骨气,大半个月不和我联系,电话不打,短信也不发。一开始我也不当回事儿,心说不联系正好,过一段自由自在的快活日子！一天两天,一周两周,到了第三周我就沉不住气了,心说赵寻根可以啊,往常两天不上我的身,他就着急上火,这次咋就能忍住了？他不会是另有新欢了吧！想到这个,我冒出一头冷汗。虽说他是个没啥背景的凤凰男,但论起才华来,那在学校里也是数一数二的。

我一直相信赵寻根不是这样的人。但赵寻根好几个星期不主动联系,多少动摇了我对他的基本信念。和他好了这么多年,还从来没见过他生这么久的气。我决定主动服软。这天晚上,我出其不意地回家了。之所以出其不意,是想看看赵寻根是不是处于正常状态,他是老老实实在家写作呢,还是出去鬼混去了!结果,我一打开门,就看到赵寻根书房里的灯亮着,他正在伏案写小说呢!他听见动静,头也没回,说了句:你终于回来了,我肚子饿了,你给我下碗面吧!我哭笑不得地去了厨房,到处都是锅碗瓢盆,没一个干净的!一看就知道他这些日子是怎么混过来的!我又急又气地给他下了碗面,看着他一口一口吃下去。吃完了他又去书房看书,我去洗了澡。到卧室仔细瞅了瞅,这里闻闻那里嗅嗅,确认没有别人的味道,这才心满意足地放心躺下来。等赵寻根写完小说进来,我装作睡着的样子。他躺下来,并没有像往常一样猴急猴急地爬上来。我知道他还在生气,就主动说了句:你就不想……话没说完,他突然像一头发怒的狮子,猛地爬上我的身子,异常勇猛地劳作起来。行了!从他的动作我就放心了:这个赵寻根,这阵子没出什么事儿!

从那以后,赵寻根再也不提让我跟他回家过年的事儿了。这一方面可能是我的消极抗争有了效果,另一方面也和老家的变故有关,毕竟家里来了新的女主人。赵寻根每次回去都是匆匆添了坟,就折回城里来。现在倒好,祖坟都被水淹了,他以后回去还能到哪儿上坟呢?作为一个从小在城市里长大的女孩子,虽说都是同龄人,但我无法理解坟场对于赵寻根的意义。那天晚上一醒来,他就不停地给我讲,果园塌了果园塌了,坟地没了,坟地没了!还怎么给娘和列祖列宗添坟啊!这可怎么办呀?他说坟地里埋的不仅仅是祖先,坟地还是他的精神寄存处。他说将来我们都要去那个地方,那儿才是我们的最终归宿。我们比城里人幸福的地方就是我们死后可以返回故乡,我们可以回归乡村大地,回归泥土。城里人只能去公墓,我们可以上坟场。对于赵寻根说的这些,我都不能完全理解,也不怎么感兴趣。我没有赵寻根活得那么沉重,我只想活好此生今世,我对于死后的世界一无所知,也不想去知晓。我信奉的是孔子的“未知生焉知死”的生命哲学,对赵寻根略有些虚无主义的想法并不完全苟同。但赵寻根有一句话感动了我,他说:万晓璐你知不知道?不论咱俩怎么吵,闹得有多凶,只要咱俩不离婚,咱们死后都得埋在一个坟头,埋在一个地方,埋进同一块土地!我觉得这是赵寻根说过的最好的情话。他的话让我慢慢开始思考自己的来路与归宿,思考的结果是我再也不和这个叫赵寻根的男人闹了,只要他不犯致命的错误,我要和他终老此生。

算好赵寻根到家的时间,我早早地把饭热好,洗了个热水澡,把全身上下拾掇一遍,抹了赵寻根最喜欢的香水,坐在沙发上边看电视边等他。这个电视剧是个韩国片,是赵寻根深恶痛绝的那种,小脚老太的裹脚布一样,又臭又长的家庭剧。我们现在住的这所房子就是赵寻根走狗屎运买下的,这个小区紧挨着学校,上班近不说,与周边楼盘比,价格也便宜。买的这套房子在五楼,有些偏高,却是靠近最东边,餐厅还有一个大窗户,采光极好。

房子买来没多久,彭城的房价就嗖嗖嗖开始涨起来了。等我们开始装修,里里外外折腾了大半年终于住进来的时候,我们手里的房子价格差不多已经翻了近两倍。

说实话,如果赵寻根不是走了狗屎运买了房子,爸妈是不情愿我嫁给他的。除了有一份固定的工作,有一点儿写作的才华,赵寻根什么都没有,是一个真真正正名副其实的无产阶级。家在农村,老家负担重,大男子主义,这样的“稀缺”凤凰男娶了个我这样的80后孔雀女,想把日子过得顺溜很不容易。

其实,赵寻根留校工作这些年,日子过得真是如履薄冰。虽说他是本校毕业,留校工作有不少可以利用的资源,但师范大学一向有强烈的排外传统,帮派林立。这个学校以校领导为中心,以地域为界形成了好几派势力,美其名曰某某帮某某派。各帮派都在极力壮大势力,在提拔干部评职称时都照顾自己帮派里的人。赵寻根是外地人,在学校里属于散兵游勇,无帮无派。人说背靠大树好乘凉,可赵寻根根本就找不到这样的大树,即便是找得到估计也很难融入,他的性格决定了只能自己孤军奋战。

在我看来,赵寻根最致命的性格缺陷就是自以为是,丝毫不知道通融。用句时髦的话讲就是情商特低,也就是苏北土话说的“不透实”“一根筋”,是长了一个不撞南墙不回头的那种榆木疙瘩脑袋的人。

和院长一起出差,赵寻根竟然也不知道把握机会,和院长好好沟通沟通。有一次,两个人一起去南方开一个文学创作会议。按照一般逻辑,这样的会议院长是可以不去的,因为院长本身不搞创作,他之所以愿意去是想看看赵寻根在文学创作圈子里的影响力,也借此机会在态度上支持一下赵寻根的创作。现在所谓的学术会议,也是找个机会大家见个面,聊聊天,联络一下感情,哪料到,赵寻根到了会场,只知道认认真真开会,根本顾不上吃饭聊天,更不知道到领导桌子上表达一下敬意。

情商低,不知道通融,赵寻根这个致命的缺点决定了他不可能走上仕途之路。他也就适合老老实实地躲在书房里,钻进故纸堆里,皓首穷经地做点所谓的学问,写一点自己都不愿意多读一遍的所谓小说。

虽说赵寻根身上有这样那样的缺点,却有一个对我来说特别重要的优点,用他自己的话说就是:即便我身上再无长处,只有一个长处就足以讨好你!赵寻根说得很对,他身上的这唯一一个长处的确每次都能让我欲仙欲死。这也是我离不开他的一个原因。说得极端一点,我都恨不得每次例假只有一天!为此,我给赵寻根定下了一个不成文的规则:无论是他出差,还是回老家,没有特殊情况,一律都不准超过一周!

我知道赵寻根这次回老家是要办大事,他不是说了吗,祖坟是我和他的最终归宿地,他要把这个归宿地处理得妥妥的才会活得更加心安。有点封建迷信思想的赵寻根缺点毛病不少,尤其是在表达方面,不大会和人沟通。但在家人面前,他有时候还是能说出几个让人感动的“金句”的。比如他常常会对我说:祖坟是死亡之后的归宿地,你是我活在人世的归宿地,躺在你的臂弯我会觉得特别踏实。这样的话,虽说不是甜言蜜语,却胜似蜜语甜言。

由此,我对赵寻根的表现基本上还是很满意的。

晚上八点钟,门外传来钥匙孔转动的声音。我计算了一下高铁的时间点,赵寻根肯定没在外面吃饭,不然不会这么准时。我从床上起身,听见赵寻根还在转动钥匙,心里说自己家的钥匙都找不准吗?我打开门,赵寻根一愣,说了句:咱家的锁该修了吧!我半真半假半嗔半怒地说了句:是该修了!几天不用快生锈了!你赶紧修修!说完我忍不住扑哧一声笑了。赵寻根显然听出了弦外之音,脸色一红,用脚把门关了,顺势抱住我的腰,嘴里嘟囔着:让我看看到底生锈没生锈!我脸色发烫,人说小别胜新婚,这话真不假。我和赵寻根分开才几天,身体就渴望得不行。这一点我还是很自豪的。结婚这么多年,虽然没有孩子,但我俩感情一直很好。偶尔一次斗嘴吵架,仿佛也只是生活的一点调料。

战斗结束,赵寻根呼呼直喘粗气。我躺在他怀里,此时已毫无力气。等着他给我讲在麻庄的见闻。以往,他每次从麻庄回来,总要唠叨个不停。今天肯定也会这样。果然,他清了清嗓门。这是他要开始长篇大论的节奏。

我们想办法要个孩子吧!赵寻根说道。我没想到赵寻根会谈这个话题。这么些年,他虽然也有过这方面的暗示,但从没这么严肃地谈起过。他愣了一下又说:咱俩年龄也都不小了,你虽然比我小几岁,但也不能再拖了,你现在正好是生育的最佳年龄,再大一点,生育的风险会增大。我不说话,摩挲着他满是汗毛的胸口。赵寻根身上的汗毛多,尤其是胳膊和胸口,一大片,原始人一样。

哪天我把你身上这些汗毛给剃了吧?！太多了,像个野人！我故意不接赵寻根的话头,想转移话题。赵寻根哼了一声:刚认识那会儿,你不是说就喜欢这些汗毛吗？现在咋又变了？我撇撇嘴:那你就继续当个野人吧！赵寻根不说话。沉默了一会儿,我说道:其实我一直都不反对要小孩,这你也知道的,奇怪的是,我的肚子一直没有动静！赵寻根抚摸着我的脖子,说道:或许是我们都太紧张了,也可能是和你太瘦有关,你只想减肥减肥,把自己减成了林黛玉,弱柳扶风,一吹就倒,哪还能轻易怀孕？我闭上眼睛:那你来吧,给我施肥！我知道一般分开一段时间之后,赵寻根战斗力都超强,这也是他在外面没出问题的一个有力证明。赵寻根很快进入状态,嘴里哼哼哈哈着什么伏羲女娲伏羲女娲的词语。我大脑越来越模糊,闭上眼睛享受。

我不知道赵寻根为何接受不了丁克家庭。我们师范大学并不缺少这样的例子,有好几对80后的小夫妻公开说不要孩子,要永远沉浸在二人世界！每年一放寒暑假,两个人就出去环游世界,小日子不也过得有滋有味吗？丁克家庭生活有什么不好？我们学院新提拔的副书记古有时,结婚都七八年了,妻子也是做学生工作的副书记,两个人老家都在农村,不也一直坚持不要孩子吗？两个人三年前还一起考上了研究生,听说今年即将博士毕业,回来以后肯定是要提拔重用的。这样一心扑在工作学习上,追求事业的成功,有什么不好？赵寻根的思想不是挺开放的吗？为啥就是想不通呢？

我就不明白了！

第九回　赵寻根他为事业努力注上攀

万晓璐把我喊回来，主要是为了她评职称的事儿。她留校工作满六年，今年正好可以评高级实验师。

实验师这个职称序列评审条件不像教学系列那么严格，在学位方面只要求硕士就可以，文章发表层次也不像教学系列要求高得那么离谱。她硕士研究生学位刚刚到手，也跟着我一起在核心刊物发表了几篇文章，所有条件基本符合。昨天学校已经下发了通知，要求参评人员在一周内准备好所有申报表和所有支撑材料。和往年一样，所有参评材料都要公开展示，让全校的人都能看到，以示评职称公平公正公开。在高校工作，评职称是天大的一件事，不然万晓璐也不会这么急匆匆把我从麻庄召回来。职称不但代表着对自己能力的认可，更重要的是职称和工作待遇挂钩。尤其是从讲师到副高这一步，是最为关键的一个环节。上了副教授，就等于进入了高级人才的行列。无论是报科研项目还是工作调动，副高都是一个坎儿。尤其是像国家社科基金这样有影响的项目，一般的起点就是副高职称。不是副高的，还得找高级职称的教授们推荐。基于我在评职称方面有过惨痛的教训，殷鉴不远，前车之鉴乃后车之辙，万晓璐不敢大意。

提前从麻庄回来，我一开始还有点儿不高兴。给列祖列宗重新找一块风水宝地是一件大事,我必须尽快完成,这也是老爹的一个大心事。这件事不解决,我睡觉都睡不好。但万晓璐一句话就把我的抱怨给堵死了:赵寻根你觉得是在麻庄找一块风水宝地重要还是我评职称重要！我最迷恋的是万晓璐的身子,最惧怕的就是万晓璐的嘴。我知道只要我再说一句抱怨的话,就有可能激怒她说出更狠的话:是活人重要还是死人重要？是我的前途重要还是列祖列宗的坟墓重要？一旦上升到这样的终极灵魂拷问,我就无路可退了！为了不给她机会激化矛盾,我只好再次“忍气吞声”笑脸相迎。

要说评职称这事儿,确实很重要。我的副高职称反复折腾了三次,最终才侥幸通过。在文学院这样的老牌院系,强手如林,名额紧张,几乎每一年大家都争得头破血流。记得我第一次参评副高职称,发了十篇 C 刊和核心论文,当年还拿了一个省社科基金的项目。我满以为拿着这些成果参评副高,不说是绰绰有余,那也是不在话下吧。哪知道那时候还只是副院长的蒋政志只看了一眼我的材料,就撇了撇嘴,笑了笑。我看他笑得高深莫测,小心翼翼地问他:蒋院,您看我这些材料还行？蒋政志又笑笑,不疾不徐地说道:你是要我实话实说还是……我一听他这话就明白了大半,苦着脸说:当然是希望您老人家实话实说了。蒋政志点点头,说:你这些文章还不够,只有南大核心和北大核心刊物的文章还不够,你还应该有一篇权威期刊论文！我一愣:您的意思我得在《文学评论》这样的刊物上发一篇？蒋政志点头说:你是不知道学校副高职称评审的竞争激烈到了什么样的程度！以往评副高五六篇核心的文章就可以,现在大家都努力发文章,水涨船高,全校副高名额又少,搞得副高职称评审比正高都难！换句话说,现在评副高必须得有往年评正高的材料做支撑！你的这些材料就算是通过了学院评审,也过不了学校那一关。所以,你要想在全校竞争成功拿到副高,必须要有权威期刊的文章,即便不能在《文学评论》上发,也得在同级别的

《文学遗产》《历史研究》这样的刊物上发,最不济也得在《文艺研究》吧。我表情痛苦地说:您说的这些刊物可都是大刊,一时半会儿都不太好发啊!蒋政志笑笑:我当然知道不好发,还有一个解决的办法,就是在普核刊物上发,被《新华文摘》转载,这也算是在权威期刊发表。或者想办法拿一个国家社科基金项目,也能顶一篇权威!听蒋政志这么说,我傻眼了。蒋政志见我发愣,问了句:情况就是这么个情况,你看今年还报吗?我咬了咬牙:死马当作活马医,没有希望也试试吧,就算是积累经验也好!蒋政志点头说:试试也好!要是报了还有可能,要是不报就没有一点儿可能了!再说了,咱们学校评职称一年一个政策,谁知道明年政策会不会变呢?

后来的事实说明,蒋政志说对了两点:一是我的材料还是太弱,学校竞争太激烈,我这次肯定没戏;二是学校下一年评职称将会有新的要求:四十岁以下评教学系列的副高必须要获得博士学位!这一次没戏就没戏了吧,可恶的是,按照学校这个新出台的规定,下一次我也没戏!因为按照新的要求,我离四十岁的年龄界限还很遥远,想评副高必须要拿到博士学位!我毕业留校工作,这些年勉强混了个高校系列的硕士研究生,一直想等评上副教授再混个博士学位。现在我的如意算盘泡了汤,评副高和考博士必须得颠倒顺序了!如果真的是必须拿到博士学位才能有资格评副高的话,即便我当年能考上也得等三年之后啊!怎么办?

此时,万晓璐和我都非常后悔没有早一点考博士。其实我也不是没有试着考过。因为从小受爷爷的影响,我一直对书法很有兴趣。我听说首都大学书法专业招收博士,而且招生导师是大名鼎鼎的欧小石先生!听他们讲,老爷子年岁已高,招博士也就是再招一届两届。更重要的是,书法专业属于艺术类考试,英语要求相对偏低。兴趣所在加上英语水平的考虑,我决定报考首都大学书法博士!说报就报,填了报名表,不久就接到了笔试通知。我踌躇满志地来到祖国首都,坐进了首都大学的博士研究生笔试考场。一共三门试卷，一个是书法理论和书法史，靠着平时的积累，答得还算顺利。一个是书法评论和鉴赏，靠着自己文学理论的底子，洋洋洒洒写了八页纸，感觉也是问题不大。一个是英语水平考试，考试还未开始我就开始莫名紧张。等试卷发下来，满眼的字母，苍蝇一样，我恶心得不行。再看看监考老师，正对着我笑呢。在我看来，那笑容很是有些不怀好意的。硬着头皮往下做题，那些阅读理解看得半懂不懂，只好连蒙带猜，好歹把答案都写上了。就这样结束了第一次的考博之旅。本来还想在伟大的首都转一转，看看长城，逛逛天安门，瞻仰瞻仰毛主席遗容。无奈考试之后心情更加忐忑，只好赶快回到师范大学等消息。回来后吃嘛嘛不香，读书读不进去，写小说写得一塌糊涂，总之做任何事都不能称心如意，情绪特别糟糕。那些日子万晓璐和我说话特别小心翼翼，生怕说错话刺激我的情绪。等啊等啊，终于到了成绩公布的日子。专业课尚可，但英语差得老远，离过线还有不小的距离。第一次考博宣告失败。但好歹靴子落地，我低落的情绪慢慢恢复。万晓璐这才敢跟我开玩笑，说我月经紊乱的日子终于过去了！她还安慰我说这次不行就算了，等评上副高之后从容慢慢考也不迟。谁又能想到，苍天根本不给你从容的机会。

得到评教学系列的副高必须读博士的消息，万晓璐也着急得像热锅上的蚂蚁一样。没的办法，只要你在师范大学工作，就得服从这里的规定。老老实实读博士吧。和万晓璐商量了一下，鉴于我的英语基础确实不好，读博士必须读个英语要求不高的专业，可比书法艺术类博士再低的专业确实不好找。因此，摆在我面前的路子只有两条：要么在短时间内英语成绩取得突破，要么能找到一个合适的专业和导师。考博士研究生和考大学不一样，成功不成功关键在导师想不想要。导师要是想要你，你过线后排名再靠后都无所谓。导师要是不想要你，你排第一都没有用。所以，我必须解决英语过线和专业导师的问题。

真是天无绝人之路！机会说来就来了，而且是两个机会肩并肩一起来的！就在我发愁怎么在短期内提高英语成绩的时候，我看到了中国作家协会发布的一个消息，要在全国选拔有一定英语基础的青年作家，鲁迅文学院在北京举办一期青年作家英语培训班。以前只知道鲁迅文学院定期举办中青年作家高级研讨班，没想到还有作家英语培训这样的好事！我毫不犹豫地填写了报名表。因为报名要符合既有一定英语基础又要有一定的创作实力，全国符合两个叠加条件的作家并不多。我的英语考博士不够格，创作成就也没有大到全国皆知的程度，但两项综合读这个班是绰绰有余。于是我非常顺利地拿到了录取通知书。有了中国作家协会培训班学员这个冠冕堂皇的理由，我光明正大地向蒋政志请了假，高高兴兴地来到了首都。为了激励我在北京好好学习英语，万晓璐和我约法三章，争取打破常规，不再硬性要求我一周回来一趟，从一周改为半个月“朝觐”一次。我知道对于我们来说，半个月已经到一个极限了。就像长江防汛一样，这是一个警戒水位，超过这个水位就有决堤溃坝的危险。万晓璐说到做到，咬着牙坚持半个月见一次面的频率，不是我按时回来，就是她坐高铁去北京。

培训的后半段，中国作协把培训班放到了北京外语大学，除了进行更系统的课程学习之外，还请专业的外教来天天陪我们练口语。我们一个班三十个人，全天课程满满，根本没有出去游玩的时间。稍有空闲，那个瘦瘦高高的英国外教就拉着我们用英语聊天。那可是全程英语啊，我的个天呢，不会说也得说，不敢张口也得张口，只好硬着头皮和他对话。一开始是磕磕绊绊，错讹百出，后来慢慢进步，终于敢张口敢说话了，最后也敢主动问外教在英国生活的情形了。我发现短短两个月不到，我的英语水平尤其是口语突飞猛进。万晓璐每次来京，都吃惊于我的快速进步，以至于每次在紧要关口她都要我说英语，不说她还不答应，说听不到那个英语单词她就到不了高潮。我心说你哪来的这个奇怪的癖好？嘴上却脱口而出那个英语单词。后来，我慢慢发现，在说这个单词时的确会产生一点快感。

学习时间过半，三十个来自全国各地的男男女女都相互熟络起来了。虽然课程紧张，但周末总还是有的。同学们最远的有来自海南的，还有新疆、西藏的，除了台湾、香港、澳门，其他各省基本上都齐了。因路途遥远，这些同学周末基本都不回家，作为成年人，平时难得有这么大块的学习时间，于是大家都相互邀约，三五一群，去首都各地游玩。我很想加入这样的队伍，无奈万晓璐雷打不动周末不是电话就是"御驾亲征"，我根本没有和同学尤其是那些漂亮的女同学单独交流的机会。

听在鲁迅文学院学习过的作家朋友说，鲁院学习生活很精彩，除了课堂学习十分精彩，业余生活也是十分丰富的。请女同学去电影院看一场电影，泡泡咖啡馆，到小酒吧喝杯黑啤，到小剧场看一场东北二人转演出，玩到深更半夜那是常有的事儿。有个别互相对上眼的碰出了爱情的火花，感情很快就水深火热欲罢不能起来，干脆就找个地儿入了洞房，只等学习结束回家操办婚礼完成天作之合了。想来这也是极浪漫的事儿！可惜，这美好的一切都和我无缘。一个是我们这个班太特殊，是一个以学习英语为主而不是文学创作为主的作家英语班，单单英语这门课就把我们中的大多数人折腾得够呛，这和鲁院另一个序列的中青年高研班根本就是两码事。广东的胡小华同学年纪稍大，受不了这个英语班的紧张生活，几次跟我说卷铺盖走人算了！我不学英语了，我都是年近半百的人了，不像你们这些毛头小伙子了，学这个英语有什么用？他满口广东话，口音特别重，说起英语来也带着浓重的广东腔，根本听不懂。为了安慰他，我只好说：我也特别讨厌学习这个英语，但这次机会难得，能静下心来有个学习的大块时间也不容易。他说：那当然那当然，你们年轻嘛！奇怪的是这样的话他说了很多次，却没有一次动真格的。每次都是说说而已，从来没看到他收拾过什么

“铺盖卷儿”。

临近学习结束，我们才知道，中国作协为了办好这个青年作家英语班，是颇费了一番苦心的。随着我们国家经济发展，对外文化交流机会越来越多，中国作家到国外出访也越来越频繁。但慢慢地就发现了一个问题：我们的作家出去以后根本和外国作家无法对话，语言不通，英语说得不行。尤其是青年作家，人家国外作家的学历水平普遍很高，动辄博士、硕士研究生，我们的青年作家却连大学本科毕业的都很少，英语会话更是不行。这样长期下去，不仅会有碍观感，也让国内青年作家很自卑。办这个青年作家英语班的重要意义就在于此。我们这才晓得自己的身上肩负了多么重大的使命。

对于我而言，从这个班得到的可远远不止这些。

临近学习结束，和鲁迅文学院在一个大院子办公的中国现代文学馆承办了一个学术会议。毕竟是在高校里工作，类似的高规格学术会议当然引起了我的强烈兴趣。趁着学习间隙，我去了会议现场。就是在那里，发生了一件决定我人生命运的大事。

那天，我匆匆忙忙赶到现场。只见会场里黑压压一片，坐满了人，我好不容易找到了一个空位，坐下来，听主席台上一个看上去年纪并不大的学者侃侃而谈现当代文学的分期问题。他观点鲜明独到，我听得津津有味。我老感觉在哪里见过他，想来想去，那名字呼之欲出，一时间却又想不起来。讲台上放着席卡，但距离很远，我看不清楚。等他演讲结束，我看到他径直走了出去，手里捏着一个烟盒。我犹豫了一下，就跟了上去。他在走廊尽头点起了一支烟，深深吸了一口，徐徐吐出一个大烟圈。他看到我向他走近，脸上微微露出笑容。我情不自禁被他的笑容所感染，脱口而出：老师，你刚才讲得真好！他笑笑，略显得意，说了句：我思考了很长时间的一个问题，今天是第一次公开发表，有不对的地方还请你多批评！说完，他向我伸出手:我是朱天宇,清北大学中文系。我赶紧伸出手来,激动不已地说:原来你就是大名鼎鼎的朱天宇老师,那位学者型的大作家!朱天宇笑笑,递给我一支烟:来,抽一支!我那都是些虚名,不值一提!我摆摆手:我不抽烟,谢谢朱老师!朱天宇点点头:不抽烟好!我熬夜熬惯了,不抽烟不行!我说:那老师你注意身体!他看着我,问道:小伙子是哪个学校的?我赶紧回答:在彭城的师范大学文学院工作,喜欢写小说,早就拜读过你的所有大作,还写过一篇不成熟的评论!他噢了一声,说:是吗?你那篇文章题目是什么?我回答:题目是《后现代语境下的先锋小说创作》,发在我们学校学报上的。他眼睛一亮,说道:这篇文章我看到过,印象很深刻,是不是后来还被人大复印资料转载了?我点点头:是的,让老师你见笑了!他掐灭了手里的烟,说道:那篇文章很好啊,是写我小说评论文章里我最满意的一篇!愣了一下,他问我:你刚才说你喜欢写小说,那发表过什么作品没有?我答道:在《作家》杂志发过一个小长篇,叫《后土》。他点点头:这个小说我有印象!你是一个人才,创作、研究兼顾,我就喜欢你这样的通才!希望我们以后多联系哦!我犹豫了一下,问他:朱老师,你今年还招研究生吗?我正想考博士呢。朱天宇说:招啊,不但招,而且还是两个呢!其中有一个是文学创作方向,很适合你报考!听到他这么说,我当时高兴得差点蹦起来!我忙不迭地说:太好了,真是太好了!只是……见我在犹豫,朱天宇一愣,说:你有什么困难?我脸色通红,结结巴巴地说道:我的英语不是太好,虽然现在正在北京外语大学参加鲁迅文学院的英语强化学习,但还是担心考不上!朱天宇笑笑:这个你放心好了,清北大学英语考试是自己命题,即便你英语不过线,我也可以申请破格!你放心地报考!我激动不已,赶紧表态:好的,朱老师,我今年一定报考,很荣幸能拜在你门下,成为朱门弟子!我一定好好跟着你学习写作和做研究,不辜负你的期望!朱天宇哈哈大笑:走,会议也快结束了,我们去饭厅吃饭,边吃边聊!

眼看命运迎来了转机,我的兴奋是可想而知的。万晓璐催促我及早备考,英语有鲁院培训班打底,专业课要和导师经常沟通。为了抓住这个难得的机遇,我把朱天宇的几乎所有的书都找了来,一本一本仔细啃。看完了他的书,我又到中国知网搜索了他发表的几乎所有的学术文章,恭恭敬敬地整理打印出来,像基督徒读《圣经》一样,一篇一篇读过。我还找来有关朱天宇的几乎所有的小说作品的评论,一篇篇仔细研读。自打得到了朱天宇的允诺,我每天都像打了鸡血一样。万晓璐说我那些日子变了,整个人变得精神焕发,连做爱都比以前花样多了。总之,在过了一段高度紧张、极有规律的备考日子之后,终于迎来了大考之日。

专业课我自知没什么问题,一切就看英语了。英语虽说是清北大学自己命题,而且朱天宇说差个三五分也没问题,他可以申请破格,但我还是很担心英语拖我的后腿。我也不希望走破格的路子,一是有风险,导师只是第一关,后面还有学院学术委员会讨论,主任签字,研究生处研究,最后还得校学术委员会通过,太烦琐;二是破格总归是不寻常的路子,说起来总是不如正常录取的好。带着这样忐忑的想法,英语试卷发下来了。我先看了看最后的英语写作,不算难,准备的句型可以用得上。我的心迅速安定下来。再看看阅读理解,虽说有难度,但也能看个八九不离十。带着一点欣喜,我顺顺当当完成了试卷。

轮到专业课考试了。按照朱天宇的嘱咐,我在专业课的考试中尽量放开来答,不拘泥于已有学术观念,大胆假设,小心求证。做完试卷的最后一题,我长舒了一口气,这些题目全都没有脱离我备考的范围。而且一看就知道是朱天宇出的题目,大都在他的学术著作中谈起过。遵照万晓璐的嘱咐,考完试,我没有立即返回彭城。这边一考完,我就和朱天宇通了电话。他好像正在等我的电话似的,铃声一响就接了,问我:考得怎么样?我说:感觉还好!他笑笑:还好就好,那你回去等消息吧!我说:想到老师家里去看看，认认门儿！朱天宇犹豫了一下，说道：还是先别来，我住在学校公寓区，人来人往，被人看见了反而不好，等成绩出来以后，拿到录取通知书你再来，等跟我读博士了，欢迎你天天来！到时候，我让你师母给你包饺子！她和你是老乡，也是山东人！我听他说得很有道理，而且很热情，不像是在客套。我看了看手里的两盒西湖龙井，结结巴巴地说：我给你带来了两盒新茶，能不能放到学校的传达室？朱天宇说：那你放过去吧，我回头去拿！我一听他这样说，心里一块石头落了地：那好，我把茶叶放过去了！期待着到老师家里去聆听教诲，尝尝师母包的山东饺子。朱天宇哈哈大笑，连声说了几个好好好，就挂了。我心情愉快，感觉自己离读博士的距离只差零点一毫米了。退一万步说，即便今年真考不上，看朱天宇老师对自己的态度，明年再考也是好的。毕竟，考博考个三两次都是正常的。

考完试，鲁院英语培训班也结束了。那天，学校给我们开了个送别晚会。三十个来自天南海北的同学，经历了四个多月的共同学习，多多少少都有了一些感情，彼此当然也都依依不舍。有几个女孩子还抱头痛哭，边哭边口齿不清地说着：何时能再见啊，何时能再见！我喝了一点酒，触景生情，心里虽然有些悲凉，但好在不至于失控。举着酒杯敬了该敬的几个老师，再和同学们碰杯。喝着喝着，竟然眼角湿润起来。妈的，还是没忍住。走到最后一个女孩子跟前，她已经有些醉态，看到我，恶狠狠地说了句：我不和你碰杯！你这只冷血动物！我一愣，酒醒了一半，定睛再看看，这是一位从内蒙古来的姑娘，很有边疆异域色彩的长相，令人过目难忘。但她的名字我一时间竟然想不起来了。学习四个多月，我没有和任何一个女生有过深入交往，当然也就没太注意过她！她继续大着舌头说：知道你是个大学老师，大学老师就有什么了不起呀？成天价板着一副面孔，好像在替天下人受难似的。我一听乐了，心说这姑娘有点意思。她突然提高了声调：四个月来，其他男生都和我说过话，有的还请我喝过酒，就你，赵寻根，没搭理过我万燕燕一次！难道本姑娘长得不美吗？本姑娘不能吸引你吗？我脸色通红地看看四周，还好，大家都在说话，没有谁太注意这边。万燕燕明显喝多了，说话毫无顾忌，不愧是一个豪爽的边疆姑娘！我正犹豫着该怎么回答，万燕燕说了句：走，你扶我去一趟洗手间！本姑娘要去洗个手！我左右为难，不知道该不该伸出手。她却不容分说，把手搭在我的肩膀上，几乎是搂着我，向洗手间走去。我能想象出同学们那诧异的眼神，但我不敢回头看。现在唯一的办法就是快点从洗手间回来。问题是，万燕燕像是故意给我难堪似的，躲进洗手间里半天不出来。好不容易出来了，看上去似乎清醒了许多，她嘿嘿笑着说：本姑娘长这么大还是第一次吐酒，吐酒真难受！我笑笑：以后还是少喝点！愣了一下，万燕燕又说了句：你千万不能爱上我！我一愣，目瞪口呆地看着万燕燕，她脸色通红，低着头，不再说话。快到餐厅时，她拉住了我：你是什么时候的车？我明天上午就走，到时候你来送送我！我只好点点头：我明天下午的高铁，先送你走。

那天晚上，我想了许久。四个月时间里，我一直没有注意到过万燕燕。班级三十个人，女同学占了一大半，平时除了上课，其他时间联系很少。因为万晓璐，我也很少参加班级里的其他活动，所以和班级里的同学交往都不多。万燕燕好像一直都坐在最后一排，很少发言，其他活动也不活跃。只是听说她刚刚大学毕业不久，在地方文化部门工作，算是专业写作。这样的一个女孩子，怎么会对我发出如此暧昧的信息？原因只能是她喝多了。

果然，第二天，我去送她时，没事人一样，谁也不提昨天的事儿。我之前还在想，或许万燕燕会主动说起昨晚的失态，但她没说。她叫了一辆出租车，我帮她把行李搬上了后备厢。女孩子的行李可真多，满满当当三大箱。我故作轻松地说：万燕燕你这是搬家呢？这么多箱子！万燕燕笑笑：一看你就是少见多怪！女孩子哪个不这样？愣了一下，又说，你老婆不这样吗？我一愣，略显尴尬地笑笑：这么多年，好像她还真没怎么出过差！万燕燕笑笑，没说话。行李装好了，她回头看了校园，说了句：在这里待了这么久，还真有点儿舍不得！我点点头，对她说：一路顺风！她有些伤感地看着我：我还以为你要把我送到机场呢！万燕燕看了看我的背包：你所有的东西都在这了吧？我点点头：差不多就这些了。她说：高铁和机场方向一致，我们干脆一起走吧，也省得你再打车了！我愣了愣。她坐上了车，指了指身边的座位：你来不来？我只好钻进了车。

坐在万燕燕身边，她紧贴着我，我能感觉到她身上的温热和淡淡的香水味。我终于明白了，万燕燕昨晚可能不是什么失态，她是来真的。我一时间有些不自在，手不知道往哪儿放好。万燕燕握住我的手，放在了她的膝盖上，嘴角挂着一丝半羞涩半嘲弄的微笑。出租车司机不时地从反光镜看看我们，我更加不自在起来。从学校到机场距离不近，出租车要穿过大半个北京城。我们一开始都不说话，默默地看着窗外的风景。北京道路宽阔，加上两旁的大树叶子都已脱落，行人很少，街道显出一些凄凉。万燕燕幽幽地说了句：也不知道何时能再来这里。我笑笑：呼和浩特离北京也不算远，现在交通很方便，还不是说来就来？她不置可否的样子：没有了在意的人，再来也没有什么意思！我无话可说，保持沉默。北京的初冬寒意连连，万燕燕今天却穿了一条呢子长裙。她大概看出了我的担心，说了句：内蒙古冬天比这儿冷得多，这样的温度在我们那里算是高的。有时间的话，到内蒙古去玩玩吧，尤其是夏天，去看看壮美的大草原！我有意岔开话题，问她：大学毕业，也工作了，为何不找个男朋友？她笑起来：我就知道你会问这个！你以为我没有“男票”啊？我一愣：怎么没见他过来看你？她又笑了一下：不止一个，但都是逢场作戏！她不想谈论这个话题，用力捏了捏我的手。

前面就是机场了！司机面无表情地说。

万燕燕问我:我还有不少时间,要不要一起在机场吃个饭?我犹豫了一下,还是摇摇头:机场检查烦琐,你还是早点进站吧!万燕燕苦笑:好吧。下了车,我送她到机场入口。临转身的那一刻,她满眼泪水地问我:你不会当我是一个随意的女孩子吧?我其实很早就喜欢上你了,但直到分别时才敢说出来,我不想给你带来什么负担,也不求什么结果。只是把想说的话说出来,不给自己留遗憾。我点点头:你这么年轻,又有才华,一定会有一个好的前程。她挤眉弄眼:是吗?我才不在意什么前程不前程!记住我的话:不要爱上我!但也不要忘了我!说不定,哪一天,我会飞到你所在的城市,站到你的面前,到那时,你可不要意外噢!我没说话,帮她拉了一辆行李车,把三个箱子搬上去,叮嘱她:箱子多,小心一点!万燕燕眼睛里又有了泪花,别过脸,头也不回地走了。

看着她的背影,我默默地重复了一遍她说的话:不要爱上我,但也不要忘了我。

读博士以后,我和万燕燕又在北京见过一次,那已经是两年以后的事情了。这些,我当然都得瞒着万晓璐。

跟着朱天宇在清北大学读了三年博士,最苦的要数第一年。尽管朱老师对我的要求比较宽松,给我的任务就是读书和写作,准备博士论文,但入学第一年要学外语,这门课是公共课,由美国的外教来上。因为有鲁迅文学院青年作家英语培训班半年的学习打底,英语口语交际学起来并不吃力,但学术英语写作就有些为难了。英语考试通过是博士论文开题的首要条件,我不敢大意。这一年的大部分时间我几乎都放在学术英语的学习上了,回彭城的次数也是尽量能少则少。万晓璐对此倒也理解,允许我一个月回去一趟。一般情况下,她也很少来北京找我。博士一年级顺顺当当过去了。紧接着是博士论文开题,这是让人头大的一件事。好在我的选题已经有了一点眉目。我结合自己在鲁迅文学院的学习,想把研究视角定在当代作家的教育方面。对此,朱天宇给予高度肯定,他说:这个选题不错,当代学术界研究文学教育的有之,研究作家作品的有之,但研究作家教育的鲜有之!你的这个选题很有新意,我同意你做这个题目。以鲁迅文学院为个案,做一个历史的梳理和学术考察,意义重大。最关键的是资料的占有,你赶快去收集第一手资料,越多越好!如有必要,再去鲁迅文学院待一段时间。在朱天宇的支持下,博士二年级这一年我开始频繁地往返于清北大学和鲁迅文学院之间,有事没事就往鲁迅文学院跑。因为我是鲁迅文学院的学生,朱天宇老师又是鲁迅文学院的客座教授,几乎每一期作家班都会请他来讲一次课,资料室的老师干脆给我配了一把办公室的钥匙,以方便我周末的时候也能来查阅资料。

刚入冬,北京就下了一场大雪。在漫天大雪的飞舞中,我又坐上了清北大学去往鲁迅文学院的911路公交车。在不赶时间的时候,与地铁比起来,我更喜欢坐公交车,尤其是在这样的雪天。原因很简单,坐公交车可以看看城市的地面风景。我觉得北京最美的时节就是在冬天下雪的时候。那些红砖绿瓦,配上鹅毛大雪,简直是一幅绝美的画卷。为了能感受这份绝美,我常常会一个人跑到颐和园和故宫。在我看来,这两个地方的雪景可遇不可求,每一场雪都值得跑一趟。911路公交车首末站正好在清北大学和鲁迅文学院,也不用换车,一直坐下去,一个小时后在文学馆路下车,就到鲁迅文学院门口了。因为我经常来,门卫早已认识我,每次都是笑脸相迎。我透过厚厚的羽绒服,朝他摆摆手,他点点头。往常我都会直奔二楼的资料室而去,今天不一样,碰上这样的雪天,应该到文学馆和鲁迅文学院之间的鱼塘去看看。我猜那里一定结了厚厚的冰,可以滑冰了。刚走到鱼塘,看到一个背着背包穿着红色羽绒服的女孩子正站在冰上,看着什么。我有点好奇,这么大冷的天,还下着零星的雪,这个女孩子就不嫌冷吗?我的脚步声惊动了那个女孩子,她转过脸,是万燕燕!我俩几乎同时说出了对方的名字。她顾不上冰面上的湿滑,扔下背包快步跑过来。我不由自主地张开双臂,她一下子扑进了我的怀抱,一边紧紧抱着我的腰,一边喃喃自语:我就知道能遇到你!我就知道!我笑笑:我可真没想到能在这里看到你!这些日子我几乎天天来这里查资料!万燕燕抬起头,一脸娇羞地说:你没想到那是因为你心里没有人家!她的鼻尖上落了一粒雪花,一个晶莹透亮的六面体。万燕燕感觉到了,轻声说:帮帮我。我先是愣了一下,想抬手去拿,万燕燕握住了我的手,又说了句:快帮我!大冷的天,我的脸竟然发烫起来。万燕燕轻轻闭上了眼睛,我把那片雪花含在了嘴里。万燕燕睫毛跳动了两下,颤声说道:睫毛上也有。我笑笑,吻了她的睫毛。她又说:嘴唇上好像也落了一片!万燕燕的嘴唇弥漫着一股清香,我有些贪婪地吮吸着。她的身子越来越软,几乎完全贴在我的身上。她睁开眼睛,说道:我们到以前住过的鲁院的房间去看看!我点点头,又摇摇头:那里肯定被锁上了,现在并不是鲁院的办班时期,周末老师们也不会来上班。万燕燕笑笑:走,去看看!我从包里掏出钥匙,在万燕燕面前晃了晃:还是去资料室吧,我有钥匙!资料室还有暖气!万燕燕说:好,太好了!我拉着万燕燕的手往二楼资料室走,边走边问她:你怎么到北京来了?不是说在呼和浩特专心写一部长篇小说吗?万燕燕吐了一下舌头:是啊,小说写完了,大家出版社的一位编辑让我来北京改稿呢!今天刚到北京,就想到学习过的鲁院来看看,重温一下旧梦嘛!我一听,暗暗替她感到高兴,第一部长篇小说就能顺利出版,很了不起!而且大家出版社在业内也是比较权威的文学专业类出版社,编辑能让她来北京改稿,充分说明了出版社对这部书稿的重视。万燕燕显然对此也很兴奋,几乎是一路蹦跳着上了楼。我一打开资料室的门,她就迫不及待地把背包扔到了地上,双手搂住我的脖子,整个身子都吊在了我的身上,用撒娇一样的声音说:快来抱抱我!我犹豫了一下,顺势抱住了她的腰。她的腰很细,隔着衣服都能体会到那里的柔软。她以前对我说过,最喜欢跳肚皮舞。记得临毕业那天晚上,吃完散伙饭,大家一起表演节目,她就跳了一段令人直喷鼻血的肚皮舞。她的肚皮真的很白,像一条鱼一样,柔若无骨!万燕燕脱掉了羽绒服,边脱边说:这屋里真热!我笑笑:全国人民最羡慕的就是北京冬天的暖气!万燕燕不说话,又脱下自己的毛衣,里面竟然只穿着一件胸衣!还露着雪白的肚皮!她似笑非笑地看着我,我一动不动。她说了句:今天是周末,没有人来对吧?我点点头。万燕燕忧郁地看了我一眼,说道:这么多年了,你就不想我吗?我摇摇头:不是不想,是不能想……你不是说了吗?千万不能爱上你!她的眼睛重新闪出亮光,含混不清地说着:就当是为了庆祝我的处女作出版,好不好?好不好?好不好?你说好不好?好不好?她的声音越来越小,越来越含混不清。

那一整天,我和万燕燕都待在鲁迅文学院的资料室里。临近傍晚的时候,我问万燕燕:饿不?我们去吃饭!万燕燕摇摇头,脸色通红地说:吃了一肚子,饱了!那天,我第一次明白了什么叫虚脱。下楼的时候,我的两条腿沉得像捆绑了两个铅球,迈不开步子,惹得万燕燕直笑。走到院子里,雪还在下着。我掏出包里的雨伞,刚要打开,被万燕燕制止了。她说:最烦下雪天打伞了,就像做爱时戴上避孕套,总觉得不舒服!我愣了一下,还真是这样的!我突然想起来,刚才万燕燕一直没有采取什么避孕措施。万燕燕看出了我的担心,大大咧咧地说道:不用担心的,怀上了那是天意。我们蒙古人的态度很简单,怀上了就生呗!生得越多越好!你看看我的屁股,圆滚不圆滚?我有些好笑地说:十分圆滚!万燕燕知道我在嘲笑她,拿手打了两下我的胸口说:叫你坏!我是认真的!在我们那里,屁股又大又圆那是生殖力旺盛的标志!对此,我不置可否。

我记得那次改稿,万燕燕在北京待了整整一个月的时间。那段时间,我们逛遍了整个北京,整天游荡在北京的胡同和书店,我几乎没写一个字,万燕燕改稿的速度也很慢,我的论文也就耽搁不少。终于在冬天即将结束的时候,万燕燕改完了她的长篇小说,回呼和浩特去了。她还是让我把她送到了机场,在机场门口还是转身伏在我的肩膀上哭个不停。但终于,我们还是分了手,各奔东西了。

读博士不仅解决了在高校工作必须要面对的学位问题,评职称也终于有了转机。我和万晓璐都天真地以为,只要顺利考上博士,评职称就没有障碍了。

俗话说计划赶不上变化。师范大学的政策就一个特点,那就是一年一个样,换一个领导就换一个说法。这不,我这边刚刚解决了博士学位问题,满心欢喜地准备着一举通过副高职称评审,哪里料到,学校在高级职称评审方面又有了一条新规:未满四十五岁参加高级职称评审者必须有境外访学一年的经历!这个消息对于我而言无异于晴天霹雳,踌躇满志的我陡然间又兜头遭遇了一盆冷水!这简直是太操蛋了!估计师范大学在评职称方面这么背的也没谁了!想想也真是,自打留校工作,除了和万晓璐谈恋爱结婚买房子算是一帆风顺以外,其他的好像就没有称心如意过!创作没有大成绩,研究也没有大进展,职称一拖再拖,我一时间真有点儿万念俱灰。万晓璐比我冷静一点,她条分缕析地说:第一,我们改变不了学校的政策,对吧?我点点头。万晓璐继续说:第二,我们一时间还得在这个破学校待着,对吧?我点点头:我们没有高级职称,就是调动也找不到好的下家。万晓璐继续分析:第三,你是一个不肯服输也不是一个得过且过的人,对吧?我点点头:那当然。万晓璐笑了:那事情就简单了!咱们就出国访学呗!这也不一定是坏事呢!学校给提供访学资金不说,还可以申请带家属,我也可以跟着你出国去看看!愣了一下,万晓璐有些激动地说:你在鲁迅文学院学习期间不是到美国参加过一次什么国际写作计划吗?你还有对方的联系方式吗?你让他们给你发一个邀请函!这访学拿邀请函的事儿对别人而言有点难，对你可不就是写一封邮件的事儿吗？我点点头，万晓璐说得没错。我在北京学习的时候，中国作家协会组织过一次青年作家的国际交流，出访的包括我在内的四名作家都是从鲁迅文学院青年作家英语班里选出来的。那次，我们参加的是爱荷华国际写作计划的青年项目，为期两周，费用全部由爱荷华大学出。临出发前，中国作协还给我们每人象征性地发了一点美金，免得我们到了美国缩手缩脚的不肯花钱。这一次的访学经历给我的最大感受是开阔了视野，而最大的收获则是认识了很多外国作家，其中就有爱荷华大学的文学教授们。

既然没有退路，那就只好再次背水一战。

就这样，按照学校朝令夕改的政策，我开始了访学的准备。第一步，我立即联系了参加写作计划时认识的文学教授，给他写了一封电邮，在陈述了我的创作和研究情况之后，我表达了想再次访问爱荷华大学的愿望。在等待文学教授答复的同时，我赶紧给学校打了一个访学的申请。满以为既然是学校提出的政策，打个申请走个流程就可以了，没想到申请访学的人超多。想想也是，学校提供访学资金，还有一年的学术假期，谁不去啊？本来学院领导蒋政志就能定下来的事儿，为了平衡各方面的关系，不得不提交给学院教授委员会来投票。投票之前，还需要每个申请人做陈述，如有必要，还得回答教授委员会提出的问题。这样一来，程序搞得和评职称差不多一样烦琐。我不胜其烦，想放弃掉算了。但万晓璐比我冷静，极力劝说我认真准备。她说：你这个副高职称都耽误两次了，那些评委教授肯定不会难为你，拿个同情分应该没问题！听了她的话，我只好苦着个脸硬着头皮去陈述访学理由了。因为已经对职称有点儿心灰意冷，我此时的心态有点儿破罐子破摔的味道。正所谓无欲则刚，那天我一进会议室就放松下来，在教授们面前以聊天的口吻陈述了自己的理由，从教授们的反应来看，正如万晓璐所说，我应该拿到了最基本的同情分。投票结果当天就出来了，一共五个名额，我排名第三，成功！

恰好，当天晚上我也收到了爱荷华大学文学教授的邮件，答复说欢迎我去访学，过几天就把邀请函发过来。我收到正式的邀请函后就可以去办签证了。访学一事就此敲定，我和万晓璐的心情暂时一片光明。

接下来的事情也是异乎寻常地顺利，到银行办流水和存款证明，按预约去南京办理签证，预订飞美国的机票，一切 OK，就等着飞去美利坚合众国了。

回想在中国作家协会鲁迅文学院的学习，真的给我的学习和生活带来了很大的改变。不仅考取了清北大学的博士研究生，跟着心仪的导师进一步学习深造，还为我的再一次访学提供了机会以及学术资源。正是有了这些契机，我才摇摇晃晃有惊无险地在访学回来之后通过了副教授职称评审。

一朝被蛇咬，十年怕井绳。有了我自己艰难曲折的评职称经历，我内心不免充满了担心与疑问：万晓璐这次评职称会不会再闹出什么幺蛾子呢？

果不其然，闹幺蛾子的事儿很快就出来了。

最先闹幺蛾子的不是万晓璐评职称的事儿，是刘君山和刘少军矛盾的激化和失控。这天，韩慧慧给我打电话，说刘君山给纪委写了一封刘少军的检举信，这事儿被刘少军察觉了，现在闹得满麻庄的人都知道了，感觉刘君山这次要出事儿。我摸不透情况，只能安慰她别着急，实在不行，先让刘君山找个地方躲起来，避避风头。韩慧慧在电话那边带着哭腔说：我让刘君山少管闲事少管闲事，他就是不听，现在好了，弄不好连小学的工作都保不住了！

第十回　刘君山他本本分分遭人暗算

赵寻根回城不久，刘少军就来小学校找我了。我一向讨厌和这个本家“三少爷”往来。刘少军和我是没出五服的本家，按麻庄规矩，我该喊他爹刘南山大爷，他喊我爹刘福东二叔。尽管是关系很近的本家，但因为他们家孩子都比较野，我和我姐从小就不愿意和他们玩儿。所以，两家往来并不多。

这天是周末，学校里没什么人。刘少军进来的时候，我正在清理煤球炉子，天气越来越冷了，按照时令节气，鲁南的第一场雪很快就要来了。鲁南四季气候分明，电视上喊了那么多年的全球温室效应，在这里好像并没有什么改变。春夏秋冬特点分明，气温和往年相差也不大。村里老人说，祖祖辈辈生活的麻庄，是祖先留给我们的最好的一块风水宝地。我这几年研究命理学，对麻庄的地理风物也琢磨过。麻庄东北背对小龙河，西南面向马鞍山，从风水学上来说确属宝地。尤其是马鞍山，那是麻庄的地脉的龙头所在，麻庄人死了，孝子要给死人喊路，都是喊一样的话：往西南大路啊，西南大路好走啊！西南方向就是马鞍山的方位。赵寻根到麻庄来给列祖列宗寻找一块风水好的新坟场，这是一个大事儿，短时间内恐怕不好找。麻庄周边但凡好一点的地脉，已经被占光了。东南西北，各有地望。东面有麻庄矿，风水已被破坏殆尽。北面有小龙河，不可撼动。西面是大片良田，耕地不能占用。只有马鞍山所在的南面，还算是一块可资利用的宝地。但现在刘少军要分别在东南搞汽配城，在西南盖小康楼，这就意味着这块宝地也即将没有了。赵寻根要为列祖列宗找一块好风水确实很难。除非他能说服刘少军，把盖小康楼的那块地让出来。

煤球炉子一直放在宿舍门口，淋了几场雨生了锈，要一点一点清理干净，不然烧起来火不旺。韩慧慧一大早就出去了，说是有一点恶心，去村里医务室拿点药。刘少军背着手走进来的时候，我听到了他有点儿沉重的脚步声，装作没看见，只顾低头收拾炉子。刘少军走到我跟前，咳嗽了一声，说：收拾炉子准备过冬呢？煤球买好了吗？我这才抬起头，不冷不热地说了句：原来是最高领导来了，怎么，到小学校来视察工作？这大周末的，你让我怎么组织学生来夹道欢迎你啊！刘少军知道我在讽刺他，对此他也早已经习惯了，我要是不刺弄他，他还不适应呢！他继续咳嗽：回头给学生每人准备点小旗子什么的，我一来你就让他们高举小旗喊“欢迎欢迎，热烈欢迎！”。我笑笑：到时候再给你铺上一块红地毯，怎么样？刘少军摆摆手：不开玩笑了，有件事我得和你商量一下！这事儿一句话两句话说不清！我一愣，刘少军平时不大来找我，自从我让他给小学校搞一次大修他没了下文之后，他就不大愿意和我照面。他知道我每次见到他别的事没有，就只有一句话：学校的房子你啥时候给修？这可是我们小时候上学盖的教室，转眼都快三十年了，再不修，要是真出了事，那可不得了！难道他来是为了这事儿？我到屋里搬了一个瘸腿凳子，放到他跟前。刘少军坐下来，身子趔趄了一下，他皱着眉头说：奶奶的，刘君山你这里连一条四条腿都全乎的凳子也没有吗？我笑笑：没有！等着你拨款买这些基本教学用品呢！刘少军叹了一口气：我这次来不是和你商量小学校修房子的事的，你也知道，村里这几年都被掏空了，根本没有钱。我接手村委会也没两年，想给村里弄点钱也还没有想出法子！我说：上面不是说再穷不能穷教育，再苦不能苦孩子嘛！刘少军苦笑：别的地方不清楚，就咱麻庄，就咱小山沟沟里，教育经费能有多少？这一点，赵无极老师最清楚，他是小学校的负责人，每次到镇教办开会都不忘了要钱，但最后要来了多少？每年上面是有一点拨款，这拨款被镇上东挪西用的，分到各个小学校基本上没剩下多少。你也是知道的，教育拨款都是直接划拨，不经过村委会！我在地上找了块砖头，也坐下来：那你就盖小康楼，倒腾土地弄钱？刘少军略显得意地笑笑：还真让你说对了，咱们村级财政靠什么？只能靠土地！不过有一点我得说清楚，这盖小康楼的钱可不是仅仅靠置换土地的，主要的是上面有好政策，提倡村民进社区上楼，把原来占用的村庄土地腾出来作为耕地。为此，上面愿意给咱们小康楼无息贷款，这就解决了盖楼的资金问题。现在是一切就绪，就等东风！说到这里，刘少军顿了顿，拿眼睛看着我。我撇撇嘴，故意不问什么东风西风，等他自己继续往下说。见我没反应，刘少军只好自己给出了一个答案：你知道这东风是什么？和你有关！这东风就是你刘君山啊！我一脸蒙，摸了摸头皮：我怎么就是小康楼的东风了？刘少军笑笑：如今盖小康楼的资金解决了，但原来的规划面积不够，上头建议我们增加，还说这个小康楼不能只着眼于麻庄，还要兼顾周边的吴庄和姚庄，这个小康楼将来就是一个大社区，整合了麻庄、吴庄和姚庄的大社区！所以，将来建设的小康楼占地比现在的要多一倍还不止！这太伟大了！我总算明白了：你的意思是小康楼还得征地？刘少军点点头：还需要不少地！包括汽配城，上头也要求扩建，这些都需要土地！我问刘少军：这么多地从哪里来？山地还有吗？山脚下就那么一块平整的地儿！刘少军笑了笑：刘君山你终于问到点子上了！今天来就是和你商量这事儿的，我担心直接去找福东叔会惹他生气，弄不好他还会拿棍子打我！我一下子明白了刘少军此番前来费这么多的口舌的真正企图，原来他是让我去说服我爹，把承包的马鞍山土地让出来！刘少军啊刘少军，你这套下得未免太费尽心机了！我爹承包马鞍山是前任村支书韩老海一手操办的，这二十年来，他把大半辈子的心血都放在马鞍山了，刚刚把荒山秃岭改造成了一层一层绿树成荫的梯田和果园、花椒园，你这边就打起了马鞍山的主意，名义上是要给小康楼扩建找地，背地里不知道揣着个什么样的私心呢！这事儿绝对不能让你得逞！我爹他就是死也不会答应的！

见我沉默不语，刘少军说了句：刘君山，你可是人民教师，要有大局意识，建小康楼这可是上等的好事儿，既能改善麻庄乡亲父老的住房条件，又能对上头交给我们的政治任务有一个圆满的交代。我还是不说话。刘少军有点儿着急了，说道：我知道你刘君山平时对我有看法，但你再看不惯我的做派，也不能在小康楼这件事上进行干扰！这事关你的政治觉悟！刘少军明显是在拿大帽子压我。我不慌不忙地说道：刘少军你也知道，我爹承包马鞍山都二十年了，在马鞍山上他苦心经营了二十年。二十年前的马鞍山是什么样儿？现在的马鞍山又是什么样儿？这些你心里边应该都清清楚楚。刘少军只笑不说话，愣了一会儿说：福东叔在马鞍山上是付出了不少心血，但他已经承包了二十年，村里早就有人提意见了！趁着这次建小康楼的机会，我考虑收回到村里来，这样也堵住了那些提意见的人的嘴巴！听到刘少军这么说，一股怒气直冲脑门，我脱口而出：刘少军你少说这样的话啊，承包合同上写得清清楚楚，只要我爹愿意，他可以一直承包下去！当年给谁谁都不愿意要的荒山，现在倒成了香饽饽，都惦记上了！刘少军脸色一会儿红一会儿白，强忍着脾气说：我还是希望你能出面劝劝福东叔，你要是实在不愿意出面，那我就只有自己去找他老人家了！我就是担心气坏了福东叔的身子！他这明显是在威胁我，我冷笑了两声：那你直接去找我爹好了！你喊他叔，气死了他你也得披麻戴孝！刘少军霍地站了起来，瘸腿板凳一下子歪倒在一边。他甩了甩袖子，嘴里哼了一声，一言不发地向小学校门口走去。韩慧慧正从门口走进来,看到刘少军,和他打招呼:大领导来了!刘少军没说话,气呼呼地走出了学校大门。韩慧慧看看我。我指着刘少军的背影,骂道:真是狼心狗肺的东西,都算计到自己本家叔的头上了!韩慧慧不知道发生了什么事儿,见我发这么大脾气,有些奇怪地说:我先去做饭,一会儿等你气消了再说。

气哪能这么快就消得了?刘少军明摆着是要拿掉我爹对马鞍山的承包权,趁此机会把马鞍山据为己有。如果说以前马鞍山是一个鸟不拉屎的荒山野岭,给谁谁不要的话,随着土地越来越少,往年谁都看不上眼的山地现在也都成了宝贝。我听说许多有钱的人专门到四川、贵州等地去承包山头,养鸡养猪。城里人现在就喜欢吃这样的散养鸡和黑猪肉。刘少军给小康楼拿地是假,自己要承包马鞍山是真。我琢磨着这事儿怎么跟爹说,他老人家别一时糊涂,真让刘少军下了套,让刘少军把马鞍山的承包权哄骗了去。

韩慧慧很快就下好了面条,盛了满满一碗端到我面前,说道:本来要给你下手擀面的,但刚才医务室的张麻子嘱咐我这段时间不要再擀面了。我一愣:他说你咋的了?韩慧慧脸色一红,笑笑:你这会儿心情怎么样?你心情好时我再跟你讲!我笑笑:给刘少军气得不行,心情好不了!韩慧慧嘟囔了一句:刘少军来找你到底是为了啥事?看把你给气得!我气呼呼地说:你还记得你爹当年做主把马鞍山承包给我家的事吧?韩慧慧点点头:我记得啊,那时候荒山野岭的,给谁谁不要,别说要出钱承包了,就是倒贴钱都推托。怎么,现在刘少军要收回去?我点头说:他的意思是以前的承包合同不作数,现在他要把承包权收回去!明着是要给小康楼和汽配城拿地,暗里不知道搞什么鬼呢!韩慧慧不说话了,给自己盛了一碗面,却没有坐到桌前来,笑着说:我以后不能坐矮板凳了!你回头把办公室那把高背椅子搬来。我愣住了,又不能擀面又不能坐矮板凳的,韩慧慧这是唱的哪一出？见我呆愣着，韩慧慧笑道：等我告诉了你，你就不会再去在乎那什么劳什子承包权了！我差不多已经猜出来了，果然，韩慧慧摸着自己的小腹，不紧不慢地说道：张麻子说我应该是怀上了！恶心什么的，都是征兆，他让我去西暨镇上医院确认一下，还说要注意保胎，怀上不容易。我放下吃了一半的面条，一言不发地来到门口，猛地往高空跳了两下，跳完了又做了几个深呼吸，让自己冷静下来。韩慧慧端着碗走出来，倚在门框上，对着我笑：我上次去伏羲庙，给女娲娘娘磕了头，看来是应验了！我点点头：等回头孩子出生了，我和你一起去女娲娘娘那里还愿！给她烧三炷高香！韩慧慧笑笑：快进来吃饭吧！你这会儿不在意那什么马鞍山了吧？我点了点头：嗯！

我不在意并不意味着刘少军不在意。他等了两天，见我没什么动静，只好硬着头皮自己去找我爹。这天一大早，爹到学校里来，喊我回家帮他给驴子轧草料。为了往马鞍山运肥料，我爹半年前买了一头驴子。以前都是他一个人用独轮车往山上推，现在慢慢年纪大了，推独轮车越来越困难。他用了整整两个月的时间，从山脚下到半山腰，平整出了一条能走地排车的山路。平整好了路，就买了一辆地排车和一头驴子，一方面往山上运肥料，另一方面往山下运粮食和果子，方便多了。这二十年来，爹靠山吃山，把马鞍山当作自己的孩子一样，一点一点改造，一点一点打扮，眼看着马鞍山一天一个样，他打心眼里高兴着呢。夏天时候的鲁南天气说不准，下雨是常有的事儿。为了能有个遮风挡雨的地儿，他还在半山腰就地取材盖了一间石头房子。里面放了一张简易的木床，一张桌子，一张椅子。他每天一大早吃了饭就上山，中午饭就在小屋子里吃，吃完还能眯一会儿。这么些年，我爹以马鞍山为家，硬是靠着一双起满老茧的手改变了马鞍山的面貌。可以说，马鞍山就是他的命！

自打买了驴子，每两个月就要轧一次草料。草料有很多，玉米秧子，豆荚子，麦秸秆，轧碎了都可以当驴料。轧草的铡刀很沉，一个厚厚的大刀片子，一抬一压要费不少劲。一开始我没找到诀窍，只知道使蛮力，斩上半天草，胳膊酸得不行。后来慢慢找到了窍门，往上抬的时候稍微用力，往下落的时候要借助铡刀本身的重力，轻轻一压，草料就碎了。轧草这活儿，我和爹配合多年，彼此形成了很好的默契。他什么时候送草，我什么时候落刀，一招一式，有板有眼，配合得严丝合缝。

我和爹正轧着草呢，只见刘少军从门外进来。他看见我在家，一愣，随即说了句：福东叔轧草呢！要不要我帮忙？我爹不想搭理他，故意说：那你来换换手，你来往铡刀里送草料！我抽口烟！刘少军看了一眼寒光闪闪的铡刀片儿，手不由自主地往后缩了缩：要不我和刘君山换换，我来压铡刀，他来送草？我看他畏畏缩缩的样子，笑笑：算了，都歇会儿吧！铡了半天了，我也累了！愣了一下，我又说：大领导到家里来，只怕是有事要说吧！刘少军点点头，就势在我爹身边蹲下来，看见我爹从烟袋里装好了烟丝儿，赶忙掏出火机来：叔，我给你点上！我爹把烟袋凑过来，就着火苗猛吸了两口，点着了，长长地吐出一大口烟雾。我娘从屋里出来，刘少军喊了声：婶也在家了。我娘说：军军来了，刚泡好的热茶，我给你倒一碗！刘少军摆摆手：婶别忙了，刚在村委会喝过！我来和叔商量个要紧事儿！说着，把脸转向我爹，说道：叔，咱村盖小康楼的事儿您知道吧？我爹点点头：知道知道，是好事，好事！刘少军看了我一眼，继续说：盖楼这么大的事儿可不是我一个人和村委会的事儿啊，这可是咱全村的大事儿，要举全村之力才能办好！我爹点点头：是这么个理儿，人多力量大嘛！刘少军见我爹慢慢上了套，又说了句：叔您是咱村的老党员，也知道小康楼不仅是咱们麻庄的事儿，还牵扯到隔壁的吴庄和姚庄，那将来就是一个大社区哪！上头很关注这个示范性的大工程，说是一个不得讲任何条件的政治任务！我爹仍旧直点头，点了半天头才说了句：政治工程不敢说，至少是惠民工程、形象工程和面子工程！我一听，得，我爹政治觉悟还挺高，而且事儿都明白着呢！悬着的心儿终于放下了。刘少军没料到爹会这么说，只好表态说：叔你放心，在村里的党员会上我不是也说了吗，绝对不会让这个小康楼成为摆设，一定让咱们麻庄村民得实惠，让咱农民上楼成为城里人！停顿了一下，他又说：叔您是老党员，觉悟肯定比我和刘君山高，现在小康楼要扩建，需要拿出更多的地皮。我两天前和君山兄弟商量过，他觉悟低，我想您肯定能支持我！我爹笑笑，揣着明白装糊涂：少军你要我支持你什么？刘少军见时机成熟，说道：叔你年纪大了，马鞍山也慢慢爬不动了，眼看你老人家这个承包期也快到了，我想你是不是把合同拿给我，我把山地收回村委会，一部分拿来盖小康楼，一部分拿出来扩大汽配厂。我爹对刘少军的话并没有多少意外，他不易察觉地笑了笑：少军啊，你这个说法不对，承包山地的合同还未到期，即便是到期，合同上也写得清清楚楚，只要我愿意续约，还得签给我。你看我这身板，在马鞍山上再待上五年八年没什么问题吧！说到这里，我爹看看刘少军，刘少军脸色很不好看。我爹抽完了一袋烟，站起来，看看天：这天怕是要下雨了！咱们把剩下的草料赶紧轧完！刘少军脸上表情僵硬起来，他气呼呼站起来，说了句：叔你得支持我工作啊！我爹停下手中的活儿，抬起头，一字一顿地说：少军，自打你当上了麻庄村支部书记，在党员会上我给了你多少支持，你心里不是不清楚！就是你拿地盖小康楼这事儿，我也可以支持你，你需要几亩地，我也可以拿出来，但要收回承包权，恐怕你说了不算！刘少军愣住了。我心里暗暗佩服我爹，这招真是高明，你要地我给地，就是不转走承包权！我爹一定是看透了刘少军想借机占马鞍山的私心。刘少军恶狠狠地看了我一眼，那意思肯定是我先做了爹的工作了。我耸耸肩膀，做无可奈何状。刘少军没办法，只好说了句：那我哪天再来！

几天后，刘少军又到家里来了一趟，说了没几句话，就走了。我爹还是那个态度：要地可以，承包权坚持不转让！刘少军没办法，之后又到学校里来，我在上课，就和韩慧慧说了让我们劝劝爹，说这是村里的头等大事，不能再等了，小康楼必须马上开建。韩慧慧心软，觉得这事硬扛下去也不是办法，劝我去和爹说说，马鞍山不包了，年龄大了，也该歇歇了。韩慧慧说：你看看村里那些老人，都蹲在村头石屋门口，晒太阳的晒太阳，打牌的打牌，聊天的聊天，哪个还在出那么大的力？我想想也有道理，爹劳作了一辈子，力气出得可不少，现在的确也该歇歇了！再说韩慧慧有孕在身，我也不想爹在这个关口出什么事儿。狗日的刘少军素来心狠手辣，靠着在黑道上的二哥刘少民，一向在村里横行霸道，就算是对自己的本家，也是毫不客气。我担心再这么和他对抗下去，爹可能会遭黑手。

这天放学，我刚想去劝爹，就接到大姐的电话，她问我：知道不知道爹在哪里？娘说他一大早出门上山，到现在都没回来！我一听坏了，放下电话赶紧往马鞍山上跑，一气跑到半山腰的小石屋，看到爹正躺在地上，头上有一片血迹。我抱住他，喊着：爹，你怎么了？爹，你醒醒啊，爹！爹睁开眼，看到是我，有气无力地说了句：刚才有两个人上山来，我不认识，问我是不是刘福东，我说是，他们就开始打我，边打边说：叫你死脑筋！打死你这个老棺材疙瘩！我把爹扶到床上，查看了一下爹头上的伤口，有一道五厘米的口子，需要马上去医院缝针包扎。我骂了一句：一定是刘少军！连自己的本家老叔都打！他也下得去手！我爹说：我也怀疑是刘少军找人打的我。我在麻庄活了一辈子，从来没有得罪过一个人！刘少军越是这样，我越是不让他得逞！

我万万没想到的是，刘少军为了拿到山地承包权，除了暗地里打人，还会明着抢夺。几天以后，天刚上了黑影，村里的张会计到家里来，找到我爹说，镇上清理村里的财务，找不到当初的马鞍山承包合同了，想再复印一份，存档备查。我爹头上还缠着纱布，也没多想，从床头箱子底下找出合同,递给了张会计。张会计说:我这就去村委会复印,复印完就给你送回来!我爹说:天这么黑,你复印完了明天送来也不迟。张会计走后,我爹越想这事儿越不对劲,赶紧把我叫回家。我一听其中一定有诈,一定是刘少军让张会计来骗走合同!我问爹:你手里还有合同复印件吗?我爹摇摇头,就一份原件,让张会计拿走了。我傻眼了。我爹说:你赶紧去村委会看看,要是张会计还在那里,赶紧把合同拿回来!我不敢耽搁,小跑着去了村委会,村委会里根本就没有人。我转向张会计家,家里大门紧闭,喊了半天,张会计的婆娘才开门,说张会计不在家,死外面好几天都没回来了!我赶紧去了刘少军家,刘少军家里灯火通明。他前两年在麻庄大路口新盖了这座两层楼,外面看上去很一般,里面却是金碧辉煌,装修相当讲究。我推门,门在里面插上了。我心里想这时候敲门进去,他肯定不承认,说不定连见都见不到张会计。不如先在暗处躲着,等张会计从里面出来,当场抓他个现行!于是,我在暗处躲了起来。

不一会儿,院子里传出刘少军得意的笑声,夹杂着张会计的恭维声。紧接着,大门打开了,刘少军送张会计出来。我从暗处快步走上前,一把抓住张会计的衣领,怒气冲冲地说:快把我爹的合同还给我!张会计看到我,并不慌张,看了看刘少军,把我的手从衣服领上拿下来,面无表情地说道:君山老师,你说的是什么意思,我什么时候拿了合同?我一听气不打一处来,这小子竟然敢耍赖,这分明是明抢啊!没等我动手,刘少军说了句:刘君山!你不要胡来啊,你是小学老师,是个读书人,做事要冷静!不要冲动!我冷笑了一声:刘少军你别以为这损招有多英明,你暗夺不成,改明抢了!我要写检举信,到纪委去告你!刘少军笑笑:刘君山,你告我什么?告我贪污腐败,告我终止承包合同?你有什么证据吗?再说了,我是一心为了麻庄的百姓能早点住上小康楼,这有错吗?我嘿嘿冷笑,指着张会计说道:你们村干部狼狈成奸,坏事做绝,终会得到报应!我刘君山一定不会放过你们！我知道此时想要回承包合同已无可能，只能另想办法。

这个办法就是写检举信。

韩慧慧一开始不支持我写这封信。她说这年月写检举信不是没有风险，不但是写了白写，好多写检举信的人还被追查，打击报复，最后有的还被逼成了疯子。我不甘心这事就此罢休。刘少军太不要脸了，采取这种下三烂的手段！我爹头上的纱布还没有拆，又遭此打击，一下子卧床不起，整个人变得无精打采。马鞍山，那就是他的命啊！如今刘少军抢走了承包合同，就等于抢走了马鞍山的承包权！去告他，又没有证据，这可如何是好？

第十一回　韩慧慧她两个男人都来挂牵

天气越来越冷了。

在我的记忆中，鲁南的冬天向来都是很冷的。麻庄这个地方，十公里以外都有大山，按说冷风被大山挡住，不应该这么寒风刺骨。事实上，麻庄的冬天就像开了刃的刀子，谁都不敢硬碰。一到冬天，麻庄人几乎都缩在屋子里，围着火炉烤地瓜吃。今年鲁南的冬天来得早，尽管刘君山早早地收拾好了煤球炉子，但那小小的温暖太微不足道了。我的身子越来越重，也怕冷，干脆没事就回娘家，一是取暖，二是吃饭方便。刘君山做饭的手艺实在不敢恭维，怀孕之后我的嘴巴变得很刁，吃这个不香，吃那个不行，刘君山也想让我经常回娘家蹭饭。俗语说，知女莫如母。我娘最知道我喜欢吃什么，自打我怀孕，她每天都千方百计变着花样给我做好吃的。

说是回娘家，其实距离很近。我家和小学校只隔了两条路，走一趟用不了五分钟。刘君山有时候也和我一起回去蹭饭，但他有点儿怕我爹，只要见了我爹能躲还是躲。所以，除非万不得已，在我的强烈要求之下，他才会勉强跟着我回一趟家。有时候，他担心天冷路滑，就把我送到家门口，他自己则原路返回。这个人，就这个脾性！我算了算，结婚以后，刘君山到我家的次数还不如我公爹刘福东多。我爹和我公爹从小玩到大，就像刘君山和赵寻根一样,是一起穿着开裆裤长大的,关系特别瓷实。

这天,我刚到家,我公爹又来了。他背着手,也不打门,径直往院子里走。我赶紧站起来喊了声:爹,您来了!刘福东点点头,示意我赶快坐下。我怀孕之后,刘君山一家都对我特别客气。我爹和我娘正在锅屋里炖鱼。我猜我爹早就看见刘福东了,他知道公爹为了马鞍山的事儿一定得来找他。愣了一会儿,我爹还没从锅屋出来,我就对着锅屋喊:爹,我公爹来了!爹从锅屋探出头,说:我马上来!桌子上有刚泡好的茶,你给你公爹倒上!我哎了一声,刚要起身倒水,被刘福东制止了。他面有愧色地说:闺女别动,你身子越来越重,本来该让君山娘伺候你,现在害得你天天往娘家跑,真是有愧!我笑笑:爹您说什么呢?刘君山待我很好,我就是嫌他做菜放的盐多,张麻子说了,怀孕期间要少吃盐!这时,爹搓着手进来,说道:亲家来了!今天慧慧娘炖了鱼,正好咱哥俩喝一杯!刘福东摆摆手:满脑子都是事儿,哪有喝酒的心情?我爹哈哈笑:多大的事儿啊,看把你愁得!再说了,就是有事也得喝酒啊,借酒消愁嘛!说着,我爹从桌子底下掏出一瓶兰陵大曲,用牙咬开瓶盖子,找了两个大玻璃杯,一瓶酒正好全部倒完。我一看这阵势,得,这哥俩今天又得不醉不休了!

三杯酒下肚,刘福东说了句:老哥你这次可得帮帮我,刘少军撒尿撒到我头上了!他竟然连哄带骗把当年你给我签下的合同偷走了!君山想去法院起诉他们,但法院的人说起诉得需要证据。合同原件被他们拿走了,我到哪里去找证据?只有你老哥亲自出面才能证明!我爹喝了一口酒,看看我,笑笑:这事儿慧慧前两天就给我说了,我正让她好好劝劝君山,别去写什么起诉书和检举信啥的了!刘少军这个人我了解,当初推选他接班,我也是做了很多的考虑!按说咱们是亲家,现在当着慧慧的面,我也应该站在你这一边,咱们应该是一伙的,对不?我也可以答应你去做证,证明是有这么一个合同,或许咱们也能赢了这个官司。但即便我们拿回了承包权,也会在麻庄父老面前失了民心。说到这里,我爹顿了顿,夹了一筷子菜。刘福东不明白,有点儿疑惑地看看我爹:赢了官司,失了民心?老哥你这话我咋没听懂?我爹笑:刘少军这个人做事从来都是不给别人留有把柄的,即便是做见不得人的事,他都能打着一个瞒天过海的幌子。这次,他找到了盖小康楼这个尚方宝剑,扛着它他想干啥都行!你想啊,小康楼名义上是给谁盖的?麻庄村民啊,还有吴庄和姚庄的人,他们一个个都像打鸣的公鸡一样,伸长了脖子翘首以盼等着上楼过城里人的日子呢,这楼却迟迟动不了工,你说这怎么行?在老百姓眼里,刘少军是为了给他们盖楼才让你转让马鞍山的承包权,这个在他们看来是天经地义的,私利要为公家让路,这个道理谁都懂。换句话说,刘少军在道义上占了上风。刘福东脸色灰暗,喝了一大口酒,说道:这小子暗夺明抢,还差人打我,没想到现在还占了理了?我爹苦笑:别忘了,你们还是未出五服的本家,他是你本家侄子,他这样做在外人看来可是大义灭亲!你这样闹下去,外人还会说你胡搅蛮缠!所以,这事儿很难办。

刘福东叹了口气:听你这么一分析,还真是这么个理儿。那我怎么办,就只能吃下这个哑巴亏?这几年我在马鞍山上辛辛苦苦你也知道,投入的几乎是全部心血,是我垒上了梯田,把荒山变成了青山,是我种上了山核桃、酸枣子等等果树苗,我还种下了上百棵花椒树,这两年刚刚开始有了些收成。现在被刘少军这样不明不白地拿走,那亏得可不少!这口气我还是咽不下去!愣了一下,刘福东看了看我,又说了句:即便是我不再追究,君山恐怕也不会轻易放弃,他这几年早就看不惯刘少军在麻庄的所作所为,这次正好有了一个检举的理由。我爹也意味深长地看看我,说道:慧慧,你今天回学校给君山说说,这事儿就先放下吧。刘少军多行不义必自毙,我现在多少有点后悔,当初不该扶他当上这个村支书。这个刘少军心狠手辣,鬼点子多,我当时觉得他能在复杂的麻庄环境中杀出一条不寻常的血路，但没想到他会采用这样极端的手法。再说你们如今眼看有了下一代，安安稳稳过小日子才是要紧的。我点点头说：我回去给刘君山说说。爹也知道，他是个犟脾气，不知道能不能说得动他。我看看天阴下来了，下午还有课，就起身走了。

回到学校，刘君山还没起床。看了看餐桌，放着半碗没吃完的面条。我不在家吃饭，刘君山自己就瞎凑合。我有点儿心疼他，坐到床沿上。他听到动静，醒了，迷迷糊糊地摸了摸我的屁股，语无伦次地说：躺下来，躺下来。我拿开他的手：没满三个月，不行！这些日子刘君山一直忍着，三个月没有近我身子，他有点憋不住了。

我看到脸盆旁边的垃圾筐里扔满了废弃的稿纸，刘君山开始写检举信了。我坐回到床前，叹了口气。刘君山看我心事重重的样子，说：咋的了？我指了指垃圾筐：你真的要写刘少军的检举信？他可是麻庄村支书！刘君山哼了一声：村支书怎么了？正因为他是村支书，我才要检举他！他当支书这才几年，就把麻庄搞得乌烟瘴气的。国家对农村低收入人群实行低保政策，咱村那么多可以享受低保的困难户，最困难的户还没有享受低保，他偏偏把自己亲戚都报成了困难户，他的那些整天吃香的喝辣的七大姑八大姨倒都享受到低保了！从这些特殊的低保户身上，刘少军得到了多少好处你知道吗？你知道他那临近大路的二层小楼是怎么盖起来的？真的都是他自己的钱吗？我告诉你，那是他以低保亲戚的名义，贷了扶贫的款建起来的！知道这些内情的人不是没有，但都碍于他在村里的横行和二哥刘少民的黑社会背景，都敢怒不敢言罢了！我这次如果不把他告下来，他在麻庄还不知道会做出多少恶来呢！就这个小康楼，不定能贪污多少！我看看时间，差不多该准备上课了，对有些激动的刘君山说：其他人就不知道刘少军涉及黑社会？上面领导都是傻子吗？他们很清楚治理麻庄这样的落后村庄需要什么样的人！再说了，这次刘少军以盖小康楼的名义来笼络人心，对上对下确实都是一个高招。你这次写检举信，可要想清楚了！信写给谁？给镇里？那很快就能到刘少军手里。给区里？区里会不会退回到镇里？这些，你要好好想想！刘君山看我分析得头头是道，一时间不说话了。

外面的风更大了，好像还夹杂着雪花。这么早就下雪了吗？今年鲁南的天气真是奇怪了。我匆匆忙忙去办公室拿了教案，去三年级的教室上语文课。转眼间在这个学校已经待了十年的时间，我送走了多少届学生？想当年赵寻根、我和刘君山一起立下的志向，有一天能到大城市里去教学。现在只有赵寻根算是完全实现了这一想法，去了区域中心城市彭城，而且是在大学里面。东发叔每次说起在大学里工作的赵寻根，都是一脸的自豪。赵寻根值得他骄傲，也值得我骄傲。我和刘君山一直没有走出麻庄，但好歹也算是实现了一半的愿望：成了一个教书匠！小学老师也是人民教师嘛。我很担心刘君山一意孤行，非要去写什么检举信。和刘少军斗，他不是对手。我们都不是对手。就算赵寻根加入进来，我们三个绑在一块儿都很难说是他的对手，我们很难对付得了刘少军。我太了解刘少军了，甚至可以说比我爹都了解。

刘少军能当上麻庄的村干部，是经过精心策划一步一步实现的。他一开始并不是村支书，而是村民兵队长。那时候我爹还干着村支书，刘少军隔不多久就到家里来。一开始我爹以为他看上了我，是想找借口接近我。但后来发现没这么简单，他要是想接近我应该多往小学校里跑。每次到家里来，刘少军都不忘带一点爹喜欢的小玩意儿，什么铜烟嘴啦，刚烤好的烟叶啦，喜欢吃烟的人就喜欢这个。他知道我爹最爱吃鱼，常常从小龙河里弄来几条新鲜的大草鱼，到家里扔到锅屋里，也不说啥就走。时间长了，我爹也就明白了他的心思。老民兵队长年纪大了，我爹就把刘少军提了上来。我爹知道刘少军的胃口大，干了不到两年，就点拨他：你要追求更大的进步！刘少军多机灵的人啊，当天就给我爹写了一封入党申请书。一年后，刘少军顺利地成为预备党员，又过了一年，就转了正。隔年，村主任换届选举，他毫无悬念地被选为了村主任。那时候刘少军还没有这么飞扬跋扈，他知道我爹还是村支书，只要我爹在位置上，他就翻不起什么大浪。他一面和爹搭班子搞配合，一面眼巴巴盼望着我爹早点下来。终于等到了村支书换届，刘少军作为唯一一个有竞争力的候选人，顺理成章地由村主任成为村支书，村主任和村支书两副担子一人挑，成了麻庄名副其实的一把手。他头天上任，第二天就“颁布”了“施政纲领”，在大喇叭里广播了整整一天，把嗓子都喊哑了！他广播的是什么呢？用我爹的话说就是给麻庄父老画了一张很大的饼：建小康楼，让大家过上城里人的日子！现在，刘少军正在一点一点地实现自己画的这张大饼。对此，我爹有时候也会感叹：这个刘少军，的确是有些能耐的，不仅敢想，而且敢干，有路线图，有执行力，这样的年轻人在当今鲁南乡村干部中并不多。而对于刘少军有时候把敢干变成了蛮干，我爹则采取了比较宽容的态度。毕竟刘少军是自己一手培养提拔起来的年轻干部，有一点儿护犊子心理也是情有可原的。但俗语说人心隔肚皮，关于刘少军我爹不知道的事情肯定有很多。知人知面不知心，何况我爹连是否真正达到知人的程度都很难说。

刘君山还是写了刘少军的检举信。我在他抽屉里发现了这封信的副本。还算他有脑子，没有手写。他昨天在校长室待了整整一个晚上，估计就在做这事。全校就校长室有一台联想电脑，还是镇教办从区里的一个中学调配过来的，运行起来呼隆呼隆直响。地处贫困山区，学校的办学资源十分有限。我们的办公环境不说是全区最差的，也得是倒着数得着的。小学校的经费虽说主要来自区里和镇上的拨款，但还是需要村里补贴。

我爹做村支书那几年，是小学校最不缺钱的一段时期。那时候，我爹带领村集体建了麻庄的砖厂。砖厂初建时规模不算大，就在小龙河的旁边那片高地上,与村东的大路挨边。砖厂一开始用的是小龙河边的河泥,河泥用完了,就悄悄用了旁边的水田。因为那几年全国开始大搞基础建设,砖厂来钱快,村里财政那段时期是最好的。砖厂还解决了麻庄劳力无处做工的问题,整个麻庄砖厂男女用工都算在内,可以消化半个麻庄的劳动力。所以,对于砖厂挖完河泥又挖水田这事儿,镇上的人也是睁一只眼闭一只眼。我爹那时候是砖厂的厂长,和镇长等人混得相当熟络。镇上也把麻庄村办砖厂作为一个村办企业的典型,每次区里领导来镇上检查都要带到砖厂来。区里领导对麻庄砖厂的做法也是连连称赞。别看麻庄砖厂的生产规模不大,和旁边不远的麻庄矿没法比。但麻庄矿不归地方管,财税和地方关系不大,麻庄矿效益再好也不过是顺带解决了一些农民的生计而已。所以,区里和镇上当然更愿意把砖厂树立为村庄改革发展的典型。麻庄小学校的新校舍就是由我爹出面,用砖厂赚来的钱盖好的。因为有麻庄砖厂这个聚宝盆,村里许多人眼红得很,都大睁着眼睛盯着我爹手里的那点权力。这也是刘少军一心想进入村委会往上爬的主要原因。可惜好景不长,和麻庄矿一样,麻庄砖厂很快就没有了可用作烧砖的土了。为了挖土,砖厂旁边已经出现了一个大坑,再往旁边挖就只能越过店韩大路了,这是不可能的,镇上再支持也不会允许麻庄这么干。没了烧砖的泥,麻庄砖厂只能关门大吉。村里的财政也只能一年一年吃老本,根本没有多少钱继续补贴给小学校。刘少军当上了村主任以后,想了个点子,把砖厂留下来的大坑改造成了一个大鱼塘,又挖了一条水渠,引入小龙河的水,靠着养鱼村里好歹每年还能有一点收入。但因为离小龙河太近,每年夏天发大水,小龙河就会倒灌,鱼塘的鱼苗就会流失。鱼塘的收入越来越不能满足村里的基本支出,到了后来,甚至连基本的招待费都不够了,更别说补贴小学校办学了。

刘少军选上了村支书,主任、支书两副担子一肩挑。他脑子活络,知道村里别的门路靠不上，只能卖地。那几年的形势就是哪个村卖的宅基地多，哪个村的村委会日子就好过。刘少军也打上了宅基地的主意。但村里的宅基地已经卖得差不多了，耕地是红线，谁轻易也不敢去碰。刘少军在村子里转悠了几天，最后站在了鱼塘旁边。他背着手，脸上带着一丝微笑。几天后，他在大喇叭里宣布要抽干麻庄鱼塘里的水，抓光里面的鱼，抓上来的鱼一条也不卖，全部分给麻庄父老。大家都没闹明白是怎么一回事，只管拿了水桶去分鱼。临近春节，天气有点儿冷，但太阳很好，温暖的阳光照在身上很暖和。得到消息的孩子们都无心上课，个个摩拳擦掌跃跃欲试，巴不得快点下课好去鱼塘抓鱼。大中午的，我和刘君山也去凑热闹，看到鱼塘周围站满了人，全麻庄的人几乎都来了，大家伸长了脖子，在那里指指点点，议论纷纷。这个说村里养了这么多年的鱼，连一片鱼鳞都没给咱老百姓尝过；那个说现在好了，村干部换届了，咱们也能吃上免费的鱼了。这些话我听了很不舒服，更担心被我爹听了去。我和刘君山不得不佩服刘少军的过人聪明，这一塘的鱼卖也卖不了几个钱，解决不了村里的什么大问题，但免费分给村民就不一样了，能换来民心不说，还赢来了口碑。这真是一桩投入不多、好处多多的好买卖。但这还不是刘少军的最终目的。关于这一点，除了我爹和刘君山，能看透的人不多。

鱼塘的水还没抽干，里面的鱼儿就乱蹦乱跳。鱼塘养了这么多年，大鱼不少，一条条大鱼跃出波光粼粼的水面，鱼背反射出来的太阳光直晃人眼。人群里的小孩子不时地发出一阵惊呼声，一个说：快看，快看，那一条红色的大鲤鱼！一个说：看那边，看那边，有一条鱼，龙一样摇头摆尾！一个说：那是野生的大鲶鱼，一定是从小龙河里游进来的！旁边的大人嘟囔了一句：怪不得鱼塘鱼苗放得不少，每年捞上来的有限，原来鱼苗都让这些大鲶鱼给吃了！另一个说：这鱼塘和小龙河是相通的，虽然有隔板，但鱼是挡不住的，下雨的时候会跃出水渠。大家看着鱼塘的水一点一点抽到小龙河,忽然醒悟过来,对着正在四下里忙活的张会计喊:快放一张网到抽水机那头,不然,小一点儿的鱼都被抽到小龙河里去了!大家这才反应过来,赶紧催促张会计:哎呀,赶快,赶快!那么多鱼都被抽跑了!有人半开玩笑半认真地说:多跑一条我们就少分一条哪!大家哈哈笑起来。这个大家从来都不关心的鱼塘,现在突然人人都关心起来了。不得不说,想出这个点子的人真是不简单。

我看到刘少军背着手站在人群里,面对着大家对他竖起的大拇指,笑着说:就当是麻庄人提前过年了哈,我们每一家多少都能分一点!旁边的老人附和说:今年过年的大菜就是咱麻庄鱼塘的鱼!说得大伙又哄笑起来。刘君山撇撇嘴,说了句:刘少军的目的绝对不是给大家分鱼!我眉头一皱:那他想要干什么?刘君山不说话,或许等两天就知道了。

小学校也分到了不少鱼。说是分给小学校,其实就等于是分给了我和刘君山两个人。刘少军不好明着说分给我们,给小学校是天经地义,谁也说不上什么意见。这天晚上,整个麻庄都被浓重的鱼香所围绕,有炖鱼汤的香味,有烧鱼头的香味,有炸鱼块的香味;有的清炖,有的红烧,还有的直接腌了鱼干。有人说,鱼的香味就是麻庄这个年的味道。大年初二我回门,刘君山陪着爹喝酒,说到鱼塘分鱼,两个人一时间都不说话。我爹问刘君山:这事君山你怎么看?刘君山说了句:我觉得没有笼络人心这么简单!我爹看看我,我摇摇头,只管吃鱼。爹笑着说了一句:你们和大多数麻庄人一样,就知道看热闹吃鱼,很少有人能看出来这背后另有隐情!刘少军这一步棋走得好啊,简直是动一子而全盘活啊,可以说这一步棋盘活了麻庄好几年的财政收入!刘少军这小子果然聪明,比我当年还要有出息!我看看刘君山的脸色,他不说话,只喝酒。爹当着他的面夸刘少军,刘君山心里肯定不舒服。我故意说了句:爹你说说看,刘少军怎么就救活了麻庄?爹意味深长地笑笑,喝了一大口酒,说了句:我猜刘少军是在打鱼塘那快地的主意！到底是不是，用不了几天就知道了！刘君山点了点头：我也想到了这点，但就是没想通，鱼塘明明是一个大坑，他刘少军到底要怎么才能变成现钱？我爹不紧不慢地说了句：在这方面，你们还是头脑简单了点。当初镇上之所以同意我们挖那里的土烧砖，就因为那里不是耕地。既然不是耕地，就不算是红线，不是红线就可以碰！他刘少军一定是想卖宅基地！那块地现在虽然是个大坑，却紧挨着店韩大路，可以说是一块发财致富的宝地！再说了，大坑照样可以建房子，而且可以建成有地下室的房子！只要刘少军敢拿出来卖，就会有人出高价买。那一片大坑少说也得有几十亩地呢，要是都能卖掉，可不是一个小数目！刘君山恍然大悟，拍了一下大腿，说了句：刘少军一定会这么干！话音未落，外面放了一阵鞭炮，噼里啪啦很热闹。我娘端着一碗饺子进来，说喝完酒吃饺子，今年这饺子都是鱼肉馅的！

爹的猜测是对的。

大年初六，下了一场小雪。鲁南的雪下在年前一般都是大雪，铺天盖地洋洋洒洒的那种，劈头盖脸地下了个昏天黑地。那样的天基本上是麻庄人闭门喝酒睡觉的日子，劳累了一整年的麻庄人也就是在年前年后这几天能歇一歇。年后的雪一般都是小雪，老天爷要么不下，要么就小脚老太太走路一样，扭扭捏捏，不紧不慢，摇摆着身子一步一步往前挪，看上去很努力的样子，其实走得很慢。年后的雪下得很不情愿，有气无力应付一下似的。一大早，村委会的大喇叭里就传出来刘少军的大嗓门：喂喂喂，大家伙都起来了吧？今天都初六了，该开工了啊！今天是个好日子哈，过个年，大家伙鱼也吃了，酒也喝了，现在咱们该努力干活了！那什么，我宣布个事儿啊，一件大事啊，大家伙掏干净耳朵听好啊。什么大事儿呢？就是鱼塘的事儿啊。这鱼塘的水也抽干了，鱼也都吃到大家伙的肚子里去了啊。没有了水和鱼的鱼塘还能叫鱼塘吗？有人说，咱们是不是要重新放水养鱼啊？

要我说,咱不费那个老洋劲了!鱼塘辛辛苦苦弄一年也弄不了几个钱,啊,弄不了几个钱!这两年村委会也没啥收入,搞得我们啥事都搞不了,啊,搞不了!每次到镇上开会,咱村总是人均收入垫底,没少挨镇领导的批评!咱们啊,把鱼塘卖了!当然不是承包给谁养鱼。咱们把鱼塘划为宅基地,能卖几十户呢!这事儿我已经请示过镇上领导了,啊,请示过了!领导说了,那地不是耕地,可以划宅基地!我现在就算是正式通知大伙了,有愿意买地盖房子的就到村委会来登记,一地一个价啊,先登记先得,啊,先得。大家伙抓紧啊,啊,抓紧!愣了一下,刘少军又说:我知道有人关心这卖地的钱村委会要拿来干什么?啊,干什么?反正我不能贪污!啊,这么一大笔钱要是贪污了那还不得把牢底坐穿啊!所以啊,这钱将用于改善村容村貌。你看咱们村那路,不下雨还好,一下雨就一腿泥!啊,一腿泥!你再看看人家吴庄、姚庄,连村里的路都硬化了,还扯上了路灯,夜里走路都不用害怕了!我们要赶超他们,啊,赶超。将来还想盖小康楼,啊,小康楼啊,就是国家大力支持的农民上楼。当然,我们这点儿钱盖楼恐怕连打地基都不够!盖楼要靠上面的政策支持。这是将来的事儿,啊,将来的事儿。但小康楼早晚都要盖,啊,都要盖。现在急不得。我们现在先把村里财政困难解决了再说,啊,再说。那我就没啥要说的了,大家开始报名吧。

麻庄一下子炸了窝。村里多少年都没划过宅基地了,何况这次要卖的地紧挨着店韩路,那可是做生意的好地方!一时间,报名买地的人挤满了村委会办公室,屋里挤不下,刘少军让张会计把桌子搬到了村委会院子里。他没想到这么多人都来报名买地。麻庄这些年出去打工的人不少,这个时间点都在家里过年,这也是刘少军选择大年初六公布卖地消息的原因。他让张会计摸了一下底,麻庄这几年在外面打工的劳力不下于两百人,小姑娘和小媳妇加起来也得有七八十口子。这近三百口子的人差不多相当于麻庄人口的十分之一了。这几年国家鼓励村民外出务工,改善农民经济状况。麻庄在这方面行动得还算是晚的，隔壁的姚庄和吴庄早就出去了，他们到广州，到深圳，到温州，到苏州，一拖十，十拖百，跑到南方去，男人去做保安和建筑工，女人则去当保姆，也有去工厂做工的。有几个还在东莞扎了根，把老婆孩子都接了去。自从麻庄矿和砖厂关闭以后，出门打工成了村民收入的主要来源。凡是出去的都比留在麻庄种地收入高。留守麻庄的除去开着机动三轮贩粮食和跑运输的，只能跟着小建筑工头打些散工，收入有限。前几年西暨跑运输的多，火车皮一样的"斯太尔"一到夜里就在104国道停一长溜儿。麻庄个别有钱的人也跟进来，贷款买了辆大卡车，拉煤拉水泥，也挣了几个钱。但好景不长，斯太尔把路面压得不成样子，搞得104国道整个西暨段都坑坑洼洼的。加上高速公路限行，成本推高，跑运输的逐年减少。麻庄人就只剩下出门打工这一条路了。村里也有搞养殖的，养兔子养猪养羊，还有的养起了蝎子和小龙虾，没几年也发了一笔小财。那些头脑不怎么灵活，只知道面朝黄土背朝天摆弄庄稼的收入基本上都很少，一年下来，即便粮食丰产丰收也卖不了几个钱。所以，这次报名买宅基地的多是那些外出打工和家里做过生意的人。刘少军和张会计他们早就测量过了，鱼塘一共可以划五十户宅基地，再向店韩路南北方向延伸，至少还可以再划三十户，这八十户宅基地都卖出去，村委会至少能收入三百万。位置好一点的，价格再高点的话，还能再多进账几十万。看着眼前争相报名的人群，我猜刘少军肯定在心里暗自得意。把鱼塘划成宅基地，这简直是点石成金嘛！这又一次验证了那个大道理：村级财政靠什么？靠卖地！别说村级了，就是镇里区里县里，不也是在靠着土地财政吗？尝到了卖地的甜头，刘少军把目光投向了更远处。他站在村委会的台阶上，目光越过围墙，看着马鞍山山头，脸上再次露出了笑容。

半天工夫不到，八十户宅基地全部认购完毕。刘少军叮嘱张会计：让认购者三天内交钱拿地，此事宜早不宜迟，防止夜长梦多。张会计心领神会,催促大家赶快回去筹钱。有人说:要现去镇上信用社取呢!张会计笑笑:我打听过了,信用社今天正式营业,你现在就可以去!大伙说笑着散去了。

那次卖地之后,刘少军给小学校改善了一下办公环境,换了用了十几年的桌椅凳子,重新修整了五年级的教室,粉刷了小学校的围墙。他这件事做得还算漂亮,在麻庄收获了不少人心。

转眼间,更换过的桌椅凳子又断了腿缺了角,粉刷过的房子又掉了漆,可赵无极校长给刘少军说了好几次,还是没有维修。刘少军说村里要集中财力盖小康楼,小学校的事情等盖好了小康楼再说。我和刘君山算了算,小康楼现在还没有打地基,盖好至少要一两年,那还是在资金全部到位的前提下。这样算下来,维修小学校的事儿至少要再等上三五年了。刘君山对此很有意见,说盖小康楼和修小学校是两码事,刘少军偏要扯呼在一起!卖宅基地那三百万除了粉刷小学校,他并没有做其他什么事,那笔钱到哪里去了?我说:刘少军不是说要留着盖小康楼吗?刘君山笑笑:韩慧慧你还真是四肢发达头脑简单,盖小康楼可不是几百万的事儿,那得几千万几个亿,资金来源是上头的无息贷款。等房子盖好了,卖掉以后,再把钱还回去,等于是用国家的钱来建房,然后由麻庄买房的人来埋单!还完银行的无息贷款,剩下的名义上就全部归村委会!这次盖小康楼,村委会等于是充当了一次房地产开发商,会狠狠赚一大笔!

我不知道刘君山是不是把这些都写进了检举信里面。自从他寄出了那封信,整个人就变得魂不守舍起来。别说照顾我了,就是上课动不动都走神。随着天气越来越冷,宿舍里四面透风,报纸糊都糊不住,我在学校里待的时间越来越少。随着肚子越来越大,行动也越来越不便,我也顾不得刘君山了。他一个人住在学校里,等着那只靴子落地。

一直到天气转暖,还是没有什么动静。倒是小康楼,又开始聚集了许多人,再次开始了测量。这次测量的范围明显扩大了,已经延伸到了马鞍山的半山腰。刘少军每天都陪着镇上和区里的测量专家,忙得不可开交。看上去,刘君山的举报信对他并没有带来任何影响。这事儿就像从来都没有发生过一样,泥牛入海杳无音信。再过一些时日,就传来小康楼要开始破土动工的消息。刘君山等了几个月,不但没等来靴子落地,就连靴子都好像从来没有存在过。这让他更加愤怒。他又悄悄写了一封举报信,这次直接寄给了市纪委。他带着怨气说:我就不信了,这朗朗乾坤底下还真没有地方讲理了!刘少军强夺霸占马鞍山事小,刹住麻庄村干部的歪风邪气事大!我知道刘君山的倔脾气上来了,九头牛都拉不回来。

麻庄的风俗是三月三这天要给小孩子剃头。所以,这天村里的理发店最忙。我到教室上课,看到孩子们一大半都剃了头,让整个校园都精神了许多。春天了,鲁南的天气慢慢热起来。小学校办公室前面花坛里的迎春花开了,浅黄的小花慌慌张张地开着,一大片一大片的,煞是好看。我的小腹已经隆起,弯不下腰来,要不然一定会采几枝放到宿舍花瓶里。刘君山还没有从检举信中回过神来,我有心拉他去散散步,吃饭的时候对他说:麻庄果园的苹果花这会儿又开了,我们去看看?他不是很情愿的样子。我灵机一动,说道:顺便也去看看塌陷形成的水库怎么样了,赵寻根清明节肯定回来上坟,我们去看看情况,好提前告诉他。刘君山一听,说:行,下午没课,咱们吃完饭就去。

平时从小学校走到麻庄果园十分钟都不要,今天因为我身子重走得特别慢。刘君山少有地表现出很耐心的样子,说慢慢走,不着急,还不时地指着路边努力开放的小野花,说你看那些花儿多好看!蓝紫色的是牵牛花吧?那火红色的呢?是地丁开的花吗?看到刘君山情绪好起来,我也很高兴。路过村委会办公室门口,我怕引起他不愉快的话头,故意加快了脚步。他好像对此也心领神会,眼睛连看都没看村委会的大门。前面就是苹果园了,还没看到花,就闻到一阵阵苹果花的香味。我使劲嗅了嗅,说:真好闻,苹果花香,一年一度!真好啊!刘君山点点头:也不知道当年是谁想起来在这些坟堆里栽上苹果树的?这真是一个好点子!不会是咱爹吧?我摇摇头:果园在他当村支书之前就有了,应该是他前任村支书!刘君山皱皱眉头:前任?那就是光裕叔喽,我记得他活着的时候最喜欢给我们讲鬼故事,每个故事都是发生在苹果园。他每次都说故事是他亲身经历,搞得我们那时候都信以为真,以为果园里有女鬼,一到了晚上就远远地绕着果园走!我笑笑:你们男孩子喜欢听他讲,自己吓自己!我们从来不听这些。愣了一下,我问刘君山:你真的相信人死后有灵魂存在吗?刘君山一愣:你咋和赵寻根一样,也开始关心这个问题了?我摇摇头:也不是特别关心,只是在想赵寻根这么着急给赵家坟场寻一个风水宝地,他肯定是相信人死后有灵魂的!刘君山点点头:这个话也不好说。我们从小接受的就是唯物主义教育,人死如灯灭,死就死掉了,也就不再想死后的事情。赵寻根曾经去过国外,回来说那里的人信仰基督教的很多。宗教文化虽然在我们国家并不发达,但我们中国人祖祖辈辈信奉的是敬天法祖,许多人都信奉"离地三尺有神明",我们可以对宗教有信仰自由,却不敢亵渎自己的列祖列宗。这就是中国人的生命状态。我笑笑:想不到你思考得这么深了!我只是不相信人死后还能有灵魂!刘君山摇摇头:你不懂,我这几年钻研命理学,有些事情真的很难讲,不信,你一会儿去果园里站一站,就会感觉那里阴森森的!我一愣,忍不住摸了摸肚子,有点儿担心地说:那还是不要进去了,在外面看看就好,我们还是去看看那片塌陷地吧!

大中午的,果园门口的石屋一个人也没有。我们远远地看了一眼一树一树盛开的苹果花,就向塌陷地走去。那片水域还是那么大,一点儿没有减少的迹象。已经过去了大半年的时间了,看来这片已经和小龙河慢慢连成一体的水域短时间内是不会消失的。赵寻根家的祖坟还淹没在水中,隐约可以看见带着绿意的柳树梢。我指着柳树梢说道:刘君山你快看,那些柳树竟然还活着!刘君山点点头,说:我真替赵寻根着急!他上次来没找到一块合适的风水宝地,这会儿这一大片水又消不下去,他这次来再解决不了可怎么向家里人交代?我听了心里一沉:是啊,东发叔为了这个事儿连年都没过好,整天唉声叹气的。年前,人家都给列祖列宗上坟烧钱,东发叔想去上坟都去不成,只能跪在大路口干号。这事想来也真是让人心酸!刘君山面色凄然,缓缓说道:我替赵寻根琢磨过了,现在唯一适合坟场的风水宝地就是马鞍山脚下,也就是刘少军要盖小康楼的地方。如果能在那里划出一块地,是最合适不过的了。只是,那里既然要盖小康楼,刘少军怎么可能同意拿出一块地出来当坟场?这事儿很难办!够难为赵寻根的了!

我听了,心情变得沉重起来。看着眼前的这片水域,看来,赵寻根清明节来上坟,也只能跪在大路边上了!

本来想出来散散心,看了一圈却更加怅惘。在塌陷地站了一会儿,我和刘君山一起往回走,刚走到学校门口,就听到大喇叭里传出刘少军的声音:各位父老乡亲,广播个事儿,啊,广播个事儿。咱们村正在办一件大事,就是盖小康楼的事儿!啊,这小康楼的地址已经确定了,啊,确定了,比原来的面积要扩大一倍还不止,不止,啊。现在是地皮也有了,图纸也设计好了,就等上面的无息贷款下来了,啊。现在镇上领导也在帮咱们协调,啊,协调。这会儿正是关键时间,啊,关键时间,希望大伙儿都能配合,啊,配合!那个说,怎么个配合法呢?啊,要我说,怎么个配合?!首先就是不要给我捣乱!啊,不要捣乱!我在全力以赴为咱村谋福利,有人却在背后给我下黑刀子,使坏!我在前面冲锋陷阵,有人却在背后放冷枪!这都什么事儿啊?那个给我使坏的,你别以为我不知道啊?啊,你别忘了,我们党是爱护干部的,尤其是基层的干部,党是相信我们的!啊,你去告也没有用,你去写匿名信也没有用!别忘了,你还在麻庄的地盘上工作!别把我逼急了，啊，逼急了！别影响我们麻庄的大事，啊，大事！什么是大事？盖小康楼就是最大的事儿！再说一遍，啊，再说一遍！别在背后给我捣乱，再让我知道你还在捣乱，小心你饭碗！也小心你的小命！好了，今天这个事儿啊，就是个警告，啊，警告！你要是一意孤行，别怪我刘少军丑话说在前，啊，说在前！

刘君山气得浑身发抖，气呼呼地对我说：这个刘少军，分明说的就是我！我现在就去村委会，找他算账！我拉住他：他并没有说警告的是谁！你这一去，不就等于主动暴露自投罗网了吗？那你写匿名检举信的意义又何在？刘君山一听我这么说，忍住火气：我不会放过他的！愣了一下，又说，这至少说明，检举信有回音了，上面的人还是很重视群众举报的。我点点头，劝刘君山：你先别轻举妄动，等过几天赵寻根来了，和他商量商量，从长计议比较好！刘君山点点头，说了句：赵寻根前几天说在忙着万晓璐的事情，也不知道忙完了没有，这清明节眼看着就到了！

第十二回　赵寻根他为寻宝地再把家转

评职称就像是一场拉锯战，从申报到最后出来结果，要三四个月的时间。这个过程可谓过五关斩六将，步步凶险，一着不慎满盘皆输。先是个人申报，之后学院审核，学术委员会投票。投票过了之后送交学校人事处职称科，学校再分类组织评审。

万晓璐属于实验员系列，这个系列每年给的名额都很少，报名的人却并不少。全校实验员几百个，每年都有十几个人争着抢着参评实验师。今年的名额是五个，仅文学院参评的人就有三个，更别说全校了，竞争不可谓不激烈。按照往年经验，全校五个名额，能分到文学院一个就不错了。万晓璐要想冲到学校那一关，首先得在文学院出来。

文学院副书记古有时偷偷摸摸考上了博士，这事儿蒋政志事先不知道，后来就有点儿恼火。按理说副书记是副处级干部，属于学校组织部管。古有时考不考博士，没必要经过蒋政志的批准。但蒋政志是文学院院长，学院的每一个青年教师出去读博士，都得经过他的同意。古有时考上了博士，而且考上的是985 高校的名牌专业，本来是好事。学院的副书记做的是学生思政工作，思政工作口的干部能有这样的学术追求实属难得，应该鼓励。但蒋政志对此却颇有微词，当古有时提出要带薪去读博士时，他一开始没有同意。他知道按照学校的规定,处级干部考博士必须得经过组织部的同意,由组织部来安排协调。没有组织部的批准,考上博士也是私人行为。一般情况下,处级干部考博士都要事先以学院的名义打报告。但因为考博士并没有把握,好多人都是抱着试一试的态度,先偷偷摸摸地考。这种情形下一旦考上要去读博士时,就得做一个选择:要么离职带着档案去上学,要么放弃当年读博的机会。很明显,蒋政志想抓住这一点,有意为难为难古有时。

古有时也是一个有性格的人。蒋政志从中作梗,他干脆也来了个一不做二不休,利利索索辞去副书记职务,带着档案去那所985高校读博士去了。他考取的是一个很热门的新闻传播学专业,导师在学界也是赫赫有名。正因为此,他才信心满满,一心想着博士学位到手就此腾达。其实,想出去读博士的做学生思政工作的副书记不止古有时一人。我前面说过了,学校政策年年变。前几年做学生工作的副书记评高级职称,只需要满足论文和工作年限的条件就可以了,这样的话,他们只需要安心工作,写几篇文章,按部就班评职称问题都不大,无非是晚一年早一年而已。但不知道学校出于什么考虑,突然发文说不管是专任教师还是行政思政人员,四十五岁以下评高级职称一律得有博士学位。这样一来,想进步的思政干部就不得不寻求考博之路。大家都要考,他们中的多数人只是苦于考不上。像古有时这样第一年考就顺利考取了的,可以说是非常幸运和罕见的。这也和古有时一直没放弃自己的专业大有关系。

经过三年苦读,古有时顺利拿到了博士学位。就在所有人都看好他的锦绣前程之时,古有时却在回校工作这件事上遇到了阻力。原来,学校有一条规定,从985高校拿到博士学位回来工作的老师可以看作优秀博士,兑现相关待遇。在师范大学,优秀博士和普通博士的待遇简直是天差地别。优秀博士的待遇是学校给价值百万的住房,还有不低于五十万的科研启动经费。普通博士则什么都没有。古有时对照学校的优秀博士认定条件,只差了一篇权威论文。他以为凭着自己此前为学校工作多年的资历,学校应该给予他优博的待遇。哪想到学校人事处说此事并无先例,需要学院层面给学校出具一个报告,请学校党政联席会来研究决定。这一下球就踢到文学院去了。古有时只得硬着头皮去找蒋政志。蒋政志本来就不主张古有时当年去读博士,这次古有时回校工作遇到问题,他也是多一事不如少一事,既不拒绝也不研究,以学院名义打报告的事儿就一拖再拖。古有时做了多年的副处级干部,当然知道这里面的猫腻。偏偏他又是个倔脾气,不声不响联系了地方上的一所师范学院,虽然学校名气不如师范大学,但对方提供的条件比优秀博士还好,而且过去就是副教授,还连同古有时的爱人一起解决了职称问题。蒋政志就这样拒绝了一位学有所成的回校人才。他背地里的一些小九九,大家都清楚。

尽管学院层面竞争激烈,万晓璐的职称评审材料还是报到了学校。过了学院这一关,只是万里长征第一步,接下来学校的竞争更是飞沙走石。万晓璐对此倒是想得开,采取的是顺其自然放任自流的态度。她说:我不可能给每一个评委都去送礼!再说就是想送,也打听不出来所有评委的名字。有知道点内情的人说学校职称评委库就那些人,基本上以校学术委员会委员为主,再加上相关院系的院长和系主任。评委会按照职称系列分为三个组,前两个分别是文科组和理科组,实验室和图书馆、财务处等在第三个组,组长是分管校领导。作为普通老师,平时都很少能有机会接触这些人。所以,在学校这一关,万晓璐也只能听天由命。

听天由命的结果只能是无所适从。职称评审前后拖了大半年,等到学校传出消息来,已经临近放寒假了。万晓璐差了两票,没有通过学校这一关。虽然已经做好了心理准备,但得到这个消息时万晓璐还是有点儿伤心。奇怪的是,今年文学院竟然没有一个人通过评审。蒋政志在此后的学院大会上说，这是从来没有过的事儿！可见竞争之惨烈！不过这也不一定是坏事，今年没有给我们，明年说不定要多给我们一个。所以，大家不要灰心。我们都知道蒋政志的话是在给大家打气，当不得真。我早就给万晓璐灌输过评职称很难的思想，没有几个来回，不经过反反复复的折腾，是不可能通过的。万晓璐对此心知肚明，默默开始用功写起了文章。

还有两周就是清明节了，我开始频繁地做梦。不知道为什么，每年的春节和清明节都是我集中做梦的时间。梦里面到处都是麻庄的影子，既有伏羲女娲，也有过世的亲人。就在昨天夜里，我又在梦中看到了爷爷。他浑身上下都湿漉漉的，像是刚从水里爬出来似的。他年轻的时候喜欢到小龙河打鱼，像这样弄湿全身是常有的事儿，每次他都是笑呵呵，不当回事儿。但这一次不一样，他表情严肃，明显带着气。我一看到他，就下意识地开始满口袋找烟。爷爷活着的时候嗜烟如命，一天要抽好几包。他喜欢抽那种劣质的本地烟，最喜欢做的就是自己卷烟卷。那时候他的腰间时时刻刻都挂着一个小小的布袋，里面装着自制的烟叶。想抽了，就从上衣兜里掏出烟纸，再从烟袋里捏出一小把碎烟叶，蘸一口唾沫，卷吧卷吧，放在嘴边，划一根火柴，点燃，深吸一口，仰仰脖子，却并不见吐出烟来。他把烟直接咽到了肚子里，半天才吐出一口气，继而鼻子一吸溜，又迅速把那烟圈吸进了肚子。他从不浪费一口，哪怕只是一个烟圈。

爷爷看我手忙脚乱的样子，仍旧板着脸，说道：寻根你别找了，你不抽烟，我知道。这里有两盒好烟，你拿去一盒招待客人用吧。我看了一眼爷爷递过来的那烟盒，隐隐约约地看到“金叶”两个字。我蓦然一惊：这不是过两天准备上坟时给爷爷带的吗？他怎么现在就拿到了？再说了，我哪能拿爷爷的烟呢？从小到大都是我给他递烟点烟。爷爷好像也看出了我的疑虑，不紧不慢地说道：爷爷现在是有求于你啊！我一听，一下子明白了爷爷为何浑身湿漉漉的了，赶紧扑通一声跪下了。爷爷这才露出了慈祥的笑容，说道：既然你知道我此来何意，那你赶紧去寻吧！麻庄的风水宝地已经不多了！我和列祖列宗在水下实在是太冷了，他们时不时地都在那里喊着"冷冷冷"，你再不赶紧给我们找个新地儿，列祖列宗都受不了这水下的寒气了！麻庄矿用不了多久还得再次塌陷，你不赶紧行动，坟场只会越陷越深，到时候你连我们的坟头都很难找到了！我早已泪流满面，对爷爷说：我这就回麻庄！爷爷像小时候一样摸摸我的头，笑笑，转身要走。临走，又忽然想起什么似的，问我：教你的字儿都还记得吗？我说记得记得都记得！他这才放心地走远了。

我很小的时候，爷爷就开始教我识字。他是麻庄的识字先生。有一次过年写对子，我曾经问过他：啥叫识字先生哪？爷爷略有沉吟，然后摆摆手：就是会写几个大字吧。那你会写几个大字？我问他。爷爷一愣，随即拿起面前的毛笔，在一个缺了一角的碗里蘸了蘸墨汁，又把笔管沿着碗沿儿转了几个圈儿，然后拿起来，略作沉吟，在红纸上写下一个大大的"人"字：喏，就会写这个！我嘴里嘟囔着：不就是一个"人"字吗？简单。我装模作样地拿起毛笔，想表演一下自己的大字，结果却怎么也写不好。从我很小的时候开始，每次写对子，爷爷总是喊我给他按纸、晒字。有时候也会教我写几笔。时间久了，我自然也是能拿得起毛笔了。有一次，我认认真真工工整整在红纸上写了一个"人"。爷爷看着，嘴角带着微笑说：这个字，是要用一辈子来写的！我那时小，哪能明白这话里的深意？

上了年纪以后，爷爷开始喜欢写日记。他的日记不是写在本子上，而是写在烟盒上。那时候大人们的空烟盒都不扔，但一般都是用来擦屁股。我记得小时候在路上捡到烟盒，都是顺手藏进裤兜里，以备不时之需。没有烟盒的时候，我们小孩子一般都是靠小石块或土坷垃来解决。相比于小石块或土坷垃，烟盒当然是绝佳之选。烟盒外面花里胡哨，拆开以后，里面是一小张白纸。爷爷把抽过的烟盒都码得整整齐齐，然后用缝衣服的黑线装订在一起,猛一看上去,就像一本袖珍的线装书。这本日记一直放在他卧房的桌子上,从不避人,谁想看谁就看。他也知道我经常去他卧房翻箱倒柜。在我眼里,爷爷的卧房简直就是一个魔术箱,什么都可以变出来。隔不几天,我就会到他屋子里去翻腾翻腾,每次都能小有收获。有时候是一本小人书,有时候是一个本子,有时候是一支铅笔,真是万分神奇!现在想来,这些东西也有可能是爷爷故意藏在那里的。他知道我会去翻腾,就时不时地放点东西在里面。包括他的日记。

日记是用圆珠笔写的,写得很认真,一笔一画,章法有度,结构谨严,皆是大字手法。出于好奇,我随手翻阅了几页,只见上面写着村里一些老人情况:70 岁以上死去的有谁谁,还活着的有谁谁。在活着的老人里面,谁的年纪最大,谁的年纪最小。在这一页最后,赫然写着他自己的名字。那时的我,并不知道爷爷写下这些名字的意义。现在想来,他或许早已经做好了去往另一个世界的准备。让我惊奇的是他的那份坦然。对待生死,爷爷怎么会如此坦然?

我娘走了不久,爷爷就开始卧床不起了。那一年,对于我们家来说,真是大喜大悲的一年。先是娘生病住院,我咬着牙参加了高考。顺利考上了大学,娘却大限来临。娘走了没多久,爷爷又不吃不喝,一直卧床。这一年,是我们家最零乱最艰难的时期。

临走前几天,爷爷让我爹和老叔把两个出嫁的女儿叫了回来。看着四个子女都在跟前了,他精神变得好起来,一字一顿地说道:你们都别害怕,我要走了,也该走了,你们的娘走得早,早在那边等得不耐烦了。她为了早点让我走,说给我准备了好多的毛线,怎么织也都织不完的毛线。她还对我说,你不是喜欢织毛衣吗?这边有好多好多的人都喜欢织毛衣!这几天我只要一闭眼眼前到处是红毛线,这些毛线纠缠在一起,成了一张巨大的网,网得我喘不过气来。我该去找你们的娘去了。你们四个,我最对不住的就是老三了，小时候挨饿个子长不高，大了也没能娶上媳妇！现在我走了，更无能为力了！我走了以后，老三你要自己好好过日子，别凑合！老叔听了，呜呜呜哭起来。我爹和两个姑姑也都落下泪来。爷爷继续说：老大和老四你们两个都没能有机会去念书，也不要怨我，我也是没有办法！你娘走了以后，我一个人供养你们四个长大，太累了！老大出嫁得早，老四要留在家里给一家人烧火做饭。为了这个家，苦了你们两个了！大姑和小姑哭着说：爹，你别说了！俺们都不怨你，没念书这不也过得好好的吗！爷爷闭上了眼睛，眼里涌出两个硕大的泪珠，接着，他看着我爹说：老二啊，我回想了一下，这一辈子对你也没啥亏欠的！就是有一件事做得有点过了，你有一次逃学，我一扁担把你打昏过去了，你还记得吧？得亏你二爷爷，他懂医术，要不然……我爹打断爷爷：爹你别说了！都怪我不争气，没好好念书！

爷爷都交代了一遍，长舒了一口气，说道：我这辈子也没能给你们留下来点什么，一切都要靠你们自己了！我到那边跟你们的娘团聚，也算是好事！你们也不要伤心。我死后丧事不要花太多钱，人死如灯灭，死人要为活人让路，你们只要记得每年清明节给我和你娘添上一锨土烧上一点纸钱就行了！

爷爷走的时候我正沉浸在大学的美好氛围里，根本没有料到他会走。那天一大早，我收到了家里打来的电报，上面写着：爷爷病危，速回。我到家才知道爷爷不行了。他倒也没有得什么大病，就是老了，身体机能不行了，吃不下饭。那些日子老吐，把胃液都吐光了。他喝了一辈子酒，最后吐出来的都是红红的东西，很瘆人。

身体无比虚弱的爷爷见到我，只说了一句话：寻根回来了？他甚至都没有力气问我大学里的情况。而在我收到大学录取通知书的那几天，他每天都要抱着通知书读上好几遍，还念叨着“老赵家总算出了真正的识字人了,出了个状元”的话。尽管我一再向他解释,是大学本科,不是状元,但他还是固执地认为,考上了大学就相当于中了状元。

我在家陪爷爷的那两天,他的精神变得出奇地好,吃了不少东西。爹说:爷爷除了喝了几口酒,已经好几天不吃任何东西了,他看到了你,竟然肯吃饭了!我满心以为,爷爷可能会就此好起来。第一天早上,他要上茅房,我扶着他一步一步下了堂屋的台阶,走到了茅房门口。他喘着粗气说:寻根,走不动了,就在这里吧。他在茅房门口解了手。此时,我爹他们听到动静出来,吃惊地瞪大了眼睛,说道:寻根你知不知道,你爷爷这段时间只是吐,根本没下过床!现在,居然能从屋里走到茅房!我听了很高兴,以为爷爷肯定能好起来。

见爷爷精神稍好,我翻腾东西的毛病又犯了。趁着爷爷不注意的时候,我又翻出了他的日记。他的日记已经写了很多。我翻到他卧床前写的那一页,只见上面写着:“今日到南场上溜达,发现石轱辘不见了。”不知为何,我突然落下泪来。

第三天,爷爷对我挥挥手:寻根你回学校念书去吧,我感觉自己好多了,一时半会儿死不了,你放心地去念大学吧。我看看爹,爹点点头。老叔悄悄对我说:你去上学,反而能让你爷爷放心,也能增加他好转的信心!我点点头,对爷爷说:那我去上学,爷爷要赶快好起来。当天下午,我坐上了回学校的公交车。

然而,到学校没几天,爷爷就真的走了。奇怪的是,爷爷入土以后,我再去他的卧房翻腾,日记竟然找不到了。只找到他当年写下的那个大大的“人”字。

我把梦到了爷爷的情形告诉了万晓璐,她脸色苍白,显然被吓得不轻,呆愣了半天才说:既然爷爷都说话了,我哪还敢拦你啊!清明节也快到了,你愿意回麻庄就赶紧回吧,尽快给列祖列宗找到新的风水宝地!我看着万晓璐惊魂未定的样子,想笑却笑不出来。我说:要不我这次还是开车回去吧。万晓璐点点头:你愿意开就开嘛,我又不拦你!只是开车要两个小时,路上小心点。我发现经历这次评职称的风波之后,万晓璐对我的态度出奇地好起来。我笑笑说:你要是不放心,可以和我一起回麻庄!万晓璐习惯性地撇撇嘴:谁知道你这次要在麻庄待几天?你不是还要见见区里的领导吗?再说了,这一周是我的实验课,不好给学院请假。我点点头,决定明天就回麻庄。

第二天,我起得不算太早。昨天和万晓璐折腾得不轻,早上一觉醒来,太阳已经老高了。活动活动筋骨,感觉体力特别充沛。头天已经给车加满了油,我带的东西又不多,收拾一下就直接出发上了京台高速。开车回麻庄和坐高铁感觉大不一样,开车有更加自由的感觉。记得上大学的第一天,我们那位胖胖的沈辅导员就给我们灌输这样的价值观:人生有三大自由,即上大学脱离父母的自由;有车以后想走就走的自由;找到工作实现经济独立的自由。如今你们来到了大学,算是实现了第一个自由!还有两个更大的自由在等着你们。所以,请各位要充满动力,继续加油!在当时的我们看来,沈老师说得很有道理,也很切合实际。沈老师是一位好老师,从来不会给我们讲那些假大空的东西。可惜的是,我们刚毕业,他就调走了。关于他的调动,当年在师范大学还形成了一个小小的轰动。我们从来都是听说某某教授调到某某学校,一般很少听到某某辅导员调走的。何况沈老师当年的学历也不高,硕士研究生毕业,遍地都是。但调他的那所学校就看中了他做学生工作的方法,说衡量一个人是不是人才不能仅仅看学历,更要看他的能力。就这样,沈老师在我们临毕业时走了,用他的话来说就是:我和你们一起从师范大学毕业了!我也实现了人生的第一大自由!

如今,我开着自己的车,也算是实现了第二大自由了。虽说车也并不是什么高级的品牌,但新凯越开起来还是很舒服的,当初买的时候价格适中，性价比高。车子跑在京台高速上，十分平稳舒适。边听着音乐边看着高速公路两边的风景，心情莫名地好起来。最美不过人间四月天，正是鲁南苏北一年中最好的时候。车子开过成片成片的麦田，满眼的绿色奔涌而来。有不知名的鸟儿在前方迎着风儿低空翱翔，天空依旧高远，大海一样清澈见底。白云在以不易察觉的速度缓慢移动，蓝天作底，鸟儿作笔，白云就是画笔画出的棉花团，柔软而透明，轻盈而飘逸。空气中弥漫着淡淡的青草味，夹杂着太阳的温暖。车子很快离开彭城，一路向北，向着麻庄的方向，飞速奔跑。

在高速路上开了一个多小时，中间经过省际收费站，很快就到了麻庄所在的枣庄地界。麻庄最近的高速口在枣庄新城，那里是煤城枣庄在煤炭资源枯竭之后所重点发展的区域，以古薛国为中心，要在五年内再建一个新枣庄。新城靠着京台高速和京沪高铁带动，区位优势明显，发展速度十分可观。刚驶出新城高速口，手机突然响起来，我把车靠在路边，正好喘口气。是一个陌生的手机号码，显示来自枣庄本地。我心里嘀咕：莫非是韩慧慧刘君山他们换号码了？怎么也不提前说一声！接通了，那边传来一口标准的富有磁性的本地普通话：是赵作家吗？我一愣，这个称呼挺新鲜！我说您好，我是赵寻根！对方说：我是区文化局的鲁山。我恍然大悟，原来是以前联系过的鲁局长，上次联系之后忘了存他的电话号码了。他继续说道：清明节快到了，赵作家是不是要返乡啊？如果返乡，可以和我联系一下，咱们见一面，聊聊？我笑笑：真是很巧啊，鲁局长，我刚下高速口，现在就在新城区这边！鲁山一听很高兴：那太好了，今天中午咱们一起吃个饭怎么样？我犹豫了一下，看看表，也快十二点了，吃完饭再回麻庄也好，就回答说：好的，反正要在麻庄待上几天呢！鲁山说：那太好了，我们先吃个饭，然后再安排你住下。我们中午就在区招待所吧，你把车直接开进来，我在那里等你。我说好，就挂了电话。我犹豫着要不要把这个消息告诉刘君山,也让他过来一起吃饭,和鲁山见个面。再一想,他一贯讨厌和领导说话,还是算了,毕竟我也是和鲁山第一次吃饭,也不知道这个人的脾性,待以后有合适的机会再说吧。区招待所离高速口不远,开车也就二十几分钟,不着急。我在树荫下站了一会儿,想着这个鲁山到底是个什么样的人。他能这么锲而不舍地联系我,究竟是为了什么?仅仅是想让我创作一部关于家乡的小说?如果真是那样,那恰好说明这是一位在其位谋其政的文化干部。我打开后备厢,找到一本去年出的小说集,准备送给这个叫鲁山的文化局长。

区招待所就在区政府大院旁边,那个地方我去过,轻车熟路,一会儿就到了。远远地就看见一个微胖体形的人,背着手站在区招待所门口,正在东张西望地看着来来往往的车子。我的车牌是外地号,还没太靠近,他就一眼看到了我这辆新凯越,快步朝我走过来,脸上挂满了笑容。他朝我摆摆手,引导着我把车子停在了院子里。我刚熄火,他就一把打开了车门,嘴里连声说着:总算见到了赵作家的真人了,哈哈哈!鲁山如此热情,让我颇感意外。老实说他不太像一位官员,倒像是一个邻家大哥,很容易让人亲近。第一次见面,他给我留下了很随和的印象。我们握了手,寒暄着。我把书递给他,他双手接过来,连声道谢。他拉着我的胳膊,往招待所房间里走,边走边说:今天时间太仓促,本来想通知宣传部的常委部长凌部长一起过来,他去市里开会了,中午赶不回来,特意叮嘱说赵作家不走的话,晚上在一起吃个饭。我摆摆手:不敢惊动领导,咱们小范围交流一下就可以了。我正想从你这里了解一下麻庄周边的文化历史等。你是文化局的领导,这方面的情况掌握得肯定很多。鲁山点点头,说:我有些这方面未公开出版的内部资料,对你创作关于本地的小说肯定有用!说着话,来到一间很大的包间,里面已经坐了三四个人。他们看见我和鲁山进来,都站起来,说欢迎欢迎,欢迎赵作家返乡!鲁山对我介绍说:这些都是文化局各科室的负责人。他指着站在最后面的一位和我年纪相仿的年轻人说:只有这位比较特殊,是区纪委办公室的主任,我先不告诉你他的名字,看你还能记得起来吗?我看了看他,他正笑眯眯地对着我。我快速转动大脑,却想不起来这位到底是谁。直觉告诉我,他可能是我的中学同学,但肯定不会是在一个班。气氛有点尴尬,还是鲁山脑筋转得快,笑呵呵地说了句:看来是贵人多忘事啊!话音未落,我突然灵光一闪,莫非是高中时的插班生……一时间我想不起来名字,指着他说:你是那谁……

我是韩光正啊!看来老同学真的是不记得我了!他仍旧笑眯眯地说道。

我恍然大悟,赶紧说道:怎么会不记得老同学你啊,你是高三快高考时才插班进来的,我当时记得你个子很矮的,怎么现在这么高了!而且那时候你也不戴眼镜啊!韩光正笑笑:老同学记忆力还不错,还能想起来我那时的样子。我那时候为了高考,从老家把户口迁过来,插班到了咱们班,那时候别人都不太理我,就你还算是朋友。我们互相拍了拍对方的肩膀,紧挨着坐下来。鲁山招呼服务员上菜,韩光正说道:喝点低度的本地酒。我赶紧摆摆手:下午还要开车回麻庄,不能喝!鲁山说道:老弟放心好了!下午你就把车放在招待所,我已经安排好车子送你回麻庄,这几天这部小车就跟着你跑了,晚上你就住在这里,写东西也方便!我没想到这个鲁局长能想得这么周到,心里暗暗佩服他的待客之周全,也有一点莫名的感动:我赵寻根何德何能,哪有资格该受到如此款待?俗话说得好,无功不受禄,一时间感觉心里有愧,想继续推托,无奈鲁山和韩光正都劝,最后还是客随主便了。

一圈下来,我的头就有点晕晕乎乎了,放下酒杯,赶紧吃菜。鲁山局长真是个有心人,他点的一桌子菜,几乎都是我喜欢吃的,也是枣庄的几个最有特色的菜,包括辣子炒仔鸡、烧羊肉、炖老豆腐、牛腿骨、微山湖特有的四个鼻孔的大鲤鱼、辣椒炒鸡蛋、地锅老鹅肉……搞得我根本放不下筷子。鲁山喝得满脸通红,在那里向大家介绍我创作的关于麻庄的小说:你们可能还不知道,赵作家写的小说那是好看得很,我第一次看到他的小说就被迷上了,为啥?因为他写的就是咱这里的事儿,一看就熟悉,就感到亲切!所以啊,我就喜欢看他的小说。说句不客气的话,赵作家就是我们这里的代言人!每一个作家选择写什么地方的事儿,那是他的主动行为,也是被动行为!为什么赵作家喜欢写麻庄村里那些事儿,因为他熟悉嘛,他对麻庄有感情嘛,他在这里长大的嘛。所以,与其说是赵作家选择了麻庄,不如说是麻庄选择了赵作家!来,我们为赵作家和麻庄干一杯!说实话,我没想到这个鲁山局长还能够有如此深刻的见解!他这几句话分明是那些有名望的评论家才能说出来的,这样的话从他嘴里说出来,我一下子就被感动了,而且判断他对文学是一个行家里手。我终于放下了对地方文化官员的偏见,有心和他深交。

喝完这一口酒,我就有些醉了。旁边的韩光正悄悄问我:没事吧?老同学!我摆摆手:没事没事,我喝酒走血液,脸红得很,那是假象,其实没事!韩光正笑笑:那就好那就好,既然没事,那咱们再加深一个!我举起酒杯,刚要喝,鲁山插话说:韩主任可是纪委的领导,纪委的领导一般都不怎么喝酒。你要是请纪委的人吃饭比请组织部的可要难得多!你请组织部的人吃饭,他们会问在哪吃,你请纪委的人吃饭,他们会问还有谁。一个比一个难请,哈哈哈!韩光正笑笑,对我说:别听鲁局长瞎说,咱们是老同学,来,干了!说完,他一仰脖子喝了。我也只好奉陪。喝完了,韩光正站起来,说:老同学要不要去洗手间?我陪你去。他这么一说,我还真感觉到有一点尿意,晃晃悠悠地站起来说:好,咱们一起去!韩光正扶着我往包间外面走。鲁山在后面喊:这房间里就有卫生间,你俩往哪跑啊?韩光正朝他摆摆手:我们要去外面的洗手间,那里可以抽烟!鲁山有些不满地嘟囔着:

舍近求远！说完就笑，大家也跟着笑。韩光正不理他们，拉着我走了出去。进了洗手间，韩光正边撒尿边四下里望望，慢悠悠地说道：老同学是怎么认识鲁山局长的？我有些意外地看了他一眼：怎么？鲁山有什么问题吗？是他主动联系的我，说是想让我继续创作关于麻庄的小说，他还可以给我提供一些素材。韩光正点点头：没什么，鲁山局长以前在镇上，是从基层上来的干部，他热爱本地文化，也懂文化规律。他一直想踏踏实实做出一点成绩。他这一块，最能出的成绩就是拿"五个一工程"奖，你能支持他还是支持他一下，这对于你可能无所谓，对于他，却是翻身的新机会。我点点头：那没问题！再说，我本来就是要继续写麻庄嘛。

回到包间，鲁山开玩笑地说道：你们俩这是上山打熊去了吗？这么长时间！韩光正笑笑：你不在山上，我们想打也打不着啊！大家哄堂大笑。鲁山也笑：你的意思是说我就是那熊呗！大家又笑。鲁山一本正经地说道：我说一个上山打熊的笑话吧。有一个猎人，第一次上山去打熊，结果熊没打着，还被熊给那个了。猎人想想不服气啊，第二天又去了，结果又被熊给那个了！猎人还是不服气，第三天又上了山，那头熊见了他，说了句：你到底是来打熊的还是想被那个的！大家哄堂大笑。我笑着抬手看看表。这个下意识的动作被鲁山看到了，他说了句：我看今天中午就到这里吧，赵作家还得回麻庄看看，中午让他在这里休息一会儿。大家附和：好好好。于是，一起起身举杯，饭局结束。

大家散去，韩光正也去上班了。鲁山带我到前台开了房间，叮嘱我说：老弟可以在这里多待一些时间，放心住几天，我们好好聊聊。车子都给你安排好了，你回麻庄也非常方便。我点点头，连声表示感谢：谢谢鲁局长周到安排！我自己开了车，回头还是住到麻庄比较好，每次回来我都住在麻庄的小学校，都习惯了。另外，住在这里也要花钱，浪费！鲁局长拍拍我的肩膀，笑笑：你老弟还是咱们农民的本色，这很好。但也不要太将就了，麻庄小学校住宿条件毕竟有限,不合适写作,你安心住在招待所,我们自己的宾馆,花不了几个钱。我只好不再推辞,想和他谈谈给列祖列宗寻找一块新坟场的事儿,转念一想现在谈似乎不合适,反正要待上一段日子,时间有的是。鲁山把我送到房间,说:你还是休息一会儿,我下午有个会,咱们晚上再聊。我点点头。送走鲁山,我洗了把脸,在床上躺了一会儿,理了理思路。本来是想直接回麻庄,和刘君山、刘少军他们先聊聊新坟场的事儿,现在被拉到区里来,耽搁了不少时间。不过这样也好,新坟场这事儿说不定得请文化局来帮忙,区里说话毕竟要有分量得多。只要鲁山愿意出面,不怕刘少军不答应给地。想到这里,我没了睡意,走出去找鲁山安排的司机,趁着下午有时间,我先去找刘君山了解一下小康楼的进展情况。按照他的说法,麻庄周边就剩下马鞍山脚下这一块风水宝地了,如果小康楼用地真是和新坟场有冲突,还是早点协调下来比较好。

鲁山安排的小车就停在宾馆门口。司机是个利利索索的小伙子,留着小平头,看上去也就二十岁的样子。他看到我,说:领导,咱们现在去哪儿?我听他这么说话很不习惯,但又不知道如何纠正他,只好说了句:去麻庄!麻庄怎么走你知道吧?小伙子点点头:我知道,领导,离这儿不远,也就是半小时的车程。我点点头,问他:怎么称呼你?小伙子发动车子,笑笑:领导叫我小李就行,我刚来文化局开车没多久。我问他:小李你二十岁不到吧?车子驶出招待所,小李目不斜视,回答说:领导眼睛厉害,我今年刚好二十岁。我点点头笑笑说:你还是不要叫我领导,我听着很不舒服,我姓赵,是个大学老师,你可以叫我赵老师。小李点点头:好的,领导。听到他还是这么叫,我有点儿哭笑不得,心说还是不要难为他了!二十岁的年纪,如果读大学的话,还是在校大学生呢!

自己开车来的时候没太注意两边的风景,坐车比开车要放松多了。车窗外的行道树飞速后撤,两边大块大块的田地,麦子已经开始抽穗。远处是一圈圈绿意盎然的低矮的山丘，迎着车子的方向慢慢移动。这里离麻庄不远，但我从来没有仔细看过。八岁以前在麻庄玩耍，之后在小学校上学，到镇上中学上学，再到大学，大学毕业留校工作，说是老家，其实并没有多少时间去熟悉麻庄周边的土地。想来也真是惭愧，连自己家乡的土地都没有走遍，又何来对这片土地的深沉之爱？我的心情瞬间低落下来。再有两个月，我就三十五岁了。想想自己三十五年来都做了些什么呢？似乎什么都做了，但似乎又什么都没做。我们这一代，刘君山、韩慧慧，包括刘少军，到现在基本上都一事无成。我写小说也没写出太大的名堂，在大学里教书也没有教出太大的成绩；刘君山和韩慧慧在小学校，也只是过日子而已；反倒是刘少军，野心勃勃一心想在麻庄干点事。虽说他和刘君山一直不太对付，但作为麻庄的村支书，一个小小的村干部，却有着在全镇盖第一个小康楼的气魄，这难道不值得称赞吗？或许他采取的手段不够光明正大，但他要做的事情是很让人佩服的。想到这里，我准备先不回家，直接去小学校找刘君山和韩慧慧。

车子在小学校门口停下来。学校里很安静，学生们都在上课。我事先也没给刘君山和韩慧慧打招呼，不知道他们这会儿是不是在宿舍。我径直向着刘君山和韩慧慧的宿舍走去，远远地看见韩慧慧，拖着有些笨重的身子，在给宿舍门口的几盆花浇水。她之前对我说怀孕了，没想到肚子已经这么大了。她听见我的脚步声，转身看到我，莞尔一笑，说道：估摸着你也该回麻庄来了！昨天还和刘君山说你今天会不会来呢！我笑笑，指指她的肚子：查了吗？男孩还是女孩？她摇摇头：现在都不给查胎儿性别了，你不知道吗？再说了，我也不在乎是男孩还是女孩，反正我都喜欢！愣了一下，她又说：不过，怀孕以后，我一直喜欢吃酸，感觉可能是个小子！这几天他开始用脚踢我了，还蛮有劲儿，估计是个小子！我点点头：刘君山终于有个盼头了！韩慧慧脸色一暗，看看四周，说了句：你到屋里来，我有话对你说！

我有些奇怪地进了屋，韩慧慧却带上了门。我一愣。韩慧慧说了句：刘君山去家里了，公爹病倒了，被刘少军给气的！我估摸着刘君山还要一会儿才能回来！我脸色通红，说道：还是把门打开，万一刘君山回来……韩慧慧想了想，把门开了一条缝，说道：我是想告诉你，关于肚子里的孩子……我一愣：肚子里的孩子怎么了？话一出口我就意识到了什么，瞪大了眼睛：你是说这孩子是……不可能吧？韩慧慧点点头：我一开始也拿不准，但算了算日子，恰好是你上次回来那几天怀上的。而且，我和刘君山结婚这么多年，一直想要就是要不来，怎么会那么巧，这次就怀上了？所以，我推测这孩子可能是你的！韩慧慧的话把我吓住了。如果真是她说的这样，那我就太对不起刘君山了！我半晌无语。韩慧慧看我脸色苍白的样子，扑哧笑出了声：看把你紧张的，你怕什么？还真以为谁能看出来？我的酒一下子全醒了，脑子也彻底清醒过来，小声对韩慧慧说：你可千万不能让刘君山知道这个事儿，不然我会很内疚，你们都是我最好的朋友……韩慧慧点点头，双手托着肚子，走到我跟前，掀起了上衣一角，说道：你来摸摸他！我犹豫了半天，不肯伸出手。韩慧慧一把抓住我的手，轻轻地放到了肚皮上。我感觉到了胎儿在动。韩慧慧嘴里咝咝叫起来：哎哟，这个小东西，他还从来没这么动过！我赶紧把手抽回来。韩慧慧平静下来，擦了擦头上的汗，说道：看来，他喜欢你摸他！我站起来，走到门口，大口大口呼吸。此刻，我的脑子一片凌乱，像是马上就要爆炸了似的。

我抬眼看到了村里的二哑巴，他担了一副挑子，在小学校门口摆起了凉茶摊。小时候二哑巴看到过我的丑事，这事情已经过去了那么多年，如今却依旧历历在目。我没想到这凉茶摊子二哑巴竟然还在摆！我记得上小学的时候，一到夏天他就在那里摆摊子，卖五颜六色的糖水，一杯五分钱。那时候我们都被那甜到心窝里的糖水馋得不行，一到下课就往他的摊位跑，争着抢着买一杯糖水喝。

在鲁南每一个像样一点的村庄里，总会有一个疯子和一个哑巴。那疯子往往是女疯子，那哑巴常常是男哑巴。在我的印象中，二哑巴一直没有名字。或者像刘君山所说，他本来或许是有名字的，哪个小孩在出生的时候爹娘不给起名字呢？但后来发现他是个哑巴以后，原来的名字就渐渐被村里人遗忘了。可也是，对于一个天生不会说话的人来讲，还有什么比“哑巴”这个名字更为贴切的吗？

因为不会说话，哑巴没有机会像我们一样去村里的小学校上学。学校是不会收一个哑巴学生的，尽管他家就在学校旁边。但哑巴喜欢小学校，平时没事他最喜欢在学校大门口转悠。他人很小，却喜欢像大人一样反背着手，在学校大门口踱来踱去。他在寻找机会，寻找进入校园的机会。但上课期间，那时看大门的老吴头是不会放他进来的。只有到了下课放学时，他才有机会到学校里玩。每次他进来的时候都会有好多人跟在他的屁股后面，大声喊着“哑巴哑巴”。哑巴也不生气，只笑。被喊得急了，他就装模作样地张开双臂，老鹰扑小鸡似的虚张声势一下。每当他做出这个动作的时候，总是会受到大家的嘲笑：他的样子根本不像老鹰，倒像是被抓的小鸡。

那时候我们学校里有一棵大核桃树，枝叶茂盛得有点儿过分，真是“遮天蔽日”！我和刘君山几乎同时说出了这个词语。这是我们刚刚在语文课上学到的一个新词。当这个词从语文老师赵无极嘴里吐出来的时候，我们感觉很过瘾。赵无极嘴唇周围长满了鲁迅一样硬硬的胡须，说话时胡须上下抖动不已。有时候那上面还会黏着一些亮晶晶的分泌物。赵无极的胡须也是“遮天蔽日”！刘君山说。我表示同意。我们是很好的朋友，不管在什么事情上，意见总能保持高度一致。

但好朋友也有闹别扭的时候。

这天放学，我和刘君山留下来值日。忘了是什么原因，我俩斗起了嘴。

斗着斗着，地也不扫了，扫帚恨恨地往地上一扔，我们撸起袖子跑到大核桃树底下，过起招来。老师们都走了，学校里只剩下看大门的老吴头和一些学生。有几个在不远处争抢那个破烂的篮球。还有几个在青石板上打玻璃球。我和刘君山这边一开打，那边的人群就呼啦一下全围了过来，叽叽喳喳地你一言我一语：打起来了，好，你们快打啊，使劲打！我和刘君山本来没打算真打，不过是你掐我一下我捏你一下，手上的劲头还赶不上嘴皮子上的谩骂。现在被大家一起哄，只好真动起手来，我们抱在一起，摔起来。老吴头也被吸引了过来。他从人群中探出脑袋，看了我和刘君山一眼。我以为他会阻止我们。没想到他只呵呵笑着，说了句：我倒要看看你们两个小东西谁能摔倒谁！围观的人越来越多。我和刘君山越打越急眼，手劲儿也越来越大。刘君山的拳头打在我的胸口上，我感觉一阵疼痛。我也下了狠心，一拳头打在了他的鼻子上，一团血顺着鼻孔喷涌而出。看热闹的人嗷嗷叫起来，说：打出血了，真打出血了！

不知什么时候周围又多出几张面孔，那是刚下田回来的几个妇女。她们荷着锄头，踮起脚尖，伸着脖子往里面看，嘴里说着：看这两个小毛孩子，还真打！

趁我不注意，刘君山一拳打在了我的脸上。我感觉嘴角一阵发麻，嘴里泛出一股甜腥味。我刚要还手，一个人从身后抱住了我，嘴里啊啊啊地叫着。是二哑巴。他使劲儿抱住我，往后拽。因为用力过大，我们一起倒在了地上。人群里发出一阵笑声。我刚要发火，哑巴扶我站起来。他边用手拍打我屁股后面的土，边啊啊啊不停。他一会儿用手指指刘君山的鼻子，一会儿指指我的嘴巴，又把脸转向看热闹的人群，愤怒地啊啊啊个不停。

人群慢慢散去了。我和刘君山也各自回去收拾书包，准备回家。刚锁上门，二哑巴端着一盆凉水颠颠地跑来，指着我和刘君山，再指着脸盆，啊啊啊说着什么。他是要我们洗去脸上的血迹。

多年以后，我在一本书上看到一句话：那迟到者终先抵达。我脑袋中忽然闪过二哑巴的身影：那无言者最有力量！

现在，已经上了年纪的二哑巴还能记得当年的事吗？现在，他亲手制作的糖水还有人买吗？想到这里，我突然想去买一杯糖水。摸摸口袋，没带钱。正在一下一下仔细擦车玻璃的小李看到了，走过来，递给我一张十元钞票。我点点头，说：谢谢小李啊，等回宾馆再还你。我拿着钱走向哑巴。他显然已经认不出我来，指着刚调好的一杯糖水，意思是你要买吗？我点点头，把钱递给他。他接过来，从身后拉过绑在腰间的一个塑料包，里面放着一些脏兮兮的小额纸币，在里面翻腾着。我制止他，意思是不要找了！他奇怪地看看我，啊啊啊了几声，笑了，又递给我一杯糖水。我只好接过来。我猜他的意思是给我两杯糖水会让他觉得好接受些。我端着两杯糖水，递给小李一杯，说：小李你尝尝，这是哑巴自己兑制的糖水，很好喝！小李接过来，将信将疑地喝了一口，啧啧称赞：真甜！好喝！我笑笑：和我们上小学的时候一个味道！我端着另一杯，想给韩慧慧也尝一尝。韩慧慧朝我摆摆手。这时，门口传来一阵自行车铃声。刘君山回来了。他看到我，愣了一下，再看看停在门口的小轿车，笑嘻嘻地说了句：大作家现在鸟枪换炮了！我笑笑：那是区文化局的车！刘君山笑笑：我知道是区里的车，看那车牌号码就知道是政府的车！你现在也能享受当官的待遇了！怎么样？当官的感觉好吧？刘君山的话里明显带着讽刺的呛味。韩慧慧从屋里走出来，指着刘君山说：看你那张破嘴，不带点儿刺儿就不会说话了！我边笑边点头：刘君山讽刺人的技术与日俱增！刘君山依然不肯放过我，抽了抽鼻子，说道：大作家中午又混了场酒吧？身上有朱门酒肉臭的味道！我哈哈笑起来，问他：老爷子身体怎么样了？刘君山气呼呼地说：我爹还不是被刘少军给气的！自从马鞍山的合同被抢了去，我爹心里就一直不痛快,吃饭饭不香,睡觉睡不好,这时间一长,可不就得病了吗?我点点头。这时,下课铃声响了,前面的教室传来一阵孩子们的吵闹声,校园里又热闹起来了。刘君山示意我进屋,他有话要说。韩慧慧看了我一眼,说:我去办公室,有几本作文还没批改完。我点点头。

坐下来,刘君山重重地叹了口气。我知道马鞍山承包合同被刘少军抢走这事儿给他的打击不小,可一时间又不知道该如何安慰他。想让他继续和刘少军斗吧,他明显不是刘少军的对手;想让他放弃吧,他肯定不甘心。再说了,就是他想放下,他爹刘福东肯定也不答应啊。老爷子一辈子的心血都在马鞍山上了,现在一病不起病根也在马鞍山。治病不除根,老爷子想好也好不了。

刘君山看了一眼我手里的杯子,说了句:你不会是从哑巴那里买的糖水吧?我点点头,说:是啊,我觉得和小时候的味道一样!刘君山苦笑了一下:你知不知道现在没有谁再去买哑巴的自制糖水了?他每天在学校门口摆摊,几乎卖不出去一杯水!你现在喝的,说不定还是几天前他就调制好的!你也真敢喝!我愣了愣,把杯子放在鼻子底下闻了闻,没啥异味。但听刘君山这么一说,也就不想再喝了,抬手连杯子带糖水扔到了垃圾筐。刘君山给我倒了杯水,慢悠悠地说道:我估摸着你中午应该见着了区里的大领导了吧?我笑笑:也不是什么大领导,就是区文化局的鲁局长。刘君山说:和刘少军比起来,文化局的局长也算是个大领导了!我猜出来他要说什么,随口说了句:晚上还要和宣传部的常委领导吃饭!刘君山眼睛一亮,说:那你的事和我的事就都有希望了!我一愣,我的事我当然知道指的是新坟场拿地的事儿,刘君山的事儿又是什么?

不待我发问,刘君山就咬牙切齿地说:我是不会和刘少军善罢甘休的!我爹因为他一病不起,口口声声说一定要让我为他出这口恶气!不然他就是死也不瞑目。现在我想让你和我联手,你是知名作家,又和区里的头头脑脑搭上了线，你如果在区领导面前替我喊冤，我估计他们会很重视，一定会责成镇上调查刘少军。那样的话，我也就算替我爹出了这口恶气了！

我半晌不语。

刘君山见我不说话，有些失望地说：怎么？赵寻根你不肯帮我？你不会以为刘少军还是个好人吧？

我笑笑，说道：你是我这么多年的好朋友，我怎么可能会不愿意帮你！只是，我在考虑另一件事。这两件事都和刘少军有关，我在想一个更为稳妥的方案。我以为此事不可操之过急。

刘君山点点头：更稳妥的方案？那你不妨说说看。

我看看门外，铃声响过，孩子们又回到教室上课了，校园里重新恢复了安静，只有琅琅的读书声传来。我笑着问刘君山：假如在你的课堂上有一个不听话的学生，他老是在后面不听课，做小动作。这时候你正在讲一个很重要的知识点，你是立马让这个学生出去，还是装作没看见继续上课？

刘君山愣了一会儿，说道：我可能会继续上课，讲完了以后再来处理他。

我笑笑，点点头说：刘少军现在就是那个捣乱的学生，区里和镇里的人就是那个老师。刘少军目前正在做一件大事，这件大事是老师们都很关心关注的一件事。这件事是一项政绩工程，关系到许多人的利益和前程。所以，一切都要等尘埃落定以后再看，是非功过自有公论。

刘君山似懂非懂地点点头：你的意思我大体上明白了。你是说刘少军现在正在做的这个小康楼的项目上头的人都知道，我反映的问题他们差不多也知道，但他们不想在小康楼未建成之前去处理刘少军？

我点点头说：这是我的猜测。

刘君山笑笑：你说得有道理。按照你刚才的逻辑，我们可以不动声色地暗中观察，该做什么还是做什么。所以，你该找刘少军还是要去找，新坟场的地还是要拿。和区里、镇里的人眼里一样，在你眼里刘少军只是一个能做事的棋子，这个棋子最终落在棋盘何处，要看整个棋盘的布局和需要。

我看了一下表，四点，正是上坟的时间，就对刘君山说：我去家里看看，然后去上坟，晚上还要去区里吃饭。

刘君山问：那你晚上就住在招待所还是回来住？我陪你去上坟吧。

我点点头：晚上吃完饭我估计会比较晚，就住在招待所吧。上坟我自己去，现在坟场还是淹在水里面，也没法添坟，只能在大路边烧一刀纸。说完，我往外走。刘君山出来，说：我送送你。我摆摆手：明天我再过来，我们再一起去马鞍山脚下看看。刘君山说：好，明天我正好没课。

小李看我走出来，赶忙发动车。我朝他摆摆手：小李你直接走大路把车开到村口吧，村里路太窄，车子不好开，我自己步行回家，你在村口等我一会儿。小李点点头，把车子开走了。我向着老叔家走去。说村子路窄，其实是我找的一个理由。村子路是不宽，但过一辆小轿车还是绰绰有余的。我是不想让村里人看到我坐区里的车。麻庄虽然很小，但能人不少。他们眼观六路耳听八方，什么消息都有。尤其是那些出门打工回来的人，对国家的每一个政策每一点风吹草动都能嗅出动向来。他们也很善于夸大某些迹象。我上次回来跟爹说了句：有一个同学调到了镇上当宣传委员了。他不知道怎么把这个消息说漏了嘴，年前有一个本家大哥给我打电话，说店韩路拓宽，要把他的一个店面拆掉，能不能给镇上的同学打个招呼，多赔一点钱。我当时既不能拒绝，又不知如何帮他。同学只是一个宣传委员而已，拆迁的事儿都是镇长书记亲自抓的一把手工程，他能做什么？再者说了，像拆迁这样的事儿，国家和地方上都有政策，该怎么赔就怎么赔，该赔多少就赔多少，谁都不敢乱来，打不打招呼又能怎么样？但我又不能在电话里这么说，只能先答应下来，打个电话试试。我这次回家必须得告诉家里人，千万不要说我和镇上、区里的人认识，不然半个村的人都会因为屁大的事儿给我打电话。

老叔新换了铁皮大门,漆成了大红色。爷爷走了之后,他就把老房子重新翻修了,又盖了两间平房,大门也拓宽了。他一个人过活,住这样一个院子,显得空空落落的。我推开门,老叔正坐在院子里。我眼前好像出现了幻觉,仿佛看到了爷爷活着时的样子。我眼睛有些潮湿,差点落下泪来。老叔看到我,从马扎上站起来,说了句:寻根来了!我觉着你也该回家上坟来了!昨天还和你爹商量,趁你回来赶紧把新坟场的事儿定下来。果园坟场被淹了快一年了,你爷爷几乎每隔一段时间都托梦给我,说太冷了,受不了了,赶快给列祖列宗找个新的地儿!这事儿实在不能再拖了!我点点头,说道:叔放心,我这次回来就是要解决这个事儿的。快的话,这两天就能有个眉目。老叔点点头,没再说话。他明显老了,头上的白头发比爹还多!一个人过日子肯定不容易,常常能凑合就凑合了。我听他喘气声有些不对劲,就问:是不是身体不舒服?老叔摆摆手说:我没事,前两天感冒,有点儿喘。我有些担心地说:那赶紧去医院看看,该吃药吃药该打针打针。他点点头,抬头看看天,说道:天不早了,你去上坟吧。坟头看不到,你在大路边磕个头就行了!我有些悲伤地点点头,说了句:那我走了,叔,我这次回来可能会在家里待几天,有时间再来看你。

整个赵姓家族基本上都集中住在村东。我爹和老叔住得很近,要不是隔了一条小路,基本上就是前后院。从老叔家出来,拐个弯就到了。家里锁着门,看样子爹是下地去了。我在大门口站了一会儿,不见爹他们回来,只好先去了村口。一路上竟然没有碰到什么人,这个时间点正是下地干活的时候,青壮年的男女几乎都去下田了。老人们和小孩子也不闲着,到田里去割草喂牛喂羊。天气逐渐热起来,临近傍晚恰好是最舒适的时候。走到石屋门口,果然也没有什么人。看来,不管时代如何改变,麻庄人的勤奋总是一样的。

来到果园入口，一眼就看到了一片汪洋的塌陷地，坟头依然看不见，只有柳树梢在水面上摇晃。我在路边跪下来，对着那些柳树梢磕了三个头。以往每年清明节，我都会给娘和爷爷以及列祖列宗的坟头添上几锨土，今年却无法做到了。我的心里涌出深深的内疚感，欲哭无泪。

站了一会儿，远远地看到小李把车子开了过来。上了车，我看到他表情严肃。我不知道他是否看见了我刚才跪地磕头的情形，或许他这样的小年轻不能理解这样的事情。隔代如隔山，一代人常常不能理解上一代人的所作所为，这也实属正常。他小声对我说了句：刚才鲁局长打电话了，说晚上凌部长在市里榴园大酒店定了一个雅间，让我直接把领导带到那里。我点点头。小李就不再说话，打开了音乐，里面传来嘹亮的歌声："小小竹排江中游，巍巍青山两岸走，雄鹰展翅飞哪怕风雨骤……"是李双江的《红星照我去战斗》。这首歌我很熟悉，是电影《闪闪的红星》的插曲。我们是听着这首歌长大的一代，也可以说是被这首歌所鼓舞的一代："红星照我去战斗"，不奋斗哪能有好生活？听着这首优美的旋律，我的情绪慢慢变得舒缓起来。

榴园大酒店刚刚建成营业，算是枣庄标志性的接待场所。凌部长把晚上的饭局安排在这里，我猜测是要传达一种重视文化工作的信息。从去年开始，国家开始严禁吃喝风，现在谁都不敢明目张胆搞超标准接待。虽说鲁南山区算是属于天高皇帝远的地方，但在抓领导作风方面还是毫不马虎的。今天这个场合，不知道座中都会有谁。

车子进入榴园大酒店，院子里停满了奔驰宝马奥迪保时捷，我还看到了一辆法拉利和一辆兰博基尼。在拐角处，还停着一辆宾利和劳斯莱斯。再看看车牌号，都是本地车，外地车也有，比如那辆红色的玛莎拉蒂。这些车不可能是政府的公车，按照国家出台的规定，如果是公车，都属于超标用车。别看整个鲁南地区基本上都是经济不发达地区，尤其是枣庄，区位优势不明显,发展比较缓慢。但这里的消费水平好像并不低,路上跑的都是豪车。

站在酒店入口处的鲁山看到我,边挥手边走过来。

枣庄位于鲁南山区,在抗战时期是重要的革命根据地,紧挨着临沂,都是重要的革命老区。著名的沂蒙山在临沂和枣庄绵延,那首脍炙人口的《沂蒙山小调》就诞生在这里。再往前,民国的时候,轰动一时的临城大劫案也发生在枣庄,当时劫持的外国人质都被关在了抱犊崮山区,一个易守难攻的小山头上。铁道游击队也是在这里的铁道线上活动,打鬼子劫火车,支援革命。他们在微山湖上开辟了通往延安的革命通道,刘少奇等人当年就是经过这里去的延安,这条交通要道也因此被誉为“小延安”。可以说,枣庄是一个有着悠久革命传统的地方,这个地方的血液里流淌着浓重的红色革命基因。也有人说,这里革命志士多,是因为民风彪悍,乾隆下江南路过这里,说了一句在当时很平常但现在备受争议的话:穷山恶水出刁民。这话在现在听来不太中听,却也反映出了这里的人路见不平拔刀相助的义气之风。也有人说鲁南多土匪,水浒梁山泊离这里不远,乱世时候造反的土匪也是多如牛毛。抱犊崮山区曾经有七十二山头,是土匪聚集的最好巢穴。沂蒙山区大大小小的众多山崮,大都有过土匪活动的痕迹,尤其是抱犊崮,著名的大土匪刘黑七当年就在这一带活动。

像枣庄这样处于内陆大山之中的革命老区,在中华人民共和国成立之后,经济发展缓慢也不奇怪。即便是改革开放之后,发展速度和东南沿海也没法比。虽然也算是处于东部地区,却是东部里的西部,经济水平比西部经济不发达地区高不了多少。在鲁南山区,许多地方还没有脱贫,有的还是国家级贫困县,每年要接受不少的经济救助。据说,国家还刚刚向这些未脱贫的地方派遣了第一书记和扶贫工作组,争取在未来五年实现彻底脱贫,和全国人民一起奔向小康。

奔小康的一个重要方面就是改善村容村貌和农民住房条件。把麻庄小康楼放在这样的一个时代背景之中,就可以见出其重要意义了。如此理解,镇里、区里包括市里面对这个示范性工程的重视就毫不奇怪了。

我和鲁山边走边聊,来到了三楼一个大包间。里面坐了七八个人,我看了一眼,一个都没见过。他们对我拱拱手,鲁山示意我坐下来。我一看旁边的位置还空着,知道凌部长还没到。鲁山安顿好我,自己则坐到了正对着凌部长的位置。我由此判断,今天这个场合,在座的应该都是比文化局重要又和宣传口有关的头头脑脑。

凌部长还没到,气氛显得有些冷清。大家都心照不宣地在小声聊着天。我右首坐着一位留着一头乌黑长发的女士,穿着旗袍,浑身散发着淡淡的清香味,气质相当优雅。她一直在和旁边的一位秃顶男人说话,见我在看她就朝我微微笑了一下,算是打过了招呼。左首边的凌部长还没来,我一时有些手足无措,拿出手机看了一眼,也没有电话和短消息,就顺便浏览了一下刚刚使用不久的聊天软件。这个聊天软件比 QQ 有意思,我后知后觉,刚刚才开始使用。这个软件的名字也很有意思——微信,微微的相信,不要深信,更不要全信,也不可不信,哈哈哈,恰好反映出这个时代人们之间的微妙联系,也和现在这个饭局的气氛相符。我翻了一圈微信朋友圈,也是无聊得很,起身往外走,想去洗手间。鲁山示意我房间内就有,替我打开了门。我进去,慢悠悠地撒了泡尿,不慌不忙地冲了马桶,慢条斯理地洗了手,打开门,看见凌部长恰好到了。她刚落座,看见我从洗手间出来,又站起来,笑呵呵地伸出手:欢迎赵作家返乡,不好意思,我刚才有常委会,讲话讲多了,所以耽误了一会儿,让你和各位久等了!我和她握了手。我没想到凌部长是一位女士,而且如此雅致,她看上去也很年轻,整个人散发出一股迷人的气质,绝少官场上的那种俗气。落座,左右都是气质不凡的女性,让我更加局促,心里嘀咕:怪不得大家这么放不开,原来是位女领导！转念一想，为何就不能是一位女领导呢？我发现这年月当宣传部长的女领导可真不少，女同胞占领了宣传战线，这很好玩。凌部长用极快的速度环视一周，对着鲁山说了句：都齐了吧？齐了咱们就开始！今天鲁局功劳大大的，把赵作家请了来，让我们见到了从咱们这里走出去的青年才俊！来，大家喝一杯，欢迎年轻有为的赵作家返乡，今后也欢迎他能够常回家看看！大家举杯，凌部长轻轻和我碰了一下，说道：我叫凌莉，去年刚刚从市委办公室调到区委宣传部，正发愁如何拿出一部文学精品，来报送明年的"五个一工程奖"呢，赵作家这一来，我就不发愁了！哈哈哈。凌莉部长的笑声很清脆。我摇摇头：不敢当，凌部长，我只是喜欢写小说的业余作家，不敢说能写出什么大的名堂！还需要努力！凌莉笑笑：赵作家就不要谦虚了，鲁局前些日子把你的小说和报纸上的报道都拿给我看了，你的小说素材都取材于咱们脚下的这片土地，我看了感觉很亲切，就交代鲁局赶紧联系你，你的下一部作品我们要及早介入，该提供什么服务就提供什么服务，你需要我们做什么我们就做什么，争取把你的下一部作品打造为精品！说着，她再次举杯，对着众人说：大家可能对赵作家的情况还不太熟悉，我们喝了这杯酒，请鲁局长介绍一下赵作家，也让赵作家认识一下大家。大家说好，都一饮而尽。放下酒杯，上来两个漂亮的女服务员，一一给大家倒酒。鲁山趁着这个空当，说道：赵作家今天刚刚过来，他老家就在麻庄，是从咱们这里走出去的青年英才。三年前，我就读过他的作品《富矿》，写得很有鲁南的味道，枣庄的味道，我就设法联系上了他。他也是有志于写大作品的青年，把咱们这里的地方文化融进了自己的创作当中。我把这个情况给凌部长汇报以后，凌部长非常高兴，也非常重视，说一定要见一见赵作家，还要请各位宣传文化口的领导见一见，今后给赵作家的创作提供一些必要的支持！大家齐声附和：那是一定的！凌部长接过话头，对我说：赵作家你看看啊，今天宣传文化口有关的领导都来了，这位是宣传部常务副部长刘波，今后赵作家回乡时可以联系鲁山局长，也可以直接联系刘部长。他旁边的是市委宣传部文艺处李处长，文艺精品工程奖的报送都扎口在他这边。还有区委办公室张主任，他主要可以做做协调的工作。你旁边这位是报社的姚主编，她可是我们宣传文化口的第一大美女！姚主编捂着嘴笑了笑，连连摆手说：凌部长才是第一大美女呢！凌部长不称第一，谁敢称第二！凌部长笑笑，指了指坐在鲁山旁边的两位说：我把刚刚到你们西暨镇履新的李刚书记及王飞镇长也叫来了，他们都想过来认识认识你，今后有什么需要区里、镇里做的尽管提出来！大家端起酒杯，互相说着客气话，气氛逐渐变得热烈起来。集体项目结束，大家开始分头行动。凌莉部长再次和我碰杯，又说了一番期待、祝福的话，然后抿了一小口酒。接着是其余各位，一个一个都敬了酒。轮到李刚和王飞，他俩一起站起来，走到我跟前，说道：赵作家是咱们西暨镇的光荣啊！今后有什么需要我们做的我们一定全力服务好！麻庄现在是全镇脱贫致富和小康建设的排头兵，希望赵作家能好好写一写咱们西暨和麻庄啊！喝完酒，互相扫了二维码，留了联系方式。让我吃惊的是，包括凌部长在内每个人都用起了微信，看来，在运用现代化通信工具方面，我还真是有点 OUT 了！

酒喝得差不多了，大家开始聊天。鲁山此时满面桃花，看样子喝得不少。他的话也多起来，不时地走到我和凌部长面前，慷慨激昂地陈述他的观点。他满嘴酒气地说对我说：老弟啊，你知不知道麻庄所在的地方是一块难得的风水宝地啊！往小了看，麻庄南有伏羲故里，那可是咱们中华民族的人文始祖，历史文化底蕴和积淀更不用说了。麻庄北有小龙河，水为万物之灵气所在，这条河可不是一般的河，那可是整个枣庄的母亲河，你看看这有多重要！你们麻庄东面原来是麻庄矿，这个麻庄矿怎么说呢？它的确带动了当地的经济发展，但也破坏了当地的地脉和风水！现在怎么样，地龙发怒了！麻庄矿全塌了！现在变成了一片塌陷地，这片塌陷地恰好改了麻庄的风水，东临碣石，以观沧海啊，这是你们麻庄要飞黄腾达的象征！往大了看，麻庄更是了不得！麻庄地处中国东西南北中间线，可以说是整个中国的心脏地带！你说重要不重要！另外，以麻庄为中心，来画一个圆，方圆一百公里以内，你知道都有啥？往西北是儒家文明和墨家文化发源地；往西南是道家文化中心；往东南有五省通衢的徐州和天下第一庄台儿庄；东北则是临沂等革命老区，红色文化资源聚集区。周围有这么多文化中心，你说麻庄是不是一块名副其实的宝地？

听了鲁山的话，凌部长频频点头。我在内心里不得不佩服这个鲁山。看来，他的确真是对地方有一些研究的文化局长。

这次吃饭，我仍旧没提这次回来的真正原因。坟场用地和小康楼用地的冲突说穿了是死人和活人之间的冲突，公开说毕竟有点儿拿不上台面，只能私底下悄悄解决。解铃还须系铃人，我准备还是先从刘少军这里着手。

第十三回　刘少军他坏事好事啥事都干

我知道咸鱼翻身的赵寻根又回到了麻庄,我看到他和刘君山两个人在马鞍山脚下转悠,东张西望了大半天。我故意躲在了挖掘机后面,没露面。我估摸着他还是为了坟场用地的事儿,这事儿他还是得来找我。在麻庄,大大小小的事儿都得归我管。赵寻根再有能耐,在这件事上他也得求着我。我不露面是因为这件事确实很棘手。小康楼已经破土动工,地基线都打好了,就等着上面的资金到位,就开足全部马力开工了。等小康楼拔地而起,那些满天飞的谣言就会不攻自破。小康楼将会成为我在麻庄最大的政绩,也将会留下最大的口碑。你赵寻根再厉害又如何?你刘君山又算得了什么?老子拿了你们的马鞍山承包权又怎么样?赵寻根祖坟用地的事儿和眼前的小康楼比起来,当然是后者重要了。这事儿若是麻庄其他人提出来,我连考虑都不用考虑。但赵寻根在麻庄不是一般人,他既然开口让我想办法,我也不能一直装糊涂。

我也知道刘君山对我意见不小,我猜他在背后没少搞我的小动作。他就是个一根筋的货!不撞南墙不回头、不到黄河心不死的死脑筋!他看我做什么都不顺眼,他以为自己是第二个赵寻根?还是个了不起的人物?不过是一个小学老师罢了!就他,也敢和我作对?要不是看韩慧慧和韩老海的面子,我让他连小学老师都当不成!现在麻庄敢公开和我对抗的就剩下他一个刘君山了,再这样不知好歹,我早晚要收拾了他。就算他靠着赵寻根的关系,那也没用。赵寻根认识的那几个所谓区里的领导,不过是酒桌上的狐朋狗友,到关键时刻也不一定能真心帮他。再说了,县官不如现管,他俩在麻庄办什么事儿还都绕不开我。当然,对于赵寻根,还是要敬而远之,毕竟是从麻庄走出去的人,说不准什么时候还需要他为麻庄说话。想到这里,我还是从挖掘机后面走了出来。

赵寻根看到我,脸上堆满了笑容。刘君山板起了脸,对赵寻根说了句什么,就走开了。这小子不想理我,我还懒得理他呢!不过他在赵寻根跟前如此不给面子,让我十分恼火。我的怒气当然不能写在脸上,努力挤出了满面笑容,和赵寻根握了握手。赵寻根笑着说:几个月不到,小康楼进展很快嘛!我笑笑:小康楼是区里和镇里领导都十分重视的大工程,哪个都不敢懈怠啊!就这,镇里新上任的两位领导都还嫌进度慢呢!我这都是以工地为家的人了,他们还不满意!赵寻根点点头,说:你说的是李刚书记和王飞镇长吧?我一愣,看样子赵寻根已经和镇上的人见过面了,就问道:赵作家和镇上领导一起吃饭了?赵寻根高深莫测地笑笑,说:区里宣传文化口的领导请我吃饭,顺便也把他们叫了来。对他们,我也不熟。我一愣,赵寻根故意说得如此轻松,听话听音,其实我能听出他话里的玄机,无非是说他已经和区里及镇上的领导搭上了关系而已。

站在我和赵寻根现在的位置上,正好可以俯瞰整个工地。整个马鞍山,也就这一大片土地相对规整。在这里建小康楼,真是再合适不过了。不是我吹牛,能想出这个主意的人在麻庄绝对不会有第二个。既不占用耕地,又是一块风水宝地,像这等绝佳之地,放眼整个麻庄包括整个西暨都是独一份儿。赵寻根大概看出了我心底的得意,指着那些用白石灰画出来的地基线说:我看小康楼这么大的工程除了你刘少军,还真没有谁能干得了!

看着赵寻根一脸的真诚,我一时间无法判断他这是出于真心还是在讽刺,只好不接话。愣了一下,我说道:为了这个小康楼社区,我可是在麻庄得罪了不少人!他们就是不理解住得好好的平房为什么非要上楼。尤其是那些年纪大的人,不习惯也无法想象楼上楼下空调电话的生活。但年轻人肯定都想上楼啊,我这是为了麻庄人能早点过上城里人的生活啊!有些年纪大的人不理解也就罢了,连刘君山这样有学问的人也不能理解,这让我很受打击!在咱们麻庄,想干点大事真不容易啊!赵寻根点点头说:在咱们中国,农村的事情最难办,最基层的官最难当,上面千条线,底下一根针,千针万线都得从一根针眼上穿,所有的文件最后都得到村一级来落实,工作怎么可能轻松?!我没想到赵寻根如此了解基层的工作,好像他多么熟悉农村的工作似的。原来我以为赵寻根不过是一个写小说和在大学里教书的呆子。现在看来,这个赵寻根还真不简单哪!既然如此,我也不妨和他掏掏心窝子。

时间已近黄昏,天气不像中午那么热了,有阵阵山风拂面吹过,很舒服。我和赵寻根各自找了块小石板,坐下来。我掏出一盒"利群",抽出一根,点上。我知道赵寻根不抽烟,也就没让他。我们这一拨人,不抽烟的比抽烟的多。抽烟的人大多和我一样,都是因为工作压力大。压力大有两个原因,一个是麻庄事情多,上面头头脑脑都在盯着,做什么事儿都步步惊心;二是和李香兰离婚以后,我一直没再婚,生活有点儿不规律。不结婚的原因也很简单,就是觉得单身比结婚自在。

其实,我这样的人根本就不适合结婚。李香兰碰上我,只能说是她倒霉,命里该遭我这一劫。那天下雨她来找我之前,其实是我主动勾引的她。说实话我喜欢的并不是她,而是她的好朋友,住在她隔壁村的姚茜茜。说是两个村,其实姚茜茜家离李香兰家不远。我跟我爹贩粮食那会儿,最期盼的就是到她的村里去,但那个村子特别穷,粮食都没有多余的,卖粮食的很少。所以,我爹很少去那里收粮食。我想姚茜茜想得夜里睡不着觉,拿着集体毕业照在那里瞎想。有一天想得实在是受不了了,就骑着自行车去找她。我第一次去,担心姚茜茜不见我,就想先去喊了李香兰来,让她陪着我去。她们是好朋友,见了李香兰,姚茜茜一定会出来的。

那天,也是这样的一个时间点,太阳将落未落。五月的山间,野花盛开,群蝶飞舞,我哼着歌骑着自行车小心翼翼地在崎岖不平的小路上慢悠悠行进。我故意选了黄昏时分,一是确保李香兰和姚茜茜都能在家里,二是约姚茜茜出来的时候,天黑下来更好说话。山野间的小鸟在我的头顶飞来飞去,一路上我兴奋得不行,一想到姚茜茜那张细皮嫩肉的脸我就浑身躁得慌。也不知道是咋回事儿,姚茜茜一直都没离开过这个山沟沟,却生得一副好模样,尤其是她的皮肤,在我们班是最白的。她从来不施粉黛,却浑身上下散发着香气。上学的时候,我悄悄问过李香兰,她说姚茜茜每隔几天就用山野里的一种植物洗澡。现在班里的好多女生都开始跟着姚茜茜学。我嗅了嗅李香兰,果然,她身上也有一点类似的香味。我问她:那植物的名字叫什么?这么神奇!李香兰摇摇头:名字只有姚茜茜知道,他爹是村里的赤脚医生,对山上的植物很熟悉,每天都去抱犊崮采药。我这次见到姚茜茜,找的就是这个由头:向她打听这植物的名字。如果他爹碰巧看到我问起来,这个理由也是再好不过了。什么都盘算好了以后,我信心满满地向李香兰家的大门走去。

李香兰的两个妹妹正在门口玩过家家,她俩看到我,都有些好奇。我笑着问她们:姐姐在家吗?一个稍胖一点的回答:在家呢!另一个瘦一点的反应快,转身就去喊:李香兰,李香兰,有个男的找!一会儿,李香兰探出头来,一看是我,就笑笑:这么晚了,你还来收粮食?我指指自行车:不是来收粮食的!李香兰眨巴眨巴眼睛:那我猜你是来收人的喽!就是不知道姚茜茜在不在家!李香兰很聪明,知道我上学时就暗恋姚茜茜,一猜就知道我来干什么了。她对两个妹妹说:你们赶快回家去,帮娘烧火做饭,我去姚茜茜家看看就来!两个小姑娘看了我一眼,说了句:李香兰你到了就赶紧回来!慢了我们就告诉爹!说着很不情愿地进家了。李香兰说了句:两个淘气的死妮子!从来不知道喊我一声姐!我推着自行车和李香兰一起朝姚茜茜家里走,我有些奇怪,问李香兰:你那两个妹妹真好玩,竟然直呼你李香兰,还叫得那么理直气壮!李香兰笑笑:我们家里虽然穷,但我爹特别娇惯她们,搞得她们整天没大没小的!说完,她忽然问我:你们村的赵寻根怎么样了?听说他去上大学了?我点点头,一股醋意泛上心头。李香兰又问:他有女朋友了吗?他家还是那么困难吗?我笑着说道:现在上大学的哪一个没有女朋友啊?他家里嘛,还是老样子!也没有比以前穷多少,更没有改变多少!李香兰不说话了。我看得出来,她心里还在牵挂着赵寻根。这个傻妞,都这么久了,还在想着念着从前的爱情。倒是便宜了赵寻根这个傻小子,不费吹灰之力就俘获了那么多女孩的心。

姚茜茜和李香兰说是在两个村,其实离得很近。两个村几乎挨边,中间只隔了一大片杨树林。我们走了一会儿就到了。眼看就要到姚茜茜家了,我突然有点儿紧张。李香兰看到我越走越慢,扑哧笑出声来,说:看不出来你这个厚脸皮还知道害羞!你上学时在班里不是有个外号叫憨大胆吗?怎么现在胆小如鼠了!我停下来,把自行车支在小树林旁边,对李香兰说:要不你去把姚茜茜叫出来吧!我紧张得额头上都冒汗了!李香兰笑笑:看样子上学那会儿姚茜茜给你留下了不小的心理创伤!我脸色一红。初中三年,我一直暗恋姚茜茜,但一直没敢表白。那时候学校有一条规定,凡是发现谈恋爱者,立即全校通报批评,搞得谁都不好意思明目张胆地追求女生,女生更是对男生避之莫及。好不容易临近毕业,我买了一本书,上面写了一行字:送给姚茜茜。因为怕姚茜茜不接受,我连名字都没敢写,偷偷放在姚茜茜的桌子上。果然,高傲的姚茜茜看到那行字,像一只受到惊吓的小鸟一样,叽叽喳喳叫唤起来。搞得全班都知道了这件事,有几个好事的通过比对笔迹,很快就猜出了送书的人是谁。从此以后,我见了姚茜茜就像老鼠见了猫,能躲多远就躲多远。当然,从这件事我也收获了一些女同学的同情。其中就包括李香兰。

李香兰自己去喊姚茜茜了。那么短的距离,她竟然去了大半天。这时,天已经开始黑下来了。我如同热锅上的蚂蚁,又焦躁又紧张。终于,看到李香兰出来了,她的身后并没有姚茜茜。我有点儿失望,猜想姚茜茜不想见我。果然,李香兰对我说:你来得不巧,姚茜茜去她姥娘家了!我有些不相信,如果姚茜茜真不在家,李香兰根本没必要停留那么长时间!一定是姚茜茜不愿意见我,就找了这个冠冕堂皇的理由!我在心里暗暗骂了一句姚茜茜,推起车子就走。李香兰见我垂头丧气的样子,说道:刘少军你别生气啊,姚茜茜她是真不在家!我不愿意说话,只想找个没人的地方痛哭一场。我把自行车扔在一边,向着小树林深处走去,边走边拿袖子抹眼泪。李香兰先是犹豫了一下,也跟了上来。她边追我边说:刘少军你别多想,姚茜茜她真的去了她姥娘家,今天早上刚走的,说不定明天就回来了,你明天再来找她说不定就能见到了!我停下脚步,不再哭了,觉得李香兰这个女孩心眼真好!我转过身,天黑,李香兰也没看见,一头扎进了我的怀里。我顺势抱住她。她一开始还挣扎,越挣扎我抱得越紧,她就不再挣扎了,嘴里喃喃地说着:姚茜茜她真不在家,真……我脑子越来越热,情不自禁在李香兰脸上亲吻起来。李香兰用手打我的头,边打边说:刘少军,你这个大坏蛋,你是个流氓呀!打了一会儿,她的身体越来越软,渐渐瘫软在我的怀里了。我把她放在了柔软的草丛中。今年鲁南天气热得早,李香兰只穿了一条土布裙子。此时的她,好像已经完全昏迷了一样,紧紧地搂住了我的脖子,嘴里还在含混不清地一会儿说着刘少军,一会儿说着赵寻根。听她说出赵寻根的名字,我粗暴地扯开了她的裙子。李香兰慢慢清醒过来,开始抓我的脸。我的脸火辣辣地疼起来。我被激怒了,更加凶狠起来,嘴里骂着姚茜茜姚茜茜姚茜茜。慢慢地,李香兰不动了,只剩下小猫一样的叫声。李香兰在那里哭个不停。我搂过她,对她说:别哭了,我会对你好的!过两天我就让我爹过来提亲!李香兰不哭了,穿上裙子,一瘸一拐头也不回地走了。过了一会儿,我忽然听到李香兰说了句:谁?是姚茜茜吗?我一听腾地坐起来,拉上裤子就往外跑。跑出来却只看到李香兰一个人呆呆地站在那里。我问她:你看到姚茜茜了?李香兰摇摇头,说道:你明天就让你爹来提亲!明天不来我就告诉我爹你强迫我!我点点头:好,明天我保证让我爹过来!李香兰冷冷地说了句:那你现在送我回家!

不到半年,我和李香兰就结婚了。因为那个雨天之后,她很快就怀了孕,肚子大起来了,不结婚也不行。我们结婚不久,我听说姚茜茜也结婚了。她嫁到了县城,男的是一个在县城做装修生意的,已经在县城里买了房子。李香兰说,那男的长得并不帅,而且皮肤很黑,和姚茜茜并不般配。但姚茜茜看中了他那套三居室,从此以后,她就成为城里人了。

结婚那天,我问李香兰:那天晚上你到底看没看到姚茜茜?李香兰说:看到了,她就躲在家里,不愿意见你!我听了,对姚茜茜更加恨得咬牙切齿。等我和李香兰离婚的时候,李香兰突然告诉我:其实姚茜茜那天说不见你之后就后悔了,就从家里出来追你,却看到了你放倒在地上的自行车。她又追到小树林,看到了你强迫我的那一幕,她对你就彻底死心了。

我恨死了李香兰。我恨她不早点告诉我。我更恨姚茜茜,如果不是她,我怎么会脑子发热一时糊涂强迫李香兰?不强迫李香兰,我又怎么会失去姚茜茜?又怎么会和李香兰这之后几年的吵吵闹闹,最后还是各自两散!我更恨我自己,如果不是心性如此,又怎么会如此自作自受?

那天,当李香兰一再问起赵寻根的时候,我就很不舒服,开始有点儿嫉妒赵寻根。当李香兰告诉我,姚茜茜以不在家为由而拒绝见我的时候,我又恶向胆边生,把李香兰当作了姚茜茜,做出了那丑恶之事。从这之后,我就在男女交往中走上了一条不归之路。想来这都是命中注定吧!一环扣一环,谁也绕不过去!就像赵寻根,他再大的本事,如今不也老老实实地坐在我面前,眼巴巴等着我为新坟场用地的事儿表态吗?

赵寻根看我许久不说话,咳嗽了一声,我知道他肯定要跟我提新坟场用地的事儿,我就等着他开口求我帮忙呢。多年的村干部干下来,我早已经看惯了别人求着我巴结我的样子。天色渐晚,四周的黑影慢慢聚拢来。赵寻根指了指小康楼的工地,说了句:全面开工估计得什么时候?我笑笑:应该很快,王镇长说资金很快就能到位,李书记前两天来视察工地,甚至提出可以不等资金下来,让我们先开工。我找村里的裴瞎子看了个日子,这个月 18 号是个黄道吉日,我给承包商说过了,争取就那天放炮开工。赵寻根点点头:你这节奏可真够快的!我说:这都是慢的,你上回来我就开始倒腾这事儿,这都多长时间了,才把地皮的事儿确定下来。你看隔壁的汽配城,从敲定地皮到开工,当年可是只用了两个月不到的时间就放开工炮了!赵寻根看了看已经连成一片的汽配城,点点头说:你这个速度了不起,人都说咱们是基建狂魔,我看你这个速度可是狂魔中的狂魔!我知道赵寻根在恭维我。不过他说的也确实是事实,我刘少军做事的风格就是这样,能多快就多快,从来不拖泥带水。

赵寻根终于说到了新坟场用地,他问我:在麻庄周围,现在还能不能找到这样的一块地?我指了指马鞍山,说道:除了往马鞍山上走,其他的地儿确实很难找!适合坟场的风水宝地无非往东或往南,东边的果园已经塌了。南边就是马鞍山,除了马鞍山确实找不到合适的地儿。马鞍山紧靠着伏羲庙,周边的风水好得很。赵寻根点点头:听说这马鞍山的承包合同已经在你手里了?我一愣,看来,刘君山已经把这事儿告诉了赵寻根。既然如此,我也不好否认,点头说:承包合同在村委会了,村委会集体研究决定,把马鞍山的承包权收回到村集体。一方面是给小康楼腾出更多的地皮，另一方面是由村委会整体规划马鞍山的发展，把这个山头好好利用起来。你别看这个山头不大，但山脚山腰山顶的土地面积不小，能发展起来的话，也算是咱们村的一个亮点。人说靠山吃山，你是大学老师，是知识分子，更应该懂得这一点。我相信我的话天衣无缝，赵寻根应该听不出什么破绽来。果然，他沉吟了一会儿，说道：无论怎么发展，千万不要破坏马鞍山的生态。刘福东用二十年的心血才好不容易把原来的荒山野岭变成了现在的绿水青山，你可千万不要再变回去了！听到赵寻根这么说，我心里有些不舒服。都什么时候了，还在搞这一套说辞！奇怪的是，赵寻根为何到现在还不说正题？眼下小康楼就要开工建设了，地皮眼看都没有了，难道他不着急？这时，只听赵寻根有意无意地说了句：不瞒你说，前段时间刘君山把马鞍山的情况给我说了，他想让我帮忙，和区里的领导透个话，让有关部门说句公道话……赵寻根不说了，我终于明白了，说了这么多，赵寻根是想拿刘君山写检举信告我这件事来给我施压啊！他这是想提醒我他要和刘君山联手搞我啊！既然如此，我也来个将计就计！也给他们出个难题！既然赵寻根不肯主动，那我自己说出来好了！

我站起来，屁股底下的石块不平整，硌得有点疼。我对赵寻根说：走，我带赵作家去实地看看小康楼的地基线。赵寻根站起来，拍了拍手，跟着我往山下走。天越来越黑，视线不太好，赵寻根不大习惯走山路，深一脚浅一脚，落了好远。我带着他来到小康楼靠西南边的地基线。他看了半天，没看出我的意图，指着地上粗粗的白石灰线，问我：这是小康楼的边界线？我点点头：这是最西边和最南边的地基线。你再往远处看看。我边说边指着靠西南边的一大块山地。赵寻根皱着眉头说：这片地是做什么的？我笑笑：这块地原来并没有空出来，是村里把马鞍山的承包权从刘福东的手里拿过来以后，才预留出来的！听话听音，我相信赵寻根能明白我的意思。

即便是说我强夺马鞍山的那些人,看不出来收回马鞍山承包权的意义,他赵寻根是不可能不明白我的良苦用心的！换句话说,马鞍山的承包权拿回来以后,我手里可支配的土地可不止这些！他赵寻根想用地,我手里有的是,就看他如何能拿走！赵寻根终于明白了我带他看地基线的意图了,他笑了笑,对我说:看来老同学有的是办法,那我的难处就能有望解决了！我对赵寻根说:你的事儿说穿了就是“活人”和“死人”之间的冲突,“死人”“活人”都很重要,对麻庄来说,首先是要解决“活人”的用地！但对于你赵寻根来说,“死人”的用地是首当其冲。孰轻孰重,你其实比我更清楚。你让我帮忙,我不能不帮。但说句实在话,“死人”的事你我都不能拿上台面来讲,现在是什么年代了,是“死人”为“活人”大踏步让路的年代！所以,你的事儿得悄悄地办,得不动声色地办！赵寻根听了我的话,频频点头。我现在还不能告诉他我将会怎么办,我只是想先让他站在我这一边,共同对付刘君山。我极力以一副很轻松的口吻说:所以,我希望你能劝说劝说刘君山,不要再揪着马鞍山承包权的事儿不放了！你帮我说服了刘君山,我自然会想办法帮你解决新坟场用地的事儿。虽然我说得轻描淡写,但我从赵寻根的反应看出来,他没想到我会跟他讲条件,做交换。我知道自己确实给赵寻根出了一道难题:他是要说服刘君山和我合作共赢？还是要和刘君山联手和我对抗？何去何从,赵寻根必须做一个选择。这个选择可没有撒尿放屁那么轻松！

第十四回　赵寻根他眼观六路会打算盘

周围的黑暗漫上来了，不远处的麻庄笼成了一团麻，在黑暗中若隐若现。点点的灯火亮起来了，像一个个小小的烛头，散发出萤火虫一样的光芒。自从麻庄的祖先从山西移民到这里，这些灯火就照亮了这片土地。五六百年过去了，一代又一代人的骨殖融进了这片土地，和这片土地融为一体，变成了这片土地的一个分子，就像落叶腐烂在大树的根部，营养着滋润着母体一样的大地。多少年之后，我们每一个人都会如此，由生到死，死而后生。我们死后，都将去往麻庄的果园坟场，从那里重新开始。麻庄自古以来就把生死并置，从村西活人的世界到村东死后的坟墓，只不过是隔着一条小路而已。村庄和果园距离如此之近，以至于我们常常分不清彼此，常常混淆生死。我们送一个人去果园的坟墓，就如同送一个亲人出了一趟远门一样。记得娘走的时候，我安静地看着她的棺木入土，看着果园特有的黑黄黑黄的土一点一点淹没掉一切。时隔不久，我又面对着同样的场景，跪在列祖列宗的坟包前，看着爷爷出门远行。经历了一场又一场亲人远行的仪式，生死对于我来说越来越成为一件自然而然的事情。麻庄人对待生死一向淡定如初，原因大概就在于此。所以，在我看来，就像村庄和果园坟场一样，生与死也是一种平行存在。从此到彼，从彼到此，不过是一个无限往复的闭环而已。

刘少军或许并不这样看。他是一个只看过生没见过死的人,他对死亡没有任何感觉。对于他来说,生是唯一的存在,他只有此在,并不在乎彼岸。在他眼里,现世美好就是最好,此外别无所求。为了现世美好,他可以不择手段努力地建一个现代化的小康楼。他站在麻庄村庄这一边,在他眼里,死人的事情是小事,活人的事情是大事。当两者相互冲突的时候,死人必须为活人让路。这就是他的生命哲学,也是活人的哲学。而我,却常常在村庄与果园之间的小路上徘徊,看过了活人的世界,又目睹了死人的远行,自然明了这世道的归去来。

因此,我和刘少军这样的人可能永远都不会在一个频道上思考。我们两个注定是背道而驰的人。我们就像两条永远不可能相交的平行线,他站在现世安好这边,我站在生死皆安这一边。他要穷尽全力看过这生的世界,拼过所有的高山大海,为此,不惜付出一切代价,包括死;而我,总喜欢走生与死的平衡木,既不迷恋这边,也并不惧怕那边。对于我来说,现世和未来不过是一枚硬币的两面而已。

在区招待所住了三天,我想回小学校了。虽然招待所的条件好,但我还是住在小学校里感觉踏实。在招待所住,每天来往于麻庄之间也不方便。临走前,鲁山想再请我吃顿饭。我犹豫了一会儿,说:那就找一个安静的小地方吧,不要有其他人参加了,就我们两个人,我想和你聊聊一些创作上的想法,顺便谈谈麻庄的一些事儿。鲁山点点头:我想起了一个好地方,那里有许多土菜,而且在一个水库旁边,风景很好,很安静,我们一会儿就过去。我说:好。

鲁山所说的地方叫龙床水库。因为水库有一个大坝,大坝下方飞流直下,酷似一条飞龙,而水坝恰似一个龙床,就取名龙床水库。在去龙床水库的路上,我在心里盘算着今天的谈话从哪里开始,既然刘少军和我摊了牌,把皮球踢给了我，我不得不接招。但我不可能按照他的打算，和他联手来对付刘君山。刘君山毕竟是我在麻庄最好的朋友，他刘少军至多只能算是麻庄的一个小丑。我怎么可能置友情于不顾，而去和刘少军勾搭在一起？原来考虑刘少军一定会帮忙解决新坟场用地的事儿，没想到这小子如此精明，想一箭双雕，一次性解决我和刘君山两个人。这和我原来的想法离得太远了。刘少军的胆子不小，也很有干事的雄心，可惜他太高估自己了。明明是他抢了刘福东马鞍山的承包权，现在却反过来威胁刘君山不要检举上告！他以为自己可以在麻庄一手遮天，但广阔的蓝天可不仅是麻庄头顶上的这一片！再大的乌云也不可能长久地遮住太阳的光芒！我就不信了，一个麻庄小小的村干部，连区里镇里都奈何他不得！

心里揣着事儿，我无心看路两边的风景。鲁山却饶有兴致地说这说那，一会儿指着左边的窗外说：这里就是赫赫有名的小郳国遗址。一会儿指着右边的窗户说：这里是葫芦套“八路军 115 师司令部机关旧址”，前段时间，还在这里发现了 50 枚子弹呢！经考证为当年八路军留下的，是不可多得的革命文物。赵作家要是感兴趣，我可以把这些资料都拿给你，你写小说时会用得上。我点点头。作为曾经的大汶口文化中心，脚下的这片土地确实有着丰厚的历史积淀；同时，作为抗战时期的红色根据地，这里也有着满目疮痍的伤痕，值得写的东西确实很多，很多。

龙床水库在两山之间，景色甚是怡人。清明过后，鲁南的天气已经开始热起来，而车子一进入龙床水库区，我就感觉到一股很舒适的凉意从四面八方开始聚集，一股大山的清香夹杂着水汽的味道扑鼻而来。不一会儿，就听到了哗啦哗啦的大水的声音。车子一拐弯，一条巨大的瀑布挂在眼前，雾状的水花弥散成一条大幕，瀑布和外层的大幕并行从天而下，怒气冲冲地流向瀑布下方的一条滔滔大河，一副势不可当的样子。鲁山指着瀑布说道：你看这是不是藏在深山里的好风景？可惜外面知道的人太少。你看这条飞天大瀑，简直就是李白“飞流直下三千尺，疑是银河落九天”所描写的情景嘛！今天带赵作家来体验体验，回头你要是想在这里写作，前面我们吃饭的地方就有几家民居，到时候给你弄一个工作室，挂个赵寻根工作室的牌子，你就可以长期在此待一待了。这里离麻庄也不远，来回也很方便。我点点头：谢谢鲁局长的美意，这个龙床水库确实不错，尤其是夏天天气炎热时，简直就是一个避暑胜地。能在这里写作，也算是一种难得的奢侈享受！鲁山笑笑，指示司机小李把车停在一边，转脸对我说：我们走几步吧，看看风景！我说：好，我们走走。

下了车，我们沿着瀑布下方的石板路往底下大河走。鲁山指着大河说：赵作家可知道这条大河流向何方？我摇摇头：第一次来这个地方，还真不清楚。鲁山笑笑说：这河水流向前方的一个大山洞，在山洞尽头就消失了。有人说它流向了地心，汇入地下河。还有人说它穿过了地下河，从大山的另一边流出，成为小龙河的发源地之一。我一愣：小龙河的发源地？就是麻庄后面的小龙河吗？鲁山点点头：咱们整个鲁南地区就这一条以龙命名的河流。我今天带你来这个地方，就是让你看看这个河流的源头，找找创作的感觉。

通向河底的小路是经过精心修整的，就地取材，铺上了各种各样的鹅卵石，走在上面既防滑又很舒服。那些小石子硌在脚板底下，就像按摩师在按摩穴位，又痛又痒，舒服得让人直想流口水。越是到河底水声越大，等走到最底端，那声响简直可以用轰鸣来形容了。在河底仰望瀑布，无数的珍珠从天而降，情景甚是壮观。沿着河底往水流的方向走，不远处就是那个山洞。洞口很大，几乎被水注满。鲁山指着洞口说：千万小心啊，千万不能被水流卷进去！谁都不知道那底下到底有多深！我看了一眼，那黑乎乎的洞口像一个极为口渴的巨妖一样，在吞噬狂饮着所有的水流。我对鲁山说：这样的一处好风景，没开发成景点真是太可惜了！鲁山点点头：区里正在研究如何开发的详细方案,现在只有本地人知道大山深处有这样一处好景致,外面的人都没听说过。我们今后要做好规划开发,然后广而告之,让外面的人进来。听到鲁山这么说,我忽然想到麻庄村东的麻庄矿,对他说:区里有没有想过对麻庄矿进行改造,变废为宝?鲁山一愣:你说说看,怎么废物利用?那里现在除了废旧矿区就是塌陷地,那塌陷地的水域倒是不小,有一部分还和小龙河连成了一体。我点点头说:麻庄矿作为具有百年历史的中兴煤矿的一部分,停止采矿以后就全部废弃在那里了,这太可惜了!我觉得麻庄矿完全可以作为一个很有价值的工业遗存保存下来。鲁山眼睛一亮,拉住我的胳膊:走,咱们到上面去说,这里水声太大了!

司机小李已经安排好了茶水,我们在一处民居的堂屋坐下来。这些民居原来是本地农民的房子,都是就地取材用石板建成的。地基是石头,屋顶是石瓦片,地面也铺了石板。整个屋子很通透,进来以后感觉很凉爽。鲁山说:咱们这大山里头到处都是这样的房子,冬暖夏凉,住着很舒服。去年,区里统一征收了一些农民的用房,加以改造,准备搞民居旅游开发。我点点头:这很有咱们自己的特点,有这么好的风景,这么舒适的住处,估计有很多人愿意来。现在的城里人都喜欢往农村跑,往大山里跑。咱们这边到处都是深山老林,负氧离子多得很,简直就是天然的大氧吧,那些城里人肯定感兴趣。关键就是不能只提供自然的风景,还必须让他们在这里住下来,多待几天,才能拉动消费。所以,这几年体验性旅游非常普遍,为何要打体验牌?目的就是把游客留住,一个好的旅游景点绝对不应该是只靠门票。恰好相反,未来的旅游除了自然保护区,其他都应该是免门票的。旅游收入从哪里来?应该从游客的其他消费中来。比如吃、玩、住、行,等等,这才是今后旅游经济的发展动向。鲁山被我说得一愣一愣的,他说:行啊,兄弟!看不出来啊,我原来以为兄弟是一个写小说的,没想到对旅游还有如此深入的研究啊!我摇摇头说:没有什么研究,深入更谈不上!我在海洋大学攻读文化产业创意与管理的在职博士后,旅游经济也是文化产业的重要部分,所以也做了一些思考。鲁山点点头:那太好了,我回去就给区领导打报告,聘请你为区旅游规划的项目专家!你接着说说麻庄矿作为工业遗存的想法。我喝了一口水,说道:你知道随着煤炭资源减少,煤矿早晚会在我们的生活中消失。以后的孩子再想看煤矿可能只能在电影中和图片里看了。有许多煤矿关停掉以后,就任由煤矿荒废下去,其实这也是一种资源浪费。我们可以把一些比较完整的煤矿作为工业遗存,开发成煤矿博物馆,留给子孙后代来参观。这也是一种体验经济,孩子们可以亲自操作一些采矿设备,也可以下到矿坑深处,甚至可以让他们像矿工一样体验一下如何采煤。这样一来,废弃的煤矿就变活了,而且可以带动周边的旅游。咱们区里面像龙床水库这样的可看的旅游资源有很多,但都比较分散,目前需要做的就是把这些景点连成一片,有基础条件的就升级改造,没有基础条件的就重新打造,打出一套旅游开发的组合拳。鲁山不停地点头,边点头边给我续水,让我继续说。我拿起桌子上的一根牙签,蘸了一点茶水,在桌子上比画:假如这里是废弃掉的麻庄矿,紧挨着它的是塌陷地水域,水域旁边就是小龙河。如果把麻庄矿做成煤矿博物馆,那么就可以把这片塌陷地水域做成一片湿地主题公园!麻庄不是要盖小康楼吗?什么是小康?小康可不仅仅是让农民住上高楼,更重要的是要改变生活环境!如果这里能建成湿地主题公园,公园和煤矿博物馆连成一体,往小了说是让麻庄周边的农民实现真正的小康,往大了说就是打通全区旅游的阻塞点,有利于打造全区域旅游区,真正实现全域旅游全方位旅游的大格局!鲁山差不多听呆了,他点点头,又点点头,再点点头,说:老弟行,你这个想法不仅大胆,而且切实可行!是一个好创意,金点子!我马上就汇报,编制发展规划,你老弟就是当然的首席专家!鲁山指着我在桌子上画的地图,愣了一下,说:可是有一个问题,要把这一片水域打造成湿地主题公园的话,麻庄就得整体搬迁了！我笑笑：不用整体搬迁，只需要把靠近水域的半个村子腾空就可以。现在麻庄不是要建小康楼吗？麻庄的许多年轻人肯定准备上楼了，村子自然会腾空不少，那样的话需要动员拆迁的阻力肯定不大。我故意停顿了一下，若有所思地说：最难的不是活人搬迁，而是死人搬迁！鲁山一愣：兄弟的意思是……我拿起牙签，又蘸满了水，在桌子上边画边说：你看，麻庄塌陷地紧挨着这一片果园，对吧？果园里是麻庄人几代先人的坟场，大大小小的坟头得有上百个不止。咱们麻庄人你也知道，宁可自己去死也不能让列祖列宗受委屈。现在的问题就是建设湿地主题公园，必须要为这个坟场找到一个新的落脚点，而这个落脚点又必须是一个让麻庄人满意的风水宝地！鲁山点点头：这个需要麻庄村干部们做工作，风水宝地总还是有的吧。由区里出面，让麻庄村委去落实这个事儿，不难！我心里一喜，看来大功即将告成！为难我整整大半年的难题终于有了眉目了！这样一来，我不但不需要求着刘少军来帮忙，反而可以指挥他按照我的想法来！我的脑际突然闪过刘君山因为马鞍山承包权被刘少军强夺而痛苦不堪的样子，想了想，又对鲁山说了句：俗语说得好，有山有水才叫好景致，如果湿地主题公园建成，离湿地不远的马鞍山就可以连带开发。马鞍山现在已经是一块宝地，尤其是考虑到小康楼建成，可以把马鞍山开发为另一个山地公园，进一步恢复青山绿水的生态环境。这样一来，基本上把麻庄矿博物馆、湿地主题公园、小康楼和山地公园连成一体，这可是一个惠及民生的大民心工程，也是一个文化旅游的大工程！鲁山点点头：这是一个很好的规划！只是全区的山头基本上都被私人承包了，估计马鞍山也是如此。我笑笑：据我所知，麻庄村委会刚刚把承包权从私人手里收了回来！鲁山一拍大腿，说道：那太好了！这真是天意！我们放手去干。我对鲁山说道：你刚才说要聘我为首席专家，我很感兴趣，希望能把麻庄煤矿博物馆和湿地主题公园、山地公园建设的总体规划和施工方案全部交给我，为了家乡建设，我愿意竭尽全力！鲁山拍了一下我的肩膀：好的，兄弟！这个大工程大规划就交给你了！你既是作家，又是文化产业创意与管理的博士后，你来做首席专家是最合适不过了！我要向区里汇报，在这个方面，我相信凌莉部长一定会大力支持的！

我心里暗暗得意，如果我的这些想法能够完全实现，不仅能不动声色就解决建新坟场拿地的事儿，更重要的是麻庄今后的整个发展将随着我的想法走，绝不能让刘少军继续在麻庄一手遮天。现在刘少军没有一点儿忌惮，以为只要抓住小康楼这个政绩大工程，别人就奈何他不得。我知道小康楼后面藏着不少人的利益，刘少军能够在麻庄兴建小康楼，离不开背后的那些东西，离不开刘少军在麻庄这么多年的深耕。现在我还不了解李刚和王飞对待刘少军的态度到底如何。他们是绑在一个战车上的战友？还是像韩光正所说的，只是想利用刘少军树立政绩工程？从李刚新到任西暨的情况来看，他们之间的利益纠葛不会太深。只要我的这些想法能够实现，到时候就不怕狂妄的刘少军不受我的摆布！听指挥就让你继续盖小康楼，不听指挥就让你卷铺盖走人！

龙床水库的饭馆不大，但确有特色。特别是地皮炒鸡蛋和地锅小公鸡，是我迄今为止吃过的最地道的本地菜。鲁山能喝酒，但今天他和我一样，“醉翁之意不在酒，在乎山水之间也”。鲁山是一个性情中人，也是一个很有想法很负责任的地方文化官员。这是一个可以共事也可以做成事的人，或许我和他的合作还只是刚刚开始。我不无担心地问鲁山：上次凌部长一起安排吃饭的李刚和王飞你了解吗？我们要搞麻庄矿博物馆和湿地主题公园，是不是还得需要他们的大力支持？毕竟麻庄可是归西暨管辖。鲁山摆摆手：这个你放心好了，李刚和王飞都是我的好朋友，他们两个都是刚刚在西暨提拔不久。李刚原来是民政局办公室主任，这次到西暨是下去锻炼，干上三年五年的书记，还得回到区里来，说白了他就是去西暨镀金的。至于王飞，他原来一直在西暨，工作很踏实，是一步一步熬上来的，做过镇上的法院助理，后来提拔为镇纪委书记。干了三年不到，李刚任职西暨以后，很快就被提名当选了西暨镇长。说是镇长，其实就是李刚的副手。在乡镇一级，基本上是书记主政，镇长权力有限。所以，王飞这个人你也大可放心。再说了，我们这个大工程只要报上去，那就是区里主抓了，镇上只是配合，至于麻庄，那就只有执行的份了！我点点头：还是提前和李刚他们沟通一下比较好，县官不如现管嘛！鲁山哈哈哈笑起来：过两天我让李刚安排，咱们一起到西暨最好的羊肉馆去喝羊肉汤，顺便沟通一下这个事，我相信他会感兴趣并大力支持的。毕竟，这是带动整个西暨经济发展的大好事。这是他们磕头烧香都求不来的好事情！现在问题的关键是区里审批，报市里备案，看能否列入重大工程。如能顺利列入重大工程，那咱们建设的资金就有了！我提醒鲁山：这里面还涉及麻庄的拆迁，半个村子的拆迁也需要不少资金，坟场的拆迁也需要尽快着手。鲁山点点头：所以得争取列入市里的重大工程嘛。我不无担忧地问：审批需要不少的时间吧？鲁山说：那得看领导重视程度了，领导感兴趣，就很快；如果按部就班走程序，半年一年也很正常。我心里暗暗着急：这个速度下来，也太慢了！新坟场用地必须在春节前确定下来，今年春节上坟绝对不能再跪在马路边上了。我想不妨采取两条腿走路的办法，在推动区里大动作的同时，暂时也不放弃刘少军那边。

我把车子开到小学校门口时，已经九点多了，小学校已经关了大门。我不好按喇叭，下车拍门，没人理，只好给刘君山打电话。响了半天，没人接。给韩慧慧打，过了老大一会儿，刚想摁掉，韩慧慧突然接了。她嗓子有点哑，问我在哪里。我说在小学校门口呢。她说：那你得等一会儿，我让我爹去给你开门。我一愣：你在哪儿？刘君山呢？韩慧慧不说话，哭了起来。我感觉情况不妙。韩慧慧哭了一会儿说：公爹病情加重了，可能熬不过这两天,我和刘君山都在区医院呢。我说:那你们两个都多保重!尤其是你,身子重,千万不能太伤心,我明天一早就去医院!挂了电话不一会儿,韩老海就到了。他对我说:慧慧说你可能要在学校住,今天临去医院前就把钥匙留在了家里。我点点头,想起来车里有一盒鲁山留下来的"利群"烟,就拿给韩老海。他也不客气,接过来,说了句:你不是不抽烟吗?咋还随身带着烟?我笑笑:你尝尝这个烟味道如何!开了宿舍门,韩老海并不着急走,而是在门口的台阶上坐下来,点上烟,一口一口慢悠悠抽起来。

我搬了凳子,坐在了韩老海旁边。韩老海说:你坐到这边来吧,这边是上风口,没有烟味!我一愣,心说到底是老书记,心思细得很!刚坐定,韩老海指着眼前的一棵大槐树说:你看这棵老槐,小学校建校那年我亲手栽下的,如今都长这么粗了!成材了!我感慨地说道:是啊,要不是您老人家那时候建了这所新学校,我们当时可能得在地主老韩家的大院里一直上完小学呢!麻庄的孩子都应该感谢您当年的英明之举!十年树木,百年树人,二十多年过去了,从麻庄小学走出去了多少孩子!他们都应该感谢您!韩老海摆摆手:我不懂什么百年大计教育为本,但我知道孩子是咱麻庄的未来,孩子不上学就不会有大的出息!愣了一下,他又说:如今小学校又破旧了,该修修了。二十年前,麻庄砖厂赚了不少钱,不但建了学校,而且为麻庄的五保户盖了房子。现在麻庄没了村办企业,没了收入来源,做啥事都做不成!我不置可否地笑笑:村里再没有钱,修修小学校的旧房子总还是可以的吧!韩老海有些惊异地看看我,悠悠地说道:你在大学里教书,和社会接触有限,尤其是咱们最底层的农村,你走出去也算不少时间了,早就不了解情况了!现在的农村可比我做村支书那时候复杂多了!那时候村里人与人之间的关系多简单啊,邻里之间也没像今天这样,为了一点小事就动不动破口大骂甚至动手打架。那时候日子过得虽然穷一点,但每个人的精神都很饱满,心态也不像今天这样失衡得厉害!现在麻庄人出去挣钱的路子多了,挣的钱也多了,但村子里不好的事情也越来越多了。十年前村里到处跑的都是小孩子,现在的麻庄年轻人咋就越来越少了呢?就剩下我们这些老头子了!以前小学校人满为患,慧慧说她现在教的班级还不到三十个孩子。我笑笑说:您老人家不懂了吧?上课的孩子控制在三十个人以内是最好的,这叫小班化教学,效果比我们那时候五六十个人要好得多!那时候,赵无极老师打我们都打不过来,管了这个,就顾不得那个。韩老海笑笑:我一个老头子不懂教育方法,只是感叹麻庄的变化。我活了七十多年了,感觉越来越看不懂麻庄了。我点点头,装作无意间想起来的样子,问他:当初您老人家为何要提拔刘少军做村支书?村里当时那么多年轻人!韩老海又掏出一根烟,说道:这烟还真是好抽,得劲!我等着他继续往下说。他慢腾腾用刚才快燃尽的烟头点燃了这一根,使劲嘬了两口,吐出一大口烟雾,又吸出一口浓痰,吐到了不远处,这才慢条斯理地说:你们这一拨孩子是我看着长大的,从小学校盖好那一天开始,我几乎每天都来学校走走看看,一听到你们的读书声我就打心眼里高兴。甚至有时候心里烦了,来到校园就能平静下来。我常常悄悄坐在你们教室最后面,看你们上课。其实我都听不懂老师在教你们什么,但就是想坐在那里。你别看我在麻庄做支书这么多年,其实肚子里可没装多少墨水。我们那时候都穷得很,能上完高小就算很好的了。不瞒你说,我也只是读了两年小学,除了会写自己的名字,认的字也不是很多。听课听得多了,我对你们每一个孩子都比较了解。慧慧和你们在一个班,我来得最多。你和刘君山、韩慧慧的情况我当时掌握了不少,包括刘少军这孩子,我都关注着呢。我当时就在心里琢磨,你们是麻庄的未来呀,我要看看麻庄的未来会怎样啊!我早晚都要退下来,我要给麻庄选个好接班人呢。我当时就注意到你们三个和刘少军不一样,但我知道你是麻庄留不住的人,你能走出咱这里的大山。刘君山和韩慧慧也算是走了出去,不过他们又转回来了,继续着麻庄最重要的工作——培养更多的麻庄小孩子走出大山。我巴不得每一个麻庄的孩子都能像你一样,看过外面的世界以后,再回到咱们麻庄。哪怕只是回这里走走看看,也都是麻庄的骄傲哪。韩老海说到动情之处,拿手背抹了抹眼角。我看着眼前这个须发渐白的老人,突然感觉鼻子一酸,差点落下泪来。看来,我对像他这样的麻庄老人还缺少真正的了解,对我们的父辈,根本就没有真正走进过他们的内心深处。如果韩老海不说,我永远不会想到我们的教室里曾经坐过一个老人。麻庄每一个孩子的长大,都离不开他们注视的目光。我到屋里找了一个茶杯,给韩老海倒了杯开水,递给他:老海叔,你喝杯水!韩老海接过茶杯,却没喝,放到了脚下的地上。他叹了口气,继续说:麻庄很多不错的孩子陆续都出去了,有的像你们一样出去读书了,有的出去打工了,有回来的,也有没回来的。留下来的就那么几个孩子。刘少军这孩子胆大心细,敢想敢干,但有时候会采取极端的方式。他是为了达到目的会不择手段的那种人。但我觉得这孩子的本性并不坏,而且在农村当干部,就需要敢想敢干有魄力的人。但这些当然不是我培养他做接班人的主要考虑,更重要的是他曾经做过一件特别让我刮目相看的事。

那时候刘少军还在跟着他爹刘南山贩粮食。他们每天早出晚归,回到家基本上都是天黑以后。有一回,差不多玉米刚出缨子的时候,他们开着三轮车,穿过西暨汽车站,正走过汽车站和麻庄之间的大片玉米地,忽然听到有女人呼救的声音。那声音就来自路边不远处的玉米地,一开始很大,后来声音越来越小。刘少军跳下车子。他爹刘南山立即呵斥他:黑灯瞎火的,你想干什么?刘少军说:我刚才好像听到了呼救声,就在离这不远的玉米地里!刘南山气呼呼地说:这大黑天的,哪有呼救声!赶快回家!刘少军不理睬,从车上摸了手电筒和一把叉粮食的叉子,一头钻进了厚厚的青纱帐。刘南山又急又气,愣了一会儿,怕刘少军有危险,跺了跺脚,也摸了一根棍子跟了进去。还没靠近,就听到刘少军大喝一声:谁在那里?接着就听到一个低沉沙哑的声音:哪来的毛孩子,赶快滚,别坏了老子们的好事!只听刘少军说:快放了那姑娘!不然我叉死你们!另一个细声细气的声音说:他妈的,这猫娃子嘴上毛都没长全,胆儿倒肥得很!趁老子还没生气快滚,不然老子毙了你!话音未落,传来一声恶号:哎呀,俺的个娘也!俺的眼睛啊!这时,刘南山快步来到了近前,看到一个瘦高个正捂着眼睛干号,满脸都是血。另一个胖乎乎的大高个正骑在一个姑娘的身上,那姑娘好像已经被打昏了。大高个看到同伙被叉瞎了眼睛,还不肯从姑娘身上下来,摸起地上的一把刀想砍刘少军,没想到刘少军比他更快,一叉子就叉到了他的肩膀,他号叫着从女孩子身上跳起来,提起裤子就跑了。刘少军还不放过他,对着他的后背一叉子扔了过去,要不是青纱帐太厚,挡住了那把叉子,那个高个子肯定会被插死。那个被叉瞎眼的瘦高个也爬起来,惊慌失措地向着玉米地深处跑去了。刘南山和刘少军赶紧去扶起那个姑娘,此时姑娘已经从昏迷中醒来,惊魂未定地看着刘少军。刘南山嗷了一声,说道:这不是……

韩老海突然停顿下来,咳嗽了两声,不说话了。

我很想知道那个被刘少军救下的姑娘是谁,着急地等着韩老海往下说。他似乎并不急于说出那姑娘的名字,而是问了我一句:换作你,你是会像刘少军一样去玉米地救人,还是像他爹刘南山一样不想多管闲事?我一愣,没想到韩老海会问我这个问题。我想了半天,不知道怎么回答。那样的情形下,或许很多人会选择逃避,毕竟,歹徒手里有枪有刀,一不小心就会送命。见我没有立即回答,韩老海笑笑:不单是你,谁遇到这件事都可能会犹豫。但刘少军当时做了另一个选择,他把人救下来了。一个人面对两个拿枪拿刀的歹徒,不但毫无惧色,反而出手又快又狠。这样的青年不正是麻庄所需要的吗?当时村委会缺一个队长,我琢磨着刘少军正合适,就去找刘南山谈了谈。刘南山当然很愿意自己的儿子进村委会,队长大小也是一个村干部。何况,刘少军当时那么年轻,刘南山自然明白,只要好好干几年,就一定会有前途。从那以后,刘少军就不再跟着刘南山贩粮食了,白天跟着我在村委会,夜晚就带着几个人在村里巡逻。他做民兵队长那几年,麻庄最安宁,什么乱子都没有出过。

我终于明白韩老海起先为何对刘少军这么用心了。刘少军在二十岁的年纪做出了这等事情,确实了不起,这和他从小就顽皮勇猛爱打抱不平的性格有关。一个可以不顾性命见义勇为的青年,被韩老海选中作为接班人,似乎是自然而然顺理成章的事情。问题是,刘少军后来怎么就变了呢?不错,人都是会变的,由好变坏,由坏变好,在一定的条件下都是有可能的。仔细想想,当上了村干部的刘少军也不能说变就完全变了个样,大多数时候他确实是站在麻庄的整体发展来看问题的,包括他强夺刘福东对马鞍山的承包权,也是为了更好地推进小康楼和汽配城的建设。对于刘少军,我似乎突然有了新的认识。

韩老海站起来,捶了捶自己的大腿部,说道:转眼间就老喽!我这老腿越来越不能久坐了!韩老海要回去了,我站起来送他。他摆摆手说:你早点休息吧,我估摸着韩慧慧他们到这个点儿还不回来,今晚可能就不回来了。愣了一下,他又说了句:我那个亲家也是个倔脾气,牛角尖钻进去就出不来了,这么长时间都躺在床上,人肯定受不了啊!我问韩老海:老海叔你对刘少军强行收回马鞍山承包权这事到底怎么看?韩老海摇摇头说:我没有怎么看!我能怎么看?一个是我的儿女亲家,一个是我亲手培养出来的接班人。要细说这件事啊,我看两方都有错!刘少军是好心办坏事,出发点是好的,为了公家牺牲小家,这个也是正常的。但他的方式方法不对,不能强抢明夺。刘福东主要是气不过,对马鞍山那片土地有感情了。这可以理解。但从他的年龄来说,也不合适再上马鞍山了。他作为老党员觉悟应该高一点，就当是为了麻庄盖小康楼，做一点奉献也就是了。现在他为了怄气把自己的身体也葬送了，加剧了互相之间的矛盾。俗语说冤家宜解不宜结，越结越成烂疙瘩。等刘福东从医院回来，我打算叫上刘少军去给他赔个罪！村里可以多赔他一点钱嘛，让刘福东把这股气儿理顺了，他们之间的疙瘩自然也就解开了！我点点头，禁不住在心底佩服起老支书来。我把韩老海送到学校大门口，他突然停下脚步，对我说了句：有句话我告诉你以后，你可千万别告诉刘君山啊，说了，会伤人的！我点点头：老海叔放心。韩老海嘴唇哆嗦了半天，说道：那个被刘少军救下的姑娘是韩慧慧，她那天从枣庄回来，从汽车站下车后天就黑了……

我愣住了，终于明白了所有的一切。

可惜的是，韩老海的想法没法实现了。

第二天一大早，我还没有起来，手机突然就响起来。我一看，是刘君山的电话。我预感到不好，急切地接了。那边传来刘君山的哭声，他边哭边说：寻根，我爹他走了啊！俺没有爹了啊！我的头嗡地一下，一片空白。稍待清醒，我安慰刘君山说：千万保重身体！节哀为重！你们现在在医院吗？刘君山还在哭：我们还在区医院，我爹刚咽气。韩慧慧身子重，我担心她在这里熬不住，你能开车过来的话，就把她带到学校宿舍去。我说：好，我马上开车过去。

放下电话，我连脸都没来得及洗，发动车子就直奔区医院。车子驶出麻庄村，路过村东的果园，我看了一眼还泡在水里的麻庄坟场，眼泪止不住流了下来。刘福东的年龄并不大，身板一向很硬朗，如果不是因为马鞍山承包权的事儿，估计也不会走这么早。他是忍不下这口气，硬生生被刘少军气坏了身体。韩老海说得对，在床上躺了这么久，身体再好也架不住这么煎熬。如今可好，人走了，带着咽不下去的这口气，一走了之，留下一个难题给刘君山和韩慧慧，他们心头的压力可想而知。

说是区医院，其实是在枣庄县城。医院在县城的西郊，开车半个小时即到。我到的时候，看到刘君山和韩慧慧正站在医院大厅门口。两个人都十分憔悴，刘君山蓬头垢面、胡子拉碴的，皱巴巴的衣服贴在身上，一看就知道已经好几天没换洗过了。韩慧慧脸上满是泪痕，红肿着眼睛挺着大肚子很无助地靠在刘君山的肩膀上。我把车直接开到大厅跟前，刘少军看到我，哇的一声就哭了。我拍拍他的肩膀：千万保重！老人在哪儿？我去看看。韩慧慧制止我：停在太平间了，你别去了，医院正在协调车，一会儿就送回麻庄。刘君山稍微平静下来了，说：我爹是被刘少军活活气死的！爹临死的时候抓着我的手一遍一遍嘱咐我：不要再去和刘少军斗了，你斗不过他！我知道爹是带着怨气走的，他走的时候两只眼睛都是睁着的，我一定要让爹咽下这口气，一定要让他闭上眼！我点点头：君子报仇，十年不晚！现在要紧的是先让老人家入土为安！刘君山转身对韩慧慧说：你先跟着赵寻根的车回学校宿舍，昨天夜里没睡好，回去好好歇歇。我在这里等着大姐、二姐和姐夫来，一起把咱爹带回麻庄！韩慧慧又掉了两滴眼泪，头也不敢回地坐到了车子后排座上。我再次拍拍刘君山的肩膀：我先把韩慧慧带回去，你安心办丧，有什么事儿打我电话！刘君山点头说：韩慧慧临产的日子不远了，发丧这几天你千万替我照顾照顾她！

我转过弯，车子驶出了区医院。

韩慧慧不说话，闭着眼睛靠在后车座上。我一时间也不知从何说起，就一直保持沉默。104 国道很繁忙，路上到处都是大货车，把路面压得坑坑洼洼的。因为怕颠着韩慧慧，我开得很慢。那些大货车却开得飞快，我不得不时时刻刻小心着绕开它们。终于开上了一段平缓的路段，我的精神稍微放松。韩慧慧似乎小睡了一会儿，可见她昨晚确实累得不轻。此时她刚刚醒来，眼睛看看窗外，问我：到哪儿了？我指指窗外：快到西暨镇政府驻地了。她点点头：这么快！我说：这还是慢的呢，要是走旁边的快速路，早到麻庄了。韩慧慧说了句:从枣庄职校毕业以后,这条路我就很少走了。你还记得当年为了修这条路,我们小时候都跟着大人出义务工吗?我笑笑:怎么能不记得?虽说是出义务工,其实就是玩儿。我们那时候都还小,干活都是一阵风,搬几块石头就跑去玩儿,说是出义务工,其实就是磨洋工!韩慧慧的神情终于放松下来,似乎正沉浸在回忆中。车子过了西暨镇政府,远远地看到了麻庄的界碑。韩慧慧似乎又被拉回到了现实,脸上重新阴云密布起来。我有些担心地对她说:临产期很近,你还是要注意调节心情,不要大起大落。她点点头,强忍住泪水,说道:我担心的不是自己,也不是死去的公爹,而是刘君山!我爹这段时间一直让我设法劝说刘君山放下夺回马鞍山承包权的执念,不要再想着找刘少军复仇的事儿。刘君山眼看就要放下了,把写好的给省纪委的举报信也锁起来了。可如今,公爹的去世只会更加刺激他,我估计,这次谁来劝说他都没有用了!我沉默了一会儿,考虑该如何回答她。韩慧慧却好像并不需要我的答案,兀自说着:再这样下去,刘君山怕是会步公爹的后尘,越想越气得慌,越气越放不下,最后只能葬送了自己的身体。为了举报刘少军,刘君山上课也不像以前那么用心用力了,有时候讲着讲着课就走神。赵无极校长为此已经找刘君山谈了好几次话,说再这样下去,他就不得不给刘君山放假休息了。现在全镇小学老师正在统一考核调整岗位,我担心刘君山通不过,被降格降级处理,那样的话,他这个人就算是毁了!这一切的根子,都在刘少军那里!

为了把车子开得平稳,我绕了一点路,走了姚庄和麻庄之间的水泥硬化路面。从这里可以看到小康楼的工地,那里已经开始打地基了。我心里突然间开始着急起来,刘少军正在按照他的计划一步步推进小康楼的建设,等他把所有的地皮都占掉以后,再想去拿回来可就难上加难了!看来,我和刘君山所面临的棘手问题,根子似乎都在刘少军那里了。

怎么办?

第十五回　刘君山他被人欺负把丧事办

这边忙着出殡,那边还得张罗砌墓穴。现在面临着一个难题:是将我爹安葬在果园的祖坟,还是另择墓地?我家的祖坟在果园的最里面,离塌陷地有一段距离,所以,基本上没有受到麻庄矿塌陷太大的影响。也即是说,只要我愿意,还是可以把我爹安葬在祖坟坟场的。坟场我去看过,那里虽然没怎么受到塌陷波及,但已经有了裂缝,只要塌陷地再有一点动静,我家的祖坟也会像赵寻根家的祖坟一样,要被大水淹没了。更重要的是,我爹有过交代,他一辈子守着马鞍山,死了以后还想守着马鞍山,他希望能把自己安葬在山上。说这话时还是在去年,那时候他还是马鞍山的承包者,埋在马鞍山的哪个地方我们都可以自己做主。现在情况变了,马鞍山已经被刘少军强夺了去,成了由他做主的地盘。要想把我爹安葬在马鞍山,必须取得村委会也就是刘少军的同意。现在这个节骨眼,我想杀了刘少军的心都有,你让我怎么去求他在马鞍山上给我爹划出一块墓地?

韩老海似乎看出了我的难处。他安排好厨屋的事情,就来到了灵棚,对我说:君山呢,后天就要下葬了,你咋还没定下来墓穴挖在哪儿?日子可不等人啊!我点点头说:正要找您老人家商量这个事儿,老实说我还没有想好。果园里的老坟场是什么情况您老人家也清楚,我爹生前就想着把自已葬在马鞍山上,我不知道是该听他的,还是按照祖上的规矩,让他偎着列祖列宗。韩老海沉吟了半天,说了句:上马鞍山也不是不可以,但新的坟场需要跑马圈地,还要请阴阳先生看地,请老族长铲第一锨土,要费不少时日,这时间上恐怕很紧张!我看不如这样,先让你爹在果园祖坟入土为安,等你娘百年以后,再另作打算。到时候如果想上马鞍山,再起坟迁坟,你看怎么样?我想了半天,还是想满足爹的遗愿。他临走前已经受了那么大的委屈,难道连死后埋在马鞍山的愿望都不能实现吗?韩老海见我沉默不语,拍了拍棺木,说:也罢,我们就设法满足亲家的遗愿吧!我现在就带你一起去村委会找刘少军。我一听,这样也好,我一个人去肯定不行,让韩老海一个人去也不合适。我站起来的时候不小心踩了一下身上的孝服,差点摔倒了。我犹豫了一下,考虑要不要脱掉孝服。韩老海大手一挥:你就穿着这个去!百般事小,孝子为大!他刘少军官威再大也不能为难孝子!我和韩老海一起向村委会走去。

路上,韩老海问我:你爹住院期间,刘少军就没来看过吗?我咬咬牙:一次都没有!愣了一下我又说:他来了我爹也会赶他。韩老海点点头:那你爹走了以后他也没来哭一声吗?他毕竟是没出五服的本家侄子!我咬咬牙:没见他来哭!来了,我也不让他进家门!韩老海跺跺脚:这个刘少军,这样就不对了!不过,我有个意见,如果刘少军到家里来哭一声,你还是不要赶他,一切都要以逝者入土为安为重,别再闹出什么乱子来了!顿了一下,韩老海又说:今天这事如果好商量,也就罢了。万一刘少军搪塞,我看你不妨以孝子的身份给他说点好话,男儿膝下有黄金,但孝子的头是不值钱的!我一愣,不相信地说了句:您老人家的意思是让我给刘少军磕头?可那马鞍山本来就是我们家承包的!再说了,我和刘少军都是同辈人,让我给他下跪,那不可能!韩老海摇摇头:我这只是说万一嘛!刘少军这个人我多少还是了解一些的,有时候是不讲情面,我的面子、你爹的面子，在他那里，都抵不上麻庄整体发展的面子！

说着话，我和韩老海来到了村委会，看到刘少军和张会计正站在村委会院子里比画着什么。张会计看到韩老海，说了句：哎呀，老书记来了！又看了我一眼，一副做贼心虚的样子，觍着脸对我说：大兄弟节哀顺变！我和刘支书正商量着要去给福东叔送一个花圈嘛！我面无表情地说：不用了！张会计悻悻地说：花圈还是要送的，村里死了人村委会都是要送一个的！我这就去买。说完，他看看韩老海，又看看刘少军，刘少军朝他点点头，张会计就点头哈腰地走出了村委会大院。刘少军对韩老海说：老书记怎么有空到村委会来了？快到屋里坐！韩老海指着一身重孝的我，说道：今天我带着君山来是有事要求你帮忙！刘少军皱了一下眉头，说道：老书记有话我们屋里说去！韩老海没挪脚步，而是接着说道：你福东叔走了，这中间到底怎么回事儿，你也都门儿清。他临走时叮嘱君山，死后想葬在马鞍山上。他守了一辈子马鞍山，那里有他一辈子的血汗哪！他死后还想守着，这个我们都可以理解。你看，能不能给你福东叔在马鞍山上找一块地？让逝者入土为安！刘少军看了我一眼，沉吟了半天，面有难色地说：马鞍山现在是村委会所有，现在不是私产，按规定谁都不能……韩老海打断了他的话：这些我也知道！刘福东和其他人不一样，他一辈子都在马鞍山上，你给他划一块地，麻庄其他人谁都说不上啥！刘少军仍旧犹豫不定：为了马鞍山承包权的事儿，上面说有人写了我的检举信……刘少军看了我一眼，继续说：现在正是敏感时期，上面下面都有人盯着呢！我哪敢……韩老海愣住了，看了看我。按照我的脾气，我想立刻转身走人，但想到爹的遗愿，又强压怒火忍住了。韩老海虎着脸说了句：刘少军你可以不给我这个老书记面子，但你总得给孝子面子吧？难道非得让孝子给你跪下磕头吗？韩老海说着看了我一眼，我两膝一软，扑通一声跪在了村委会硬硬的水泥地上。刘少军愣住了，忙不迭地说：这可使不得！这可使不得！连忙过来搀扶我，我不待他靠近,自己站了起来。他脸色一红,结结巴巴地说了句:那让我和村委会的其他人通个气……韩老海点点头:那我们就回去等你消息了!时间紧,天气又热,日子不等人……刘少军说:这个我知道,这个我知道,我一会儿去烧纸时把商量的结果告诉君山。

韩老海拉着我往回走。一出村委会的大门,韩老海就气呼呼地说道:成什么样子!把村委会搞得像个衙门!停顿了一下,他又说:刘少军这孩子变了,心肠变硬了!比马鞍山的大青石头还硬!他以前不是这样的。我眼里噙着泪水,真想为自己的憋屈大哭一场!要不是为了让爹早点入土为安,我刚才一定会和狗东西刘少军拼命!带着无比的屈辱,一到家我就跪在爹的棺木前号啕大哭,边哭边拍打着棺木,嘴里喃喃自语:爹啊,都怪儿子没出息啊!爹啊,都怪儿子啊……大姐不知道发生了什么事儿,只在那里说:君山你别拍打棺材了,把爹惊着了!二姐猜出了什么,陪着我落泪。爹走了以后,娘一直躲在里屋,不吃不喝,也不哭,只是傻愣愣地坐在床沿上。此时听到我的哭声,娘终于忍不住,边用手拍打着床沿,边念叨着我爹的名字大哭起来。

过了一会儿,我听到院子里传来一声重重的咳嗽声,接着听到韩老海说了句:南山老哥来了啊!我停止了哭声,是刘南山来了。他和我爹是堂兄弟,血缘很近的本家。只听见他扯着嗓子干号了几声,嘴里数落着:福东啊,你咋就走了呢!要走也该是恁老哥我走啊!福东啊,你这一走,咱们这一支可就只剩下俺一个了!韩老海在一旁劝他:南山老哥,你别太伤心了,福东走了,你可要多保重啊!咱们这身子骨儿可都折腾不起了!话音未落,门外又传来一阵哭声:福东叔啊,你咋走得这么急啊!都怪侄儿啊,侄儿不孝啊……是刘少军,他来哭丧了!他哭了半天,也没有人劝,径自号了半天,逐渐安静下来。我听到韩老海问他:定下来了吧?刘少军说:马鞍山的事儿现在上头盯得太紧,另外,马鞍山下一步可能会进一步开发,纳入镇上和区里的整体规划,这个时候是不能动一分地的！即便是现在安葬了,将来如果规划下来,还要再迁坟,那更是麻烦,还不如先葬在祖坟老林。韩老海沉默不语。我的怒气腾地一下就起来了,冲出灵棚,对着刘少军吼道:刘少军！要不是你强夺我爹马鞍山的承包权,他怎么会一病不起？又怎么会这么早就走了！你给我滚！刘少军没想到我会发这么大的火,一时间一句话也说不上来。刘南山颤巍巍地走过来,出其不意地抬手就打起了刘少军,边打边数落:你这个不肖子孙,屁大的官都不算,却做了那么多对不住家族的事情！今天当着福东的棺材,我打死你！刘少军一开始不还手,跪在地上任由刘南山打。后来众人看不过去,都过来劝,刘南山还是打。韩老海看劝不住刘南山,就对刘少军说了句:你还不赶紧滚啊！刘少军对着棺木磕了个头,就头也不回地走了。

上马鞍山无望,韩老海只好和我商量,还是先把我爹下葬祖坟老林,待以后再作打算。我想了想,事已至此,也只能这样了。我爹老老实实一辈子,从来没有和麻庄的任何人有过任何过节。他在马鞍山上种了酸枣,有调皮的小孩趁着大人不注意,常常偷偷去摘了吃。我爹看到了,从来不阻止,只提醒孩子:酸枣树有刺,小心别扎着手！还经常会告诉他们哪棵树上的酸枣最好吃。他在山上剪了花椒,无论是丰收还是歉收,总是要留下一大筐子,拿来东家送送,西家送送,嘴里说着:自家的花椒,放心吃！我爹在马鞍山上劳作了半辈子,在麻庄送了二十几年的山货。这些,麻庄人心里都明白着呢。

我看到赵寻根也来了。他哭得很伤心。他是麻庄走出去的能人,村里人都尊敬他。裴瞎子一看到他蹲下,还没哭两嗓子就赶紧拉他起来,说:客屋喝茶！客屋喝茶！赵寻根没起来。我爹活着时对他不错,也知道赵寻根是我最好的朋友。别人来找我,我爹总不高兴,但赵寻根每次来喊我玩,我爹都催促我赶快去。有时候赵寻根来的时候还没吃饭,我爹就让我娘也给赵寻根盛一碗。因为承包马鞍山，我家里粮食多，而且各种杂粮都尽吃。赵寻根家里最困难那几年，我爹还悄悄给他爹赵东发拿过几袋子地瓜干。所以，从昨天开始，赵东发就来家里帮忙了。他和我爹一样，少言寡语，只低头干活。我看到他一个人差不多把厨屋的锅碗瓢盆都刷完了。赵寻根哭的时候，我看见赵东发也在悄悄抹眼泪。韩老海看不下去，走过来，拍拍赵寻根的肩膀，说：好孩子，别哭了，你这样哭下去，君山会更难过。听到他的话，我终于再也忍不住，干号着。赵寻根听到我的哭声，站起来，走过灵棚，进到放棺材的堂屋，在我身边坐下来，双手抱着膝盖，说了句：我来给福东二姥爷守一守。我边哭边点头。平静下来，我对赵寻根说：我爹这仇得报！你知道吗？我爹都这样了，刘少军那畜生还不肯让我爹埋在马鞍山！他连狗都不如！我要是不给爹报了这仇，我都没脸在麻庄父老乡亲跟前活了！赵寻根点点头：你放心，仇早晚都要报！但要从长计议！我点点头，问他：韩慧慧这两天在学校里还好吧？赵寻根说：她还好，一直在埋怨自己，因为麻庄的规矩，她怀孕不能在出殡期间尽孝，她一直为这事耿耿于怀。今天听到放炮声，她就在学校宿舍门口放了个软凳子，在那里朝着西南方向磕了三个头，嘴里还不停地说着爹路上好走的话。我眼角发麻。大姐和二姐听到了，大哭起来。因为韩慧慧怀孕，整个出殡期间她都不能在家里出现。这是麻庄的老规矩，也是张麻子的忠告。如果不是因为这个特殊情况，韩慧慧作为儿媳，论理是要和我一起给爹守灵的。更主要的是，她还要给所有的女客磕头谢客。现在，这些环节只好都省掉了。

我问赵寻根有什么好办法，把刘少军尽早从村支书的位子上拉下来。赵寻根沉吟了一会儿，看着棺木说：当着老人家的面，咱先不讨论这个。总之我已经有了一个办法，我们要尽量做得不动声色，借助上面的力量把公道讨回来！我点点头：等办完我爹的丧事，咱们再从长计议。赵寻根说：好，我这就去和刘少军谈谈。我们先来点文火，文火烧温水，温水煮青蛙！

说完，赵寻根站起来，我也站起来，想送送他。赵寻根阻止我。我坚持，他也就不再管我。我在众目睽睽之下把赵寻根送到大门口。我知道院子里的人一定会以为赵寻根是专门为奔丧而来，我不能失了礼数。

我不知道赵寻根所说的温水煮青蛙到底是什么意思，但从他的口气判断，他似乎对此很是胸有成竹。赵寻根这个人从小做事就很有分寸，没听他说过一句大话空话。他都是拣有把握的话说，有些事情宁可只做不说，也不会只说不做。我知道靠我一个人的力量扳倒刘少军很难，这从我写的举报信泥牛入海不难看出来。现在刘少军正全力以赴建小康楼，上面的人都看好他，他也算是他们眼中的大红人。所以，和刘少军斗，我只有借助赵寻根的力量。赵寻根虽然只是一个大学副教授，但他凭借文学的因缘际会，结识了区里和镇上的不少领导，只要他愿意，可以随时把刘少军拿下来。何况他是一个十分有头脑的人，可能在斗狠上不敌刘少军，但在斗智斗勇方面，绝对自有一套。刘少军在新坟场拿地这件事上不配合，赵寻根为了解决这件头等大事，一定会让刘少军尝到一些苦头。想到这里，我对着爹的棺木小声说：爹啊，你放心地走吧，儿子一定会替你出这口恶气的！说完，我仿佛看到棺木动了一下，里面传来一声重重的叹息。那叹息是如此清晰，又如此沉重，这是半年来我听到的最多的声音。爹每天卧在床上，从早到晚，无时无刻不在发出这样的声响。有时候这叹息声让我喘不过气来，有时候让我感觉头皮发麻。爹就是这样在自己的一声声叹息中走的。这个声音，我太熟悉了。不光是我，连我姐都听到了爹在棺材里的叹息声。我二姐说：我们要不要打开棺木看看，爹是不是还活着呀？大姐呵斥了她一句：老二你瞎说什么呀！君山亲眼看到爹咽气，医生还检查了半天，你说的情况是不可能的！大姐说完看看我，我苦笑了一下：爹要是真能活过来那就太好了！可惜爹不会……我嘤嘤嘤哭起来。从爹刚才的一声叹息声里，我分明听出了他的不甘心和不相信。不甘心的是他就这样带着满心的遗憾走了;不相信的是他的儿子是否有能耐能够为他出这口恶气。他之所以在临走的时候千叮咛万嘱咐,不要再和刘少军较劲,就是担心我搞不过刘少军。他和刘少军交过手,知道刘少军的阴险与诡计。他不相信自己的儿子是刘少军的对手！所以,他一直在叹息。活着时在叹息,走了以后仍然在叹息!

礼毕,棺木下葬。下葬时由裴瞎子定准棺位,确保棺材前首正对着西南方向。然后,将事先准备好的九条金鱼放在了棺木旁边。这些都完毕,韩老海喊我近前,说道:君山你来看看,这个位置行不行?我看了半天,没看出有什么不妥,就点点头说:行。韩老海说:那你把哀棍扔进去,然后铲第一锹土。我扔了哀棍,本家手里的哀棍也都跟着扔了下去。我接过一个本家递过来的铁锹,感觉足有千斤重,迟迟不肯铲土。韩老海小声说了句:吉时已到,入土为安！我手颤抖着铲起一锹土,放在了棺木上,棺木发出砰的一声响。韩老海对着旁边的几个本家摆摆手,他们立即挥舞起铁锹,一锹锹土砸落在棺木上,一开始是咚咚咚的响声,慢慢地就变成了噗噗噗,再后来就只有呼呼呼的铲土声了。看着棺木逐渐淹没在土中,我放声大哭。不一会儿,原地就起了一个大大的坟包。裴瞎子把一捆大葱埋进坟头,说了句:人土俱安！大家就此散去。走了几步,我又回头看了一眼那个大大的坟包,心里说:爹,下次来看你,就要等过年了！泪水无声地滑落下来。

第十六回　赵寻根他借力打力诡计多端

刘少军够狠。

我没想到刘少军会不让刘福东下葬马鞍山。刘福东活着的时候，他硬生生地把承包权夺了去，这也罢了。刘福东死了以后，想入土到自己心心念念一辈子的马鞍山，这事搁谁恐怕都会答应下来。但刘少军就是出人意料地拒绝了，不但不给韩老海面子，更不给刘君山面子，甚至连死人的体面都不顾惜。这个刘少军，实在是太过分。他这样做，无非是要释放两个信号：一个是他铁面无私，为了不影响马鞍山的地貌，为了麻庄的整体规划，即便是自己的本家老叔，也不能讲情面；另一个信号是他要借此堵住麻庄和上头所有人的嘴巴，凡是想打马鞍山主意的人都免开尊口，包括打消我想在马鞍山脚下划出一块坟地的念想。刘少军这个人实在是很复杂，也有着过人的聪明，不好对付。他上次带我看小康楼西南方向的那块地皮，是想告诉我，只要他肯帮忙，为祖坟找一块风水宝地是可以办到的。但具体怎么办，他并没有表态。只要他还主导着麻庄小康楼的建设，他就有处置那块地皮的权力。如果满足他的要求，说服刘君山向他低头，他或许可以帮我把地拿到手，但这显然不是我的风格。我不可能和刘少军联手对付刘君山。或许，是时候借助区里和镇上的力量了。

刘福东下葬第二天，我悄悄地沿着小龙河岸走了一圈，回来后又顺着麻庄中间的大路看了一下前后村。如果改造塌陷地建成主题公园，麻庄要搬迁一半的话，以中心大路为界，最北边搬迁到小龙河沿，最南边恰好搬迁到刘君山这一排。北半个麻庄搬迁改造成湿地主题公园以后，我爹和老叔的房子恰好处于全村最好的位置：紧邻湿地主题公园和小龙河。对于麻庄来说，搬迁有搬迁的好处，北半个村正好借此机会住进小康楼。不搬迁也有不搬迁的好处，南半个村可以紧挨着湿地主题公园，成为临水之地。一个是上楼，一个是临水而居，各有好处。从我的内心来说，还是想住在老房子里。毕竟，老房子都有一个小院子，也更符合居住习惯。更重要的是，麻庄湿地主题公园建成，距离最近最为方便的就是我们家的老房子了。

想清楚了这些，我给鲁山发了一条微信：鲁局长，这两天是否有时间？到麻庄塌陷地和马鞍山来实地考察一下。鲁山很快就回复说：明天上午就来！我马上安排人通知西暨镇有关人员，到时候我们在麻庄村口会合！我回复他：好，明天上午见。合上手机，我长舒了一口气，只要区里镇上同步推进，不怕刘少军不配合！

经过一场折腾，刘君山的身体有些撑不住了。他回到小学校就躺到了床上，连续发了三天高烧，还不停地说胡话，说什么爹还没走，还在家里徘徊；还说爹非要我带着他去马鞍山，在那里看了一遍又一遍。爹说自己就是不明白，那么大的一座山，咋就放不下他的一具棺木？刘君山边说边哭。韩慧慧一听，吓得脸都白了。

韩老海把韩慧慧接到了家里。经过了此事，韩慧慧吓得不轻。下个月就是预产期，韩慧慧不敢大意。她也老老实实地待在了娘家。一到晚上，学校宿舍就剩下我一个人，整个校园黑漆漆一片。或许是早就经历过亲人去世的原因，我没有一丁点怕意。自从娘走了以后，我就再也不怕什么鬼啊魂啊的，总觉得有娘在守着我，不怕。就像小时候我吓着了，娘经常拍着我的头说:有娘在,我娃不怕!娘走了这么多年,我却一直觉得她还没有远去,仍旧在陪着我。在我眼里,爷爷和列祖列宗都是一个显现的存在。他们的坟就在果园那里。一想到果园旁边的塌陷地,我的心就隐隐作痛起来。我一个人在操场上散步到十点多,思前想后,考虑明天如何让鲁山和镇上的人接受我的方案。我担心再不能找到一个合适的地方,列祖列宗不久又会给我托梦来了。

鲁山他们来得很早,给我打电话时我还没有起床。他问我在哪里了,我说还在小学校。他说:那我们开车去接你吧!我说:那也好。我赶紧起床刷牙,简单吃了点东西。刚放下碗,鲁山的车就到了。车子停在小学校门口,鲁山下来,身后跟着李刚和王飞以及一个扛着摄像机的小伙子。鲁山看见我,哈哈笑着说,怪不得老弟喜欢住在这里,这里环境好啊,很安静!我笑笑:小学校难得能迎来这么多大领导!你们是不是顺便在这里视察视察?鲁山摆摆手:不敢视察,如果小学校有什么困难,趁着李刚和王飞两位镇领导都在,可以请小学校的校长汇报汇报。我把他们带到办公室,赵无极没想到区里和镇上的人会来小学校,大热天的激动得直搓手。我说:赵校长,刚才区里鲁山局长说了,现在小学校有没有什么要解决的困难?有的话,你尽管提出来!赵无极当然明白我的意思。他赶紧请鲁山他们坐下来,嘴里说着:学校太小了,连个会客室和会议室都没有!只能委屈各位领导在这里将就了。李刚和王飞看了看办公环境,皱了皱眉头。李刚说了句:不是给各村都说过了吗,要想办法改善各村学校的办学环境,看来麻庄在这方面做得不够好!话音未落,只见刘少军匆匆忙忙从外面进来,满头大汗地说:不好意思,各位领导,不知道你们要来麻庄视察,有失远迎有失远迎!几个人都不怎么搭理他。只有镇长王飞点了点头说:少军书记年轻有为,麻庄的各项工作一向都走在全镇的前列的!说到这里,王飞停顿了一下,他在斟酌词语。李刚脱口而出说了句:这小学校的办学环境的确需要改善一下！赵校长有没有跟村委会说过啊？赵无极连忙回答：说过几次，说过几次。刘少军赶忙接话说：村里财政困难，一直没……李刚脸色严肃起来：我刚才看到村口墙上的标语，不是写得很好嘛：再苦不能苦孩子，再穷不能穷教育！这可不能只停留在口号上啊！村里没有钱，也得想办法筹钱！实在不行，给镇上打报告啊，镇教办可以抽出专项资金嘛！刘少军忙不迭点头说：是是是，我们这就打报告。赵无极也跟着说：感谢镇领导帮我们解决了大困难啊！李刚摆摆手说：是我们做得不够好！一直没说话的鲁山说了句：我们文化局也不是个富衙门，但也愿意以文化专项的方式资助一些图书资料啥的，帮助学校建设一个图书室，充实一下孩子们的课外阅读！赵无极连声感谢。鲁山看看我，我半开玩笑半认真地说了句：都怪我没有请领导们早点过来看看！大家都笑起来，只有刘少军面色窘迫。鲁山说：时间不早了，我们去看看麻庄矿塌陷地！大家纷纷起身，开始往外走。

先去看麻庄矿。塌陷以后，整个矿区已经完全废弃。车子已经无法进入矿区，只能走路。虽然已经塌陷了大半，但核心部分都还在。尤其是坑口，比较完整的还保留着两个。一些采矿设备已经生了锈，但大多保存完好，大型的运输带和设备还矗立在矸子山周围。麻庄矿原来就是个中型煤矿，所有的煤矿形态它都有。鲁山看了半天，说地面上的很好改造，甚至有些根本不用改造。难的是地下部分，要想做成体验性的煤矿博物馆，还需要不少的投入。现在地下采矿的巷道可能塌陷得厉害，即便是剩下完整的，也需要加固，确保安全才行。李刚和王飞直点头：是得投入不少！我指了指矸子山不远处破旧的煤矿办公楼说：那栋楼不知道还能不能用？可以把那里改造成博物馆的展览室，展览以图片和实物为主，辅之以图像，利用现代化声光电手段，把世界、中国、山东、枣庄、麻庄的煤矿历史分别展示一下。这样的话，博物馆建成之后，可以让来参观的人在这里感性地了解一下煤矿文化，然后通过煤矿保存下来的实物来感受煤矿实景。再有兴趣的可以进入地下巷道，体验煤矿工人采煤的完整过程。煤矿博物馆慢慢做大做强，重在煤矿工业文化的保存和传播。至于资金方面，我建议除了争取政府拨款，还可以从中兴煤矿那边取得合作。据我所知，中兴煤矿作为百年老矿，也需要在煤矿文化方面做一些工作。鲁山频频点头：这是一个大工程，我们要做就做成标杆性的煤矿博物馆。我看可以分成两到三期来做，第一期先把项目立下来，做做基本的建设；第二期再做进一步大的投入。王飞皱了皱眉头说：具体需要镇里做什么？李刚接过话头：对于这样的大工程来说，资金方面我们能拿出来的很有限。鲁山笑笑：资金的事儿不用你们担心，需要你们做的就是施工上的协调，还有麻庄搬迁。他说着指了指旁边的塌陷地：我们下一步还要把这几百亩水域变废为宝，做成湿地主题公园，和煤矿博物馆连成一体。湿地主题公园涉及了半个麻庄村子的搬迁，靠近小龙河和塌陷地的可以就此搬进小康楼。李刚看了看一直保持不远不近距离的刘少军，问道：小康楼预计什么时候可以封顶？半个村子的人都上楼的话房子够用吗？刘少军看看我，说道：小康楼已经开工了，我们的建设速度很快，估计今年年底应该可以建好一半。如果按照原来的规划，小康楼难以安排麻庄一半的住户。但最近我们拿回了马鞍山的承包权，又把地基扩了接近一半，完全可以满足半个麻庄搬迁的需要。王飞点点头说：搬迁工作比较复杂，是最容易影响干群关系的工作。最重要的是把群众的思想工作做好，小康楼是一个吸引他们的地方，这个不比原拆原建，工作应该好做一些。鲁山说：那我们现在就去小康楼工地上去看看！顺便看看马鞍山的情况，看怎么和湿地主题公园一起开发！刘少军一愣：怎么？区里要开发马鞍山？话一出口，刘少军立即意识到有些唐突，连忙又说了一句：我没别的意思，我们现在正在进行的小康楼和汽配城两个工程的建设，都在马鞍山脚下，占了不少的山地，只剩下半山腰和山顶……刘少军说着看了我一眼。我只笑不说话。鲁山说道：听说你们已经把马鞍山的承包权收回到村委会了，这很好，正好可以搞山体开发。资金方面还是由区里出面筹措，镇上和村里主要是配合提供用地。顿了一下，他又说：我们现在的思路是把麻庄矿博物馆、塌陷地湿地改造、小康楼建设和马鞍山的开发综合考虑，这四大工程如果都能顺利落地，将大大改善整个西暨的村居面貌，也把美丽乡村建设落到了实处，同时也为下一步的文化旅游基地打造打下一个坚实的基础！西暨是全区的南大门，是对外展示全区文化旅游的重要窗口。关于这一点，我已经向区委主要领导作了详细的汇报，区委领导指示我们文化局，尽早编制规划，把这个作为全区的重大工程，上报市里面，全力做好，并明确这些工作由文化局牵头，我感到自己肩头上的担子很重啊！好在有赵作家这样的专业人士做我们的首席专家！刘少军显然没有料到鲁山局长会提到我，更没想到这些都是我的创意和策划。他十分诧异地看了看我，表情很是复杂。我的心中有些暗暗得意，同时，也有一些担心。鲁山这么早把我抬出来，不符合我一向坚持的少说多做和只做不说的风格。不过这样也好，让刘少军知道这一点，或许能让他帮我尽早拿到新坟场的地皮。只是，这个过于聪明的家伙会不会在暗中给我使绊子？

小康楼的建设速度确实很快。我上次来看的时候还正在打地基，现在居然已经起了两层楼了！可见刘少军这段时间确实抓得很紧。李刚和王飞显然也没有料到小康楼建设速度居然如此之快，他俩站在工地边上，用手搭了凉棚，看了看整个工地。只见远处的五台塔吊转来转去，上上下下如同穿针引线；近处的小推车飞来跑去，好像这里不是工地，而是战场一样；再近处的两台大搅拌机几乎在不停歇地全速运转，水泥、沙子和石子一车一车地进去，水泥浆一筐一筐地出来，被迅速运往各个施工口。鲁山对我说道：老弟，你这都看到了吧？什么叫基建狂魔？这就是！咱们这就叫西暨狂魔速度！有这样的速度，你就不用担心四大工程的进度了吧？我笑笑：有没有兴趣爬爬马鞍山？在山上看可以一览无余！鲁山来了兴致：走，我还真没爬过马鞍山呢！李刚和王飞互相看看，笑了笑，只好陪同。刘少军也跟了上来。至于那个扛摄像机的小伙子，鲁山对他说了句：扛着机器上山不方便，你就在下面和司机小李一起等我们吧。小伙子笑着点点头。

虽说马鞍山不算高，上山的路经这些年刘福东的打理，也非常好走，但对于坐惯了办公室不常爬山的鲁山来说，还是有些气喘。好在山上不时地可以看到一些酸枣之类的果子，几个人边走边摘野果子吃，不知不觉便来到了马鞍山的半山腰。路过小石屋时，鲁山问了句：这石头屋子不错，材料全是就地取材，很有特点！应该好好保存下来。刘少军直点头不说话。我忍不住说了句：这屋子是之前承包马鞍山的刘福东一块石头一块石头垒起来的！他刚刚去世没几天！鲁山听了，点点头：将来马鞍山开发好了，不应该忘记这些人！到了山顶，阵阵凉风拂面而过，甚是凉爽。从山顶往下望去，整个麻庄周围的风景尽收眼底。可以看到麻庄东北面的麻庄矿高高耸立的矸子山，也可以看到旁边烟波浩渺的塌陷地水域，明晃晃的；小龙河蜿蜒着绕麻庄向西而去，恰似一条巨龙一样；稍近处的小康楼工地，车来人往，一片热火朝天的热闹景象；旁边的汽配城建设也正在进行，园区内正在做着路面硬化工作。鲁山指着远处的煤矿、湿地方向，再指指近处的小康楼和马鞍山脚下，异常兴奋地说：以麻庄为中心，这四处地方正好连成一片，成一带状分布，四大工程建成以后，这里将是一个很壮观的景观带！我点点头说：这会是一个大手笔！鲁山转脸对李刚说：怎么样，李书记？咱们这个规划还可以吧？这个要是搞成了，你这也算是“为官一任，造福一方”了吧！李刚情绪也很高涨：这个大工程，我十分期待！我们一定会举全镇之力全力支持！请鲁局长放心！王飞也表态说：以前没这样实地看过这一带，现在站在这个地方，还真有一种天翻地覆慨而慷的感觉！鲁局长的这个谋划,真是太好了！鲁山看看我,对我竖起了大拇指。这个动作被刘少军看到了,他沉默不语。我感觉这次让鲁山来马鞍山实地考察的目的已经达到,心中暗自得意。

从马鞍山上下来,我心情愉快。刚走到山脚下,突然看到万燕燕给我的一条微信留言:我要结婚了,你来参加婚礼不？咱作家班我可只请了你一个！我一愣,随即回复她:祝贺大婚！我在老家办事,大喜的日子定在何时？如果有时间,我争取去道贺！万燕燕很快就回复说:日子定在下个月15号,周末,你应该有时间！我说:好。万燕燕回了一个笑脸。

走到马鞍山山脚下,肚子饿得咕咕咕叫起来。鲁山对着我大手一挥:走,我们去镇政府的食堂去吃羊肉！今天他们弄了个全羊宴,难得一见！我们去看看。我点点头说:好。李刚笑笑说:食堂条件有限,就怕鲁局长和赵作家吃不惯！王飞也附和道:鲁局长和赵作家见多识广,今天屈尊尝尝我们西暨的全羊宴,今天上午专门请了镇上最好的羊肉馆大厨,也用了最好的山羊食材,希望能让二位满意！鲁山哈哈哈笑着说:都是自家人,客气啥！

刘少军把我们送上车,王飞镇长招呼他一起去。他很客气地说:小康楼工期紧张,我还是在工地上凑合着吃一点吧！就不打扰各位领导用餐了！鲁山和李刚点点头,拉上了车门。王飞说了句:刘少军这个年轻的村干部还是可以好好培养培养的！这几年为麻庄和西暨做了不少工作啊！李刚和鲁山都没吱声。

第十七回　刘少军他既要人算也要天算

小车呼啸而去，卷起一片尘土。我朝着小车的方向吐了两口唾沫。这半天的参观，让我心情异常郁闷。真是人算不如天算，我算计来算计去就没算计出会出现这一幕！更没想到在小康楼的关键时刻杀出一个如此棘手的赵寻根。

没想到表面憨厚的赵寻根也会跟我来这一套。我原来以为他就是一个从麻庄走出去的纯粹的读书人，偶尔写一点小说的作家罢了，万万没想到他对权数竟然如此热衷和娴熟。看来，赵寻根早就不是我原来以为的那种老实本分的人了。在麻庄的时候，他家里穷，虽然不至于谁都敢欺负他，但总归被我瞧不起是真的。他小时候唯一的优点就是学习成绩好。我爹每次教导我总是以他为榜样，说你看人家那赵寻根，学习多认真！后来我爹看我在学习上实在是扶不起来的阿斗，就彻底灰了心，不再指望我能在学习方面为他老人家在麻庄挣得多少面子了，只好让我跟着他贩粮食，挣几个小钱。但我和赵寻根比，也并不是一无是处。自从我当上了村干部以后，我爹看我的眼神就不一样了。他终于感觉到他的儿子还是有点本领的，不是一个吃白饭的无能之辈。他自然知道在麻庄当一个村干部是多么不容易，韩老海之所以干了十几年的村支书，就因为在麻庄没有人能超过他。他心甘情愿地让我接了他的班，这本身就说明了一个问题：我是麻庄的龙中龙凤中凤。从当上麻庄的村干部那一天开始，我就立下了超过韩老海，带领麻庄走上小康之路的志向。别看韩老海表面上人五人六，其实他给我留下的说不上是什么好摊子。他当村支书那些年，虽然也在麻庄做了几件大好事，什么兴建小学校了，什么给五保户建房子了，什么给困难户发补助了，等等，给他赢得了不少的人心和口碑。可是，整个麻庄竟然没有几个人认识到，韩老海做这些的底气何在？那是因为手里有钱呢！麻庄矿就不用说了，光是那个麻庄砖厂，每年就能给村委会带来近百万的收入。在当时整个西暨的村办企业里面，麻庄砖厂可是赫赫有名的纳税大户。有了这些收入，他韩老海才能在麻庄做这做那。相比较村委会的巨额收入，他做的那些事显然还是不成比例的。至于其余的那些钱到哪里去了，只有天知地知韩老海知。韩老海干村支书的那些年，麻庄连专职的村会计都没有，他一个人既当村支书又当村会计，钱进钱出都是他一个人当家做主。而等我接了班，才发现村委会的账户上不但没有了一分钱，而且还欠西暨羊肉汤馆两万元的白条。如果不是我急中生智，把鱼塘划为宅基地，卖了以后给村委会填上了欠账，并有了一些积蓄，接下来才能启动麻庄小康楼的建设。说到这个小康楼项目，只有天知道我费了多大的劲，伤了多少的脑筋！吃透上面的新农村建设的文件精神不说，就是上百亩的地皮问题就难倒了整个西暨多少村支书？他们无法解决盖楼的地皮，就不能争取上面的无息贷款，没有贷款何谈搞基建？眼看着小康楼即将建成，麻庄父老乡亲可以成为在整个西暨率先上楼的村民，我也因此有望能高升一步，哪里知道半路上却杀出个赵寻根！

我承认自己低估了赵寻根的能量。看着他和区里和镇上的领导的一唱一和，我感觉自己肺都快被气炸了。我就不明白了，你赵寻根不就是一个大学副教授吗？搁以前，就是一个臭老九嘛，为啥现在区里和镇上领导对他如此高看？更气人的是，他竟然还成了区里四大工程的首席专家！苍天啊，大地啊，你还能长长眼睛吗？如果不是亲眼所见，你就是打死我我都不敢相信这些。尤其是那个文化局的鲁局长，显然对赵寻根是言听计从，把赵寻根看作山神一样的人。区里领导重视，镇上的两位领导更不敢怠慢。对于赵寻根和区里领导的关系，我之前虽有耳闻，但也觉得不过是表面的认识而已，现在看起来赵寻根和他们的关系绝对不一般！从鲁局长对他的特别器重来看，他们之间已经到了称兄道弟的地步。如果我没猜错的话，所谓筹建煤矿博物馆、塌陷地湿地主题公园和马鞍山改造，加上小康楼这四大工程，应该是出自赵寻根之手。果真如此，赵寻根的胃口未免也太大了点！我虽然只是小小的村支书，却也知道胃口太大是官场上的大忌。以前，我只想到了建小康楼和改造小龙河，而你赵寻根居然要当区里四大工程的首席专家，虽有文化局在背后撑腰，但树大招风，你想独揽贪天之功那是不可能的！你做这些表面文章的目的只有我心里最清楚，你如此机关算尽，无非是为了给老赵家的新坟场拿到一块风水宝地。这个小九九，用电视上比较时髦的一句外交语言来说，这个才是你的"核心利益"！我只要抓住你的"核心利益"，哪管你搞什么四大工程八大工程，都是白费劲！空欢喜！我一定让你赵寻根竹篮打水一场空！你不是要打马鞍山的主意吗？那我现在就把马鞍山转包出去！现在你们的计划还只是一张大画饼，趁着你们还没有形成纸面文件，还没有实施，我就来个釜底抽薪，让你们巧妇难为无米之炊。

想当初，为了拿回马鞍山的承包权，我费尽心机，不惜得罪了刘君山，逼死了我的本家老叔，现在决不能拱手送人，让你们这帮孙子捡了个大便宜。既然已经在刘君山那里落下了恶名，那我索性就恶人做到底，让马鞍山的承包权肥水不流外人田。我和刘君山是本家，我爹刘南山和刘福东是亲堂兄弟，如今刘福东一命归西，这个承包权落到我家头上也实属正常，知道情况的麻庄人也说不出什么不好来。正好我二哥刘少民有心回麻庄,让我给他找个地方办养殖场。二哥说这年月城里人就喜欢吃野鸡,有眼光有能耐的人都到四川贵州云南那边去承包山头,开起了养鸡场,生意好得不得了,这边鸡还没长成呢,那边订单就来了,简直是供不应求。二哥在枣庄县城黑道上混了这么多年,他想金盆洗手,我这个弟弟不能不帮衬帮衬。当年,我之所以能当上麻庄村的支书,当然和他延伸到西暨的影响也不无关系。当初之所以把马鞍山的承包权从刘福东手里夺过来,有扩大小康楼建设的考虑,当然也有我自己的一点私心。这私心就是为二哥刘少民回到麻庄做准备。现在想来,幸亏我行动早,要不然马鞍山的承包权还不知道会落到哪个王八蛋的手里呢。

我当然也知道刘君山为了夺回马鞍山承包权在背后搞我。可惜,他不明白西暨现在的镇长也就是以前的纪委书记王飞和我的牢靠关系。从他开始写第一封举报信开始,王飞镇长就掌握了情况。那天,我正在马鞍山的山脚下琢磨着小康楼的地基线到底划到哪里,还是纪委书记的王飞突然给我打了一个电话:少军,你立即到镇上来一趟!我当时就有些奇怪,因为二哥刘少民的原因,王飞书记一向对我很客气,怎么这次口气如此严厉?我不敢大意,赶紧开车去了镇政府。镇政府离麻庄不太远,十几分钟的车程。麻庄镇纪委、法庭、监察室和政府都在一个大院里办公。这座20世纪80年代末期兴建的政府大院在当时算是很不错的了,两层小楼,呈“U”形分布,院子宽阔,绿树成荫。各个科室的办公室占据着“U”形的中间部分。镇党委书记和镇长以及组织科、宣传科、办公室等较为核心的部门都在二楼。其余科室都集中在一楼。两边分布着食堂和派出所以及法庭等。当年的两层小楼现在看来,已经墙壁斑驳,颜色灰暗,变得很不起眼了。从当年最好的一座大楼沦落到现在的最矮最旧的建筑,只不过用了十几年的时间。即便是与周边的棉纺厂和汽修厂大楼比起来,也显得寒碜很多。王飞镇长曾经有过把旧楼拆掉,新建一座更加气派的政府大楼的想法,但李刚书记上任以后,坚决否定了这个提议。他说:政府部门就应该是简朴的,豪华的那是企业家办公室,不是人民公仆。我看这个两层小楼就很好,旧是旧了点,但只要还没成为危房,能用还是要坚持用。什么时候整个西暨真正脱贫了,我们再盖新楼不迟!李刚书记这样坚持,王飞镇长也就只有顺从。乡镇一级的党委政府关系很单纯,镇长要无条件服从党委书记的领导,有事互相商量,但最后往往是书记拍板。一旦拍板,镇长有意见也只能保留。到了村级,更是如此。这也是我为何一定要做麻庄村支书的根本原因。不如此,根本不好实现自己的想法。

为了不引起镇里其他领导的注意,我特地把车停在了镇政府的外面。

门岗都相熟得很,他们也知道我二哥和市公安局局长经常在枣庄榴园大酒店一起喝酒吃饭,彼此都称兄道弟。经过门岗,他们不但不阻拦我,还嬉皮笑脸地对我敬了个很不标准的礼。我也嬉皮笑脸地朝他们挥了挥手。来到纪委书记室,我看到王飞虎着脸,正在那里抽烟。他看到我,指指办公桌旁边的沙发,示意我坐下来。我屁股还没沾到沙发上,他就扔给我一打A4纸,上面密密麻麻打满了字,第一页很显眼地写着:关于麻庄村支书刘少军骗取马鞍山承包合同及其腐败行径的举报信。我一看倒吸了一口凉气,这是谁啊?竟然敢写我的举报信?我翻到最后,落款是麻庄村一村民。除了最后一行日期是手写的以外,其余都是用电脑打出来的。匿名信?我问王书记。王飞点点头:幸亏是匿名信,如果是实名举报,我们就得立即调查你并给予回复!现在是匿名检举,我们就能以证据不足为由不予理睬!顿了一下,王飞书记脸色严肃地问我:刘少军,你给我说句实话,这封匿名举报信里所说的可都是真的?我又迅速浏览了一遍举报信,后背禁不住直冒冷汗。从这封检举信可以看出来,这个人对我在麻庄的情况相当了解,哪一年上任,卖了多少宅基地,资金的去向,建小康楼的真实目的,等等,基本上都掌握得很全面,有一些虽说是推断,但也基本上是符合实际的。更关键的是,写这封匿名信的人对马鞍山的情况了解得更详细,刘福东承包马鞍山的前前后后,以及如何把马鞍山由荒山秃岭改造成了青山绿岭,交代得十分详细。对于我如何劝说刘福东交出马鞍山的承包权以及张会计如何骗取承包合同等等,也十分了解。看到这里,我一下就猜出来写匿名举报信的人了。我对王飞书记说:我知道是谁写了这封信,我能查到他的笔迹,可以拿来比对一下。王飞点点头说:用电脑写的你也能查出来笔迹?我说:能查出来,最后一行日期是手写。王书记说:那好,你去查实一下,如果只是一个普通麻庄百姓,我建议你私下解决就可以了。我就担心不是麻庄的人,而是背后有人指使,以你作为突破口,来查办你二哥刘少民!上次和你二哥在榴园大酒店吃饭,当着我的面,市公安局局长已经警告过他,目前全国上下正在开展扫黄打黑行动,让他趁早收手回家种田,也不知道他听进去了没有。所以,我看到这封举报信就很紧张,很替你们兄弟两个担心啊!我最担心的不是你,你能有什么问题?根据全镇已经暴露出来的问题,村干部无非是贪污一点钱,生活作风不是太好等等,其他都没有太大的毛病。但你二哥刘少民的问题不一样,只要和打黑扯上了关系,搭上了边,就没个跑,而且是严加惩治!并且要深挖背后的保护伞!我的这颗脑袋可就系在你们哥俩的腰带上了!所以,我希望他能够平安落地,早日回到麻庄,老老实实种田,搞点合法的买卖!我点点头,说:我这就去比对一下笔迹,今天就给你答复。王书记点点头说:一定要找出这个人,看看他的动机到底是什么?针对的是你,还是你二哥,有情况一定及时和我通气!

我不敢大意,从镇政府回来直接去了小学校。赵无极和韩慧慧两个人在办公室里批改作业。赵无极看到我,愣了一下,站起来问我有什么事吗。我朝他摆摆手:没什么事,赵老师你忙你的!我找下韩慧慧。赵无极看了看韩慧慧,拿起桌面上的课本说道:我去看下五年级的课堂,最近那边老是有学生捣乱！说着就走出去了。韩慧慧看看我，脸色一红，说：刘支书找我？我坐到她办公桌对面，问他：这是刘君山的办公桌？韩慧慧点点头：对，他这会儿正在上课！你找他吗？我去叫他来！我摇摇头说：不用了，我过来随便看看。说着，我从刘君山桌子上的一大摞作文本中抽出来两本，翻到后面的批语，仔细看了看每一篇末尾的日期，想用手机拍照，看到韩慧慧一脸的疑虑，就算了，放回了原处。我担心韩慧慧已经猜出了我的来意，站起来，走到她身边。她更紧张了，说道：刘君山马上就下课了！我笑笑，对韩慧慧说：你放心，我来这里没有什么事，我这就走。但我想提醒你，最好不要告诉刘少军我来过这里，不然他又瞎想。在他情绪不错的时候，你也好好劝说他一下，过去的事儿就过去了，别再钻牛角尖了，那没有什么意义！韩慧慧似懂非懂地点了点头。我轻轻拍了拍她的肩膀，转身走了。我能感觉到韩慧慧瞪了我一眼。

关于我和韩慧慧，我并不想在这里说得太多。我、韩慧慧、刘君山和赵寻根四个人从小玩到大，只不过在村里人眼里他们三个都是爱学习的好孩子，我就是那个最调皮捣蛋的一个。他们三个读了大学和高职高专以后，也自以为不会再和我发生联系。但事实证明，他们都还没有走出我的手掌心。整个麻庄都是我刘少军的，只要他们的人在这里，他们的根还在这里，就得服我的管。其实，我对刘君山和赵寻根并不太在意，我在意的是韩慧慧。自从那次很意外地从两个歹徒手中救下她之后，我就把她看作了可以交心的人。这当然和韩老海有关，更因为韩慧慧对我没有别人那样的偏见。对此，我心知肚明。哪怕麻庄全村的人都在心里骂我，在背后戳我的脊梁骨，韩慧慧也不会跟着起哄。即便是我没有救过她，她也是这样一个有善心的女人。上小学的时候，当所有的孩子都不跟我玩时，只有她肯让我牵她的手，让我和她一起玩过家家。直到后来被我逼着做大人的游戏惹得烦了，才开始讨厌起我来。那时候，我上树掏过鸟蛋，为此掏出来一条大蛇;我下河捉过老鳖,为此手被咬了个大血窟窿,差点丢掉一节手指;我上山打过野兔山鸡,为此活剥生烤了一窝小野兔;我钻芦苇荡采过野草莓,为此看到了村里的曹傻子和女疯子的好事;我大半夜去过果园门口的老石屋,为此看到了曹傻子偷偷摸摸抱走了女疯子生下的红旗。总之,麻庄的人几乎都不怎么待见我,所有的"好孩子"见了我都躲得远远的。即便如此,韩慧慧还是没有拒绝我。我有两个哥哥和一个姐姐,就把韩慧慧当作了唯一的妹妹。关于这一点,韩慧慧或许永远都不会知道,其他人更不会知道。或许是天意,那天让我在玉米地里救下了韩慧慧。要不是和李香兰结了婚,我或许会有机会和韩慧慧在一起。韩老海之所以让我接他的班,恐怕也不是没有这个意思。只是,我自知和韩慧慧的差距不小,她是高职生,小学校的正式工,而我不过是麻庄的普通小老百姓,至于这个小小的村支书,在韩慧慧眼里,不过是个屁大的官而已。韩慧慧嫁给刘君山那一天,我去喝他们的喜酒。那天有两个人喝多了,一个是赵寻根,另一个就是我。我虽然不知道赵寻根为什么会喝得酩酊大醉,但我知道自己是为了掩饰心中的痛。那天,李香兰把我扛回了家。我却把她当作了韩慧慧。我把李香兰按倒在我的身子底下,嘴里喊着慧慧慧慧慧慧。我听到了李香兰的哭声。正是从那一刻起,李香兰就下定了和我离婚的决心。

那天出了学校大门,我赶紧给王飞发了一个短信,告诉他已经做了笔迹相似度对比,查出了写匿名信的人。这个人动机很单纯,不必有什么大的担忧。发完短信,我长舒了一口气,心里说:这个榆木疙瘩刘君山,真是自不量力！不就是为了马鞍山的承包权吗?竟然还写了我的举报信!

我以为这件事就这样掩饰过去了。刘君山平静了一段时间。我想应该是韩慧慧的劝说有了一些效果。没想到的是,刘君山并没有就此罢休。他又写了第二封举报信,这次还来了个大升级,写给了区纪委!区纪委一个电话打到镇纪委,幸亏是王飞书记接的电话。他不动声色地说已经掌握了相关的情况，正在调查。王飞书记为此又把我叫到办公室，问我不是找到举报人了吗，为何还没有解决好这个问题！我只好说问题有点儿棘手，举报者是个书呆子，不听劝！我再去做做工作。王飞书记抓住我的胳膊：记住，不要因小失大，千万要重视这个举报信！现在全党严查村干部腐败，你可不要在这个时候往枪口上撞啊！我点点头。王飞书记又说了句：当务之急除了劝说那个写举报信的人，还要赶紧把小康楼尽快完工，这是你的一个大政绩工程，有了这个，即便是有一些杂音那也是无法影响大局的！听了王飞书记的话，我决心来个“两手抓两手都要硬”，一是加快小康楼的建设步伐，二是赶快摆平刘君山。万万没想到的是，这两件事同时遇到了大问题：刘君山那边还没等我行动，刘福东竟然溘然长逝！这个节骨眼上，让我怎么去劝说刘君山？为了小康楼的建设，我又拒绝了刘君山在马鞍山安葬刘福东的要求，这更增加了他对我的仇恨！这个结怎么解开是现在面临的一个大问题。现在小康楼的建设本来是已经开足了马力，眼看着就要大功告成，半路上又杀出了赵寻根和背后的鲁山，要什么四大工程！还把我的小康楼计划吞并在了这个所谓的大工程里面，大大削弱了我在这里面的功绩。这真是屋漏偏逢连阴雨，福无双至祸不单行啊！这两个大问题逼迫着我向赵寻根和刘君山低头让步！怎么办？

天气晴朗，有一点儿闷热。站在小康楼不远的高岗上，我一边看着在工地上跑来跑去的小推车，一边听着噼里啪啦的盖楼声。这声音在我听来是如此动听。这声音里有着麻庄人几代人的梦想，更有着对新时代的期待与向往。无论如何，小康楼的建成，对于麻庄，对于整个西暨都是开天辟地的大事。在风水宝地的鲁南周边，伏羲女娲创造了人类，有巢氏给人类创造了居所，我刘少军建造了小康楼，这不都是伟大的事情吗？你赵寻根读了博士研究生又如何？你刘君山、韩慧慧上了大学又如何？我刘少军中学毕业，照样创造、改写麻庄历史！

正在琢磨着，我看到一辆小车开上山来。车子在山脚下停了下来，赵寻根从上面下来，车子又开走了。不知为啥，看到赵寻根，我心里突然有了一点儿担心和紧张。这在以前是没有过的。赵寻根一步一步向着我走来。他看到了我，我只能朝他摆摆手。我在心里默念：或许，摊牌的时候到了。赵寻根一脸笑容地走近我。我也一副笑脸相迎。从赵寻根的表情里，我读到了一些意味深长的东西。我对自己说道：记住，每个人都有自己的核心利益，抓住这个，就抓住了问题的关键。赵寻根的体力明显不行，虽然有年轻时在麻庄劳作时打下的底子，但毕竟在城市里待得时间长了，才走了这几步他就有些气喘吁吁了。赵寻根说了句：都说"踏遍青山人未老"，我这才爬了两步就不行了。我笑笑，说道：你现在是城里人了！城里人当然和我们这些乡下人不一样。赵寻根指了指身上的衣服说：骨子里我还是咱麻庄人，除了身上这层皮，其余的还都是咱乡下的，说句不好听的话，就连拉出的屎都带着麻庄的土坷垃味！赵寻根这句话，突然让我有了一点感动。看来，赵寻根这人并不简单。他喘了一会儿，找了一块比较平整的石头，坐下来，同时，也推给我一块石头。我笑笑，也坐下来了。我问他：赵寻根你说我建这个小康楼到底是为了啥？赵寻根愣了一下：这个问题你应该自问自答！我苦笑了一下：我的答案肯定和你的不一样，我想先听听你的。赵寻根沉吟了一会儿，笑嘻嘻地哼了起来：泥巴裹满裤腿/汗水湿透衣背/我不知道你是谁/我却知道你为了谁/为了谁/为了秋的收获/为了春回大雁归/满腔热血唱出青春无悔/……唱完了他就笑。我笑了一下，但很快就板起了脸。赵寻根看我严肃认真的样子，笑了笑说：说真的啊，你搞这个小康楼的确是惊天动地之举，上接国家政策，下对麻庄父老，是一件天大的好事。我一开始从刘君山那里听说这事时还是很佩服你的！我笑笑，继续听他说。赵寻根指了指小康楼的工地，说道：一个小小的麻庄，竟然能有自己盖楼的气魄！而且占据了天时地利人和！没有谁不为此竖起大拇指！你作为这个大工程的策划者和实施者，确实让人敬佩！在这方面，你比我和刘君山、韩慧慧都强得多！我看着赵寻根，他不像是在说假话。我拿不准能不能对他说点掏心窝子的话，但此时我不打算隐瞒自己。我从裤兜里掏出一盒“利群”，抽出一根，点上，徐徐吐出一个大烟圈。赵寻根皱了皱眉头：你不是不大吸烟的吗？看你吐烟圈的样子，怎么这么老练？我苦笑：以前是不大吸烟，但自从开始筹划小康楼，我就开始抽了，而且抽得很凶，一天一包都不够。顿了一下，我又说：其实，盖小康楼我不是没有一点私心！我最大的私心就是借此给自己积累一点往上爬的资本。小康楼是在镇上和区里领导那里都挂上号的人居工程，做成之后，我想借此机会爬到镇政府或者西暨中心社区去任职，那里有着更宽阔的舞台。赵寻根点点头：这是正常的想法！我笑笑：我还有一个小私心，就是自己也能像你们城里人一样住上楼房，盖好了小康楼，我首先自己准备买一套最大的！赵寻根又点点头：太正常不过了！我话题一转，问赵寻根：咱们说句掏心掏肺的话，如果你不是要给新坟场拿地，你还会如此关心小康楼的建设吗？还会策划什么四大工程吗？或许赵寻根没想到我问得这么直白，他愣了很大一会儿，才字斟句酌地回答：你要听掏心窝子的话，我可以告诉你，如果不是要为新坟场拿一块风水宝地，我也会关心小康楼的建设，但不可能这么上心。至于鲁局长说的那个四大工程，其实是灵感火花的一闪念，并没有多少太现实的想法，但这个想法提出来以后，确实对于麻庄乃至西暨的发展至关重要。所以，现在，无论是区里还是镇上，都在大力推进。现在整体方案已获区委主要领导同意，并且刚刚报到了市局，估计很快也会获得原则上的通过。这意味着只要资金到位，这个大工程将很快启动建设。听了赵寻根的回答，我不得不佩服他借力打力长袖善舞的能力。一个大学老师，写小说的人，竟然可以搅动市、区、镇三级来实现自己的大胆想法。这个可是比小康楼要复杂得多的大工程！在这个四大工程面前，小康楼可就小巫见大巫了！怎么办？是融进去还是脱离出来？融进去就意味着小康楼这个小工程被赵寻根的大工程吃掉，小康楼的光环自然也会暗淡很多。脱离出来，可以保证小康楼的原有光环，所有功绩都记在我一个人的功劳簿上，但有可能会失去更大的机会，失去参与下更大一盘棋的资格。再说了，赵寻根步步为营的情形下，小康楼还有没有脱离出去的机会？赵寻根见我沉默不语，笑着说了句：其实说到底，我要想拿到新坟场的风水宝地还得需要你老同学帮忙啊！我似笑非笑地说道：你想做得体面一点的话，那最好由我出面，而且也只有我出面，你才好既立了牌坊又落下了好名声！赵寻根点点头：记得小时候我们这一拨小孩子里面，你是最大胆的一个，也是最机灵、聪明的一个！现在还是如此。我哈哈笑起来说：你这话我半信半疑，说我胆大我接受，说我聪明我不同意。要说我们几个最聪明的，既不是学历最低的我，也不是学问最高的你，而是不高不低的韩慧慧！赵寻根凝神思考了一下，说：你是对的，韩慧慧的确是我们中最聪明的一个。

山下的大路上跑过来几辆大卡，那是给工地运送钢筋和钢管的运输车。我站起来说道：我得下去看一下钢筋合不合格。赵寻根也站起来。我说了句：新坟场拿地的事儿我可以帮你，而且我也想出了一个绝佳的解决方案。我还是那句话，请你帮我说服刘君山，匿名信的事就此收手。赵寻根点点头：我可以试着劝说他，但村里也应该给他一个说法，不然他也不好转过这道弯。我犹豫着说：承包权是不能拿回去了，再说福东叔也过世了，他刘君山是小学校的老师，不可能继续承包马鞍山了。我看看能不能从村里拿出一些钱，作为补偿。赵寻根说：这样也好，一方面做好刘君山的工作，另一方面再找找其他办法。顿了一下，他又说了句：你也知道，我很快就会回彭城了，我无意于在这里久待，我希望能早点拿到那块风水宝地。我点头说：这个我自然明白，但拿到那块地必须等到小康楼完工以后，不然就会名不正言不顺，所以你也不用太着急。这件事我既然答应你可以解决,你就放宽心好了。赵寻根说:那好,只要能尽早拿到地,我赵寻根不但不计前嫌,还会知恩图报!我大概猜出了赵寻根所说的知恩图报是什么意思。看来,小康楼融进四大工程的可能性很大。我一语双关地说了句:但愿这是你我的双赢!说完,我向着工地走去,边走边在心里说:至于刘君山,我可管不了那么多了!这年月,双赢的事儿不少,多赢的事情可不多!

第十八回　韩慧慧她冷眼旁观麻庄事端

在麻庄的这些日子，赵寻根除了和刘少军周旋新坟场用地的事儿，偶尔和区文化局的人小聚之外，一般都待在小学校里看书。他对我说已经读完了《麻庄赵氏家谱》和鲁山交给他的所有关于麻庄的资料，打算回彭城以后开始动笔写早已谋划的长篇小说。他笑着说：这次好不容易和学校调休了一个学术长假，万晓璐也少有的恩准我多在麻庄停留些时日，我得抓住这难得的大块时间。我在麻庄写小说，万晓璐则躲在家里写论文。她要应付评职称，打算明年来个“二进宫”。我其实知道赵寻根是想留下来多陪陪我。还有不到一个月就临产了，他知道我心里有些紧张。

偶尔，我们三个会一起在村子里到处走走看看，一方面散散步锻炼身体，另一方面也找寻找寻我们小时候的记忆，让刘君山的心情好一点。有许多事情我们都还能清楚地记起，但大多早已忘记。

这天，我和刘君山走到村子中心的大碾盘。这里有一大块空地，以前村子里的妇女每天都在这里碾粮食，小孩子在空地周围跑来跑去，打闹着，嬉戏着，很是热闹。现在这里的大碾盘还在，但已经很少有人来这里碾粮食了，村里的小孩也很少在这里玩，显得有些冷清。他们都到新开的面坊去了。新面坊开在碾盘的不远处，更靠近小龙河的地方，是裴瞎子的大儿子开起来的。新面坊很大,机器整天轰隆轰隆响个不停。不但麻庄的人过来打面,周围的几个村子都到这里来。为了扩大生意,裴瞎子还给大儿子出主意,在面坊腾出一些空地,买了一个弹棉花机,面坊兼弹棉花,生意更好了。因为那里太吵,而且棉絮纷飞,我们平时很少到那里去。今天我突然想去那里看看,我和刘君山从碾盘向着面坊方向走。走到一半,突然看到一个梳着油光头发的中年男人和一个穿着西装的小青年,手里各自拎着个大旅行包,在一处老宅子跟前犹豫不决。刘君山说了句:那不是曹傻子家的老房子吗?那两个磨磨蹭蹭的人是谁?我也疑惑不解,说了句:那个油头粉面的人不会是曹傻子吧?我这么一说,刘君山噢了一声:曹傻子可是从麻庄走了十几年了!话音未落,那个穿着西装的小青年转身看到我,很有礼貌地问了句:大姐,这里原来是不是住着一个傻子光棍汉?他的普通话很标准,还带着些许的京腔儿化音。我点点头。小青年看看一脸惊异的我和刘君山,说:我是红旗!他又指了指身边的中年男人说:这是我父亲曹士华,也就是以前的曹傻子!我和刘君山都愣住了,曹傻子和女疯子生下的红旗居然这么大了!而且还这么文质彬彬!只是曹傻子虽然穿戴得很整齐,但人看上去还是有点傻,他竟然连自己住过的房子都不认识了!或许是因为老房子周围都翻盖了新房,让他不敢相信眼前的景象?确认了面前的老房子就是自己的老宅之后,红旗就地捡了一块大石头,砰砰砰把大门上的锁砸烂了。他这个略有些野蛮的动作让我们看到了从前的影子。砸开了锁,红旗一把推开了门,只听见吱呀一声响,门开了,一院子的杂草,足有三丈高。曹傻子和红旗放下手里的大包,开始整理起院子来。我和刘君山帮不上忙,站在门口看了一会儿,边感慨边走开了。

回到学校,我和刘君山想尽快把红旗回来的消息告诉赵寻根。这对于人群都往外涌的麻庄来说,可是一件新鲜事。赵寻根不在,床头上的柜子上留了一个纸条,上面写着:本想在麻庄多待一些时日,好好陪陪你们,写一点东西。但万晓璐突然来电,说有一件大事要宣布。原谅我不辞而别,我们后会有期!赵寻根。即日。我和刘君山心里纳闷,这个时候,万晓璐这么急慌慌地把赵寻根召回去,能有什么大事宣布?赵寻根还单独给刘君山留了一封短信,刘君山看了一遍,也给我看了一下。大意是不要再因为马鞍山的承包合同而轻举妄动,一切等赵寻根的指示行事。我对刘君山说:既然赵寻根这么说,说明他已经有了更好的想法,你正好借此机会调整调整心态,该好好放下了!刘君山沉默不语。

过了几天,我和刘君山散步时,看到曹傻子家的旧房子已经被推倒了,十几个建筑队的人正在忙着打地基。刘君山对我说:看来,曹傻子和红旗在外面发了财了!如今衣锦还乡,要鸟枪换炮了!我笑而不语。不久,一栋漂亮的三层小楼就原地建起来了。这一栋小楼在麻庄很显眼。如果说原来的老房子在周围新瓦房的映衬下是鸡立鹤群的话,那么,现在的小洋楼则有点鹤立鸡群的味道了。不仅楼盖得漂亮,外墙装饰也很时髦,全部贴了大理石和瓷砖。在太阳光的照射下,整栋小楼散发着耀眼的光芒。由此,麻庄的人都知道曹傻子再也不是当年的穷光蛋了,红旗一定是在外面发了大财。这些说法在麻庄里到处飞,自然也传到了刘少军的耳朵里。

几天后的清晨,一个周末。西装革履的红旗突然出现小学校门口,他东瞅瞅西望望,犹犹豫豫地不敢进来。我的肚子大得如同一个快吹到爆的气球,一旦坐在高凳子上就站不起来。我对正在刷牙的刘君山说:红旗在学校门口转悠呢,你去看看他是不是有事?刘君山放下牙刷,满嘴牙膏沫去了学校大门口。一会儿,两个人一起走过来。红旗看到我,还是很有礼貌地喊了声:大姐老师!我微笑着点点头,算是打过了招呼。他的这个"大姐老师"的称呼让我哭笑不得。他又笑着说了句:从小就没进过学校,见了老师就浑身发抖。我被他的话逗得笑了好大一会儿,边笑边捂着肚子。笑完了我说:咱们上次不是见过了吗?红旗不动声色地说:上次不知道你是老师,要是知道,就不敢喊你大姐了！这个小伙子,还真有些幽默感。刘君山也被他的话逗得笑了,给他搬了一个板凳,说:早上外面比屋里凉快！两个人在宿舍门口坐下来。红旗一坐下就说:大哥大姐,不瞒你们说,我在外面发了大财！他猛不丁的一句话再一次让我和刘君山笑了一会儿。笑完了我俩同时意识到有些不妥,就收敛起了笑容。红旗说:没事,大哥大姐,我就是逗你们笑呢,你们尽管笑。不过我真是很有钱！我就是靠着逗人家笑在外面挣了很多钱！两大包呢,那天你们也看见了,两大旅行包,里面都是钱！我和刘君山都不笑了,这不像是一本正经的胡说八道。如果那两个大旅行包里装的都是钱的话,至少得有几百万！刘君山问红旗:那么多钱,你们是从哪儿弄来的？红旗笑笑:要饭要来的！我和刘君山瞪大了眼睛,将信将疑地说:要饭要来的？红旗很认真地点点头:没错,都是要饭要来的！我和我父亲每天都出去要饭,十几年下来,就要了这么多！临回来前,我们把钱从银行都取了出来,我当时以为麻庄还是像以前一样落后呢,担心这边没有银行,取款不方便！我和刘君山又笑起来。笑完了我问红旗:那你来找我们有什么事儿？红旗很认真地看着我说:有两件事,一个是我看到小学校太破了,想出钱维修维修,再拿出一笔钱资助咱村有困难的学生。我和刘君山互相看看,说道:这是大好事啊！你发了财能想到资助小学校,这太好了！另一件事呢？红旗看看刘君山,说道:另一件事是我想把马鞍山头承包下来,搞养殖！我听说以前是大哥家里承包的,想来问问。他的话让刘君山想起了公爹的去世,情绪迅即低落下来。我告诉红旗说:马鞍山的承包合同被村支书刘少军抢了去,你要是想承包,去找他问问看。红旗一副很惊讶的样子:刘少军抢走了马鞍山的承包合同？这还是不是共产党的法治天下？竟然还有人强抢明夺！刘君山接了句:我看你还是死了这条心吧,刘少军是不会把马鞍山承包给你的！红旗瞪起眼睛说:公家资产,公平承包！我不缺钱,只要国家有政策,我就不信他不包给我！刘君山摇摇头:你只知道北京的情况,不懂下面的复杂。顿了一下,刘君山问他:你承包马鞍山搞养殖,具体养什么?红旗说:我要在马鞍山上养猪。我这几天了解了一下,全国的猪肉尤其是散养黑猪近几年一直处于供不应求的状况。还有,咱们这边属于贫困县,国家对贫困地区养猪有扶持政策。这个好政策不好好利用就可惜了。我也想到过在马鞍山上散养鸡,但养鸡容易得鸡瘟,一旦鸡瘟就颗粒无收,血本无归!养猪有扶持政策,猪粪可以当绿色肥料。利用这些绿色肥料,我打算搞一个生态立体养殖系统。山顶养猪,半山腰种果树,果树间隙种红薯,肥料可以供应这些果植。刘君山点点头:你这些想法很好,而且半山腰我爹已经种上了许多果树,你稍加整理即可,该补种的补种,该剪除的剪除。红旗说:我昨天也去马鞍山上实地看了,搞绿色生态立体养殖没有问题。等我搞养殖赚了钱,我就在麻庄搞个合作社,让大家都能靠经营土地发大财,过上真正小康的生活!现在关键的问题是能不能拿到马鞍山的承包权!我和刘君山互相看看,在这方面,我们无法给红旗提供更多的帮助,只能靠他自己去找刘少军谈了。

不出所料,红旗和刘少军没谈拢。第二天红旗又来找我们,说刘少军以在马鞍山山顶养猪味道难闻,影响未来的小康楼及其周边环境为由,拒绝把马鞍山的承包权给他。红旗对他说:我可以出高价。刘少军说出再高的价也不行。红旗没辙了。刘君山给他出主意说:刘少军这个人,你给他来硬的肯定不行,他从来不吃这一套,你拿钱压他更不行。你得换个思路。红旗说:大哥你具体说说,我怎么换个思路?刘君山笑笑:我曾经和刘少军来硬的,甚至把他告到了纪委,都没用!所以你不要再吃这个亏,你得给他来软的!你手里不是有现金吗!红旗听明白了,说:大哥,我这就去办!我看得出来,刘君山想借红旗的手,报刘少军给他的一箭之仇。我有些担心,他会再次马失前蹄。

我了解刘少军这个人。他就像是一只盘旋在麻庄上空的鹰隼,不会像被困在笼子里的那些猛禽,能够心甘情愿地接受投喂。他要自己觅食,自己捕捉到的猎物他才肯吃。这么多年,他在麻庄做下的事情我爹基本上都知道。我爹说刘少军不会傻到被人"下套"的地步。他是看重钱,但也知道钱烫手得很。他这个人,最大的野心是想往上爬。刘少军从小就喜欢爬树,爬墙上房,他都不怕。他在麻庄当村支书,眼睛却紧盯在更高处。他会借助麻庄这个平台,竭尽全力地巴结讨好上面的人。他可以遵照上面的要求来大搞基建工程,以此为自己和上面的人积累政绩和口碑。也即是说,他的一切行动都是为了上面。他可能也会贪钱,但一定是贪得干净利索,不会给人留下把柄。他也会贪恋女色,但贪恋的前提是不被粘上。对于这样的一个能干也会干的人,一般的投喂是不会让他动心的。

后来的事实证明,我的猜测是对的。

没过几天,我爹突然对我说:慧慧你回去告诉君山,不要再到处散布说刘少军贪污腐败的消息了!现在全村的人都在谈论这个事儿,还说将把刘少军的事捅到中央,到北京去上访!这事儿都传到了镇上领导那儿了!说要重点防控越级上访的事儿,由王飞镇长亲自抓!这事儿现在闹得太大了,我担心对刘君山不利。我一愣,不可能啊,自从公爹走了以后,刘君山就听了赵寻根的建议,暂时不再纠缠刘少军的事儿了!散布这个消息的不可能是他。回到学校,我旁敲侧击地问了一下刘君山,是否知道村里在传有人要去北京上访告倒刘少军的事儿。刘君山愣了愣,说:不知道啊!有这样的事儿,那可太好了!正好替我出了一口恶气!我一听他这么说,就知道这个消息绝不是他散布的。刘君山猛拍了一下大腿,恍然大悟地说:我知道是谁了!肯定是他!我也反应过来:你说是红旗?刘君山点点头:我怀疑是他给刘少军送礼,刘少军收了钱没办成事,红旗是在京城见过大世面的人,只有他能想到去北京上访!我似有所悟地点点头:应该就是他!这么说,刘少军还是没答应把马鞍山承包给红旗?刘君山鼻子里发出一声哼,说道:俗话说光脚的不怕穿鞋的,现在红旗就是那个光脚的!道高一尺魔高一丈,恶人自有恶人磨,现在刘少军是碰到了一个死对头了!看着刘君山幸灾乐祸的样子,我倒是对红旗有一点担心,他现在到处说要到北京去上访,这已经不是麻庄村的事情了,人都说官官相护,要知道刘少军背后还站着镇上的人。刘少军一直有一个更大的靠山,那就是他的二哥刘少民。横的怕愣的,愣的怕不要命。刘少民就是那个不要命的人。

果然,没过几天。我就听说红旗被人打了。打得很厉害,后脑勺被人砍了一刀,缝了二十几针。一条胳膊也被打断了,还被切掉了一根手指。两个蒙面的人在夜里闯进红旗的三层小楼,当着曹傻子的面,把红旗打得鬼哭狼嚎。其中一个蒙面人边打边喝问:还敢散布谣言吗?还敢到处说去北京上访吗?红旗咬着牙说:不敢了,不敢了!再也不敢了!曹傻子哪见过这样的恶阵仗,吓得浑身如同筛糠一样,哆嗦个不停。

从医院回到家里的红旗一连在床上躺了三天。第四天他又爬起来了。爬起来以后就直接去了刘少军家。他头上缠满了纱布,只露出两只眼睛,半条胳膊吊在胸前,非常狰狞地走在麻庄的大路上。村里人都瞪大了眼睛,一点一点儿目送他到了刘少军家门口。他进门就喊:刘少军在吗?没有人应声。红旗又大声喊了一句:刘少军在吗?还是没有人应声。红旗不喊了,一脚踩开了紧闭着的大门。踩开门的一刹那,红旗没有看到刘少军,却看到了手握钢叉的刘少民。谁也不知道刘少民是什么时候回的麻庄,现在见他凶神恶煞般站在那里,站在门外看热闹的人都愣住了。红旗也愣了一下,随即说了句:我找刘少军!刘少民嘴角上扬,讥笑了两声说:你一个穷要饭的,也配找我兄弟?!红旗仍然不动声色地说:我要找刘少军!刘少民不说话,直接举起了钢叉,说道:我兄弟就在屋里,你不是要找他吗?你有种就走过来啊!红旗挺起胸膛往前走。刘少民手里的钢叉越举越高。红旗还是往前走,刘少军手里的钢叉奔着红旗而去。这时,猛听到刘少军大喝一声:二哥停手！但已经晚了,刘少民的钢叉已经奔向了红旗的大腿根。红旗也不躲。钢叉硬生生地插了进去,血水迅速顺着钢叉往外流。红旗仍旧不动声色。他厉声喝问:刘少军,我再问你一次。马鞍山你给不给我承包?！刘少军被眼前的一幕惊呆了,张着嘴巴说不出话。刘少民说了句:马鞍山我已经承包了,你就死了这份心吧,不要再想这个好事了！红旗牙齿咬得嘎巴嘎巴响,最后从牙缝里挤出了一句:那你们哥俩就等着坐牢吧！说完,自己拔出钢叉,不顾奔涌而出的血水,转身往外走。刘少民显然被红旗激怒了,他再次举起钢叉,被刘少军在背后抱住了。刘少民只得罢手。红旗歪歪斜斜走到门口,终于撑不住,抱着大腿倒在了地上。我大哥韩小树刚好凑上去看热闹,看到这个情形,也顾不得想太多,背起红旗就往镇上医院跑。红旗的大腿被钢叉插了两个血窟窿,失血过多,需要输血,其他倒也没有什么大碍。

两天以后,红旗一瘸一拐地又从镇上医院回来了。他头上的纱布也拆掉了,后脑勺露出一圈很显眼的白来,一道长长的伤疤像一只壁虎一样,紧紧地趴在他的后脑袋。胳膊也拆了石膏,但他还是习惯性地架在胸前。他脸上带着微笑,走进了麻庄,见了人就笑着说:等着吧,麻庄马上就有好戏看了！等着吧!

当天下午,两辆警车拉着尖厉刺耳的警报开进了麻庄,直接停在了村委会门口,一会儿,刘少军带着两个民警进了自己家的大门,带走了刘少民。刘少军也跟着去了派出所,他也要录口供。麻庄人都说红旗有胆有种,把刘少民告了！这下子在黑道上混了多少年的刘少民终于栽倒在一个穷要饭的手里了。从这一天开始,麻庄人再也没有谁看不起红旗了。红旗刚回来的时候,大家都知道他有钱,平地起了三层楼。但知道那钱是要饭要来的以后,也就在内心里不大能看得上。现在红旗竟然有胆和麻庄最厉害的"一白一黑"斗,这一点让麻庄人不得不对他刮目相看。麻庄人很少嫌贫爱富的势利眼,唯独钦佩那些有骨气有胆识的人。

刘少民被派出所的人抓走了,最兴奋的就是刘君山。他那几天情绪特别高涨,对我说:刘少民被抓,刘少军也蹦跶不了几天了!看着吧,刘少军早晚也得被抓进去!我把刘少民被抓走的消息告诉赵寻根,赵寻根只回了一句:恐怕事情没那么简单!小康楼没建好,刘少军应该能够自保。后来的事实证明,还是赵寻根看得准。

刘少民被抓进派出所以后,在拘留所关了十几天,之后又放回来了。听说是镇上的领导亲自参与了对这件事的处理,指示派出所这只是一起平常的打架斗殴,是麻庄村民闹内部矛盾,与眼下正在开展的扫黄打黑没有牵扯。依据相关治安条例,对打人者刘少民做出行政拘留的处罚,并赔偿被打者曹红旗所有治疗费用以及误工费等一万元。镇领导指示,这事到此为止,打人者不要再出任何问题,不然将严肃论处;被打者也不要再去散布上访的消息,如再发现,将以散布谣言惩处。至于事情的起因马鞍山的承包权问题,根据即将出台的要把马鞍山建成生态山体公园的规划,不宜在山上做任何养殖,决定将承包权收回村委会,不再承包给任何个人。如此结局,也算是都能勉强接受。只是红旗白白吃了被打断胳膊的亏,有些咽不下这口气,有事没事就来小学校,找刘君山谋划谋划。

这一天,红旗又来了。他一看到我就说:大姐,你说我是不是傻啊?我是不是很天真啊?我在外面混了这么多年!竟然没看出来人家那都是穿着一条裤子的!我安慰他:事情过去了就过去了,别再自寻烦恼了。刘君山不同意我的话,说:根本不是什么自寻烦恼的事!这是正义和邪恶的斗争!事情总有个是非对错!我就不信了,这朗朗乾坤,就没有一个讲理的地方了?红旗抬头看看天,一群麻雀掠过头顶,拉下了一泡屎,落在红旗脚下。红旗看着那一摊白色的污物说了句:不过,有一条我倒是挺佩服刘少军的,那天我去给他送礼,五沓钞票放在他面前,他愣是没看上一眼!刘君山愣了一下:你是说你去给刘少军送礼他没收?红旗边摆弄他的那节断手指边说:没收!白瞎了这根手指了!刘君山不敢相信:那你为何还说要到北京上访,告他贪污受贿?红旗苦笑了一下:我那是放的烟雾弹,想让刘少军害怕我真去,让他把马鞍山承包给我。谁知结果弄到最后,落了个鸡飞蛋打,偷鸡不成蚀把米,白挨了一顿揍!得了一万块钱,也没啥好用处。

最近肚子开始很有规律地疼了,每天总要疼那么一会儿,一阵一阵的。我知道快要生了,不敢大意。赵无极早就给我放了假,我的课也交给刘君山上了。我整天躺在床上,闲了就在学校操场走两圈,不大出校门散步了。刘君山见我肚子太大,孩子又特别调皮,踢得特别有劲,就建议我住到镇上医院去。我一直给自己打气,准备自己生。我上网查了好多资料,都说自然生产比剖腹产对孩子要好。孩子经过产道的挤压,将来能变得更加坚毅,出生以后更能克服挫折,更能适应这个社会环境。我知道自然生很痛苦,是对我的巨大考验。据说那疼痛烈度一般人都受不了。现在许多城里女人都选择了剖腹产,打上麻药,睡一觉,孩子就从肚子里拿出来了。赵寻根也在微信留言说,不管是自然生产还是剖腹产,最好都能提前一周住到医院去,这样大人孩子都放心。我想问赵寻根:孩子出生的时候,你来不来?字打好了,我盯着手机屏幕想了半天,还是没有发送。

红旗还是见天来一趟小学校,有时候没放学,他就悄悄溜到高年级的课堂上去听听课。他喜欢听刘君山讲作文,成了他班里的编外生。他手里有钱,也不用做活,到小学校里来学点知识,补一补没上过学的遗憾,倒也是一条正路。我能看出来刘君山还想利用红旗替他出口气,面对刘少军、刘少民兄弟两个,他们俩现在是同命相连。红旗也乐于为刘君山跑这跑那,跑东跑西。除了远在彭城的赵寻根,我和刘君山在麻庄几乎没什么朋友。现在红旗见天就来,慢慢地成了一家人一样。有一天,刘君山神秘兮兮地问我:你知道红旗为啥能有那么多钱吗?我摸着肚子说道:他不是说过是要饭要来的吗,攒了十几年了。刘君山摇摇头:没这么简单,不是这样的!他都告诉我了,要饭攒下来的钱当然也有一些,但不会这么多。那两包钱有一些是捡来的。一天晚上,他和曹傻子在一个垃圾堆里找吃的,翻腾出一大箱子东西,打开一看,一半是白色的粉状东西,另一半装满了百元大钞。红旗想都没想,把粉末状的东西扔了,留下了那些钱。我听得津津有味,瞪大眼睛说:这简直就是一笔横财嘛!刘君山又问我:这下子你知道红旗为何要随身带着那两包现金了吧?他当时对我们说担心西暨周围没有银行,那是瞎胡扯,他主要是担心把钱存到银行里,让人查出来!不敢存银行,就必须随身带着!红旗对我说,现在那些现金都装在坛子里,在屋里埋起来了!他爹曹傻子从来不出门,天天蹲在家里看着那个坛子!我惊得直抽冷气:这些都是红旗自己说的?不是你瞎联想的吧?像个侦探小说一样!刘君山撇撇嘴:当然不是我瞎编的!侦探小说都不敢这么写!不信回头告诉赵寻根,看他能不能想象得到!所以,红旗也不太敢和刘少军斗下去,他也怕警察找上他!我点点头,觉得刘君山说得有道理。

不算尾篇　赵寻根他天遂人愿功德圆满

那天，我一路上都在猜测万晓璐召我回家的原因，也没想出个所以然。万晓璐只说是好事，让我往好的方面猜。我想到了难道是她评职称有了新的希望？后来一想不可能，职称评审都已经结束了，不可能再有什么反复。除了评职称，还能有什么好事？难道是学校开始内部认购房子了？师范大学又给教职工盖了几百套改善住房，教职工以内部认购的方式购买，价格大大低于市场价。但这能算得上多大的好事呢？

心里装着事，车子开得就特别快。两个小时不到，车子已经开进了小区楼下。刚锁了车门，就看见万晓璐一脸笑容地站在那里，双手交叉放在肚子上，似乎在托着什么东西似的。她慢慢地向我这边走来，脚下像是踩着棉花，走得特别小心。我笑着对万晓璐说：看你走路咋这么别别扭扭的？万晓璐咬着嘴唇，笑而不语。我再问她。她说了句：你个傻子！你当爸爸了！我们有孩子了！我前几天去医院检查，他们今天刚刚告诉我这个消息！我一下子愣在了那里，呆呆地站在原地，不敢相信这么多年一直都想怀孕而不得的万晓璐竟然怀上了！万晓璐拉住我的胳膊，问我：惊喜不惊喜？意外不意外？是不是个天大的好消息！我点点头，和万晓璐一起上了电梯。万晓璐还处于异常兴奋的状态，不停地问我：你说是不是很神奇？

我们准备了那么久,现在终于盼来了！我问万晓璐:你是什么时候有感觉的？万晓璐说:就在前几天嘛,感觉老想吐,不想吃东西,就去医院做了个检查。我看着万晓璐,在心里默默算了算日子,那个时间正是新的坟场用地差不多有着落的时候,难道是列祖列宗显灵了？

说到新的坟场用地,老实说,当韩慧慧告诉我刘少民被镇上派出所抓起来的时候,我还是有些担心的。我怕刘少军也被抓了去,这样小康楼的建设就不得不停滞,小康楼停滞我就拿不到地。后来听说刘少民被放回来了,刘少军屁事也没有,我这才放了心。看来,因为小康楼的建设,镇上和区里都更加重视麻庄的工作了。鲁山局长打来电话说:“四大工程”已入选市里重大工程立项项目,即将进入具体规划实施阶段,你什么时候回来,我们再把具体的规划方案商量商量。我看看已经把自己作为重点保护对象的万晓璐,无奈地说:暂时恐怕没有时间再回去了。鲁局长哈哈笑,说:那好,我们先把规划方案进一步细化,等回头让首席专家把把关就行了！我只好说:好好好。放下电话,万晓璐讽刺我:你啥时候又成了首席专家了？你就满天下行骗吧！说完自己先咯咯咯笑起来。她笑完了又说:我可告诉你啊赵寻根,三个月内没有很特殊的情况,你可不准离开我身边！三个月后等我身体解放了,才能放虎归山放马归田！我当然知道她说的身体解放是什么意思。万晓璐哪一点都好,就是对我不太放心。她的理由也是极其荒唐,她说:你赵寻根就是一个精力极其旺盛的人,你三天不撒欢就不安分。对于你这样的力比多超多者,除了严加看管没别的办法！对此,我哭笑不得。在万晓璐这里,我只有唯命是从才能有好日子过,不然,就别想天下太平社会和谐了。如今更好了,她怀了孕,立即找到了当皇后的感觉,恨不得能把尾巴翘到天上去。一会儿要吃甜,一会儿要吃酸;一会儿要入地,一会儿要上天。对此,她还振振有词,说什么她现在就是国家一级重点保护动物,她就是想吃唐僧肉我也得走一遍西天取经的路去找那肉唐僧！我心说得亏法律明文规定不准吃人肉，要不然你万晓璐还不得把我给一片片削着吃了！

就当我在万晓璐的压迫下过着昏天黑地的日子里，同时接到了韩慧慧和万燕燕的微信。韩慧慧说她听了我的建议已经住进了医院，后天就是预产期，真希望孩子出生的时候我能在身边！而万燕燕在微信里只说了一句话：后天我结婚，你爱来不来！抱着手机我思索良久，一时间不知道该怎么办。我试着问了一句万晓璐：能不能给我放两天假？我回一趟麻庄。万晓璐翻了翻白眼，不容置疑斩钉截铁地说：你想翻身农奴把歌唱，没门！我只好作罢，在心里说，一入侯门深似海，罢罢罢，一个都不去也罢。

我最牵挂的还有小康楼。刘少军说只有小康楼建好，才能提出他解决新坟场用地的方案。我一直都很奇怪，刘少军能想出什么好点子？他这么有把握能够找到一块我满意的风水宝地？而且是以非常冠冕堂皇的理由？我等待着答案揭晓。我希望刘少军能够说到做到，不要让我失望。为了兑现承诺，我已经说服刘君山不要轻举妄动，也不要让那个发了一笔横财衣锦还乡的曹红旗半路杀出。如果说我们现在是在下一盘大棋的话，我们这边现在是按兵不动，静观其变，等待着对方落子。终于，三个月之后，正当我在万晓璐这里即将刑满释放之际，传来了麻庄小康楼一期工程即将竣工的好消息。紧接着，刘少军给我打来了电话。他在电话里胸有成竹地对我说：老同学，小康楼一期落成，我现在可以告诉你解决新坟场用地的办法了。你什么时候回来，我可以把土地划给你。我让他在电话里先说说。他笑起来，说道：那块地我曾经带你看过！就在小康楼的西南方向，也就是你所说的唯一一块风水宝地！我一愣，终于明白了他那天带我去看小康楼地基线的用意。也就是说，他早在那时就已经想出了办法。问题是，那个地方离小康楼不远，他如何对村里人交代？刘少军很快就解除了我的疑问。他说：现在国家倡导集约用地，麻庄搬迁半个村庄上小康楼遵循的也是这个思路。既然活人的土地要节约,死人的用地也要节约。小康楼都建好了,我接着提出建设麻庄公墓的想法。建立公墓可以有效节约土地资源,而且能把村东果园的坟场让出来。那里可以配合塌陷地湿地公园建设,搞一个果园观光嘛。这个方案上上下下都很支持。我把公墓地址就选在了小康楼的西南方向的那片空地。我在公墓的一角给预留出一块土地,作为你们老赵家的新坟场用地。你说说看,我这个方案是不是双赢?我听了刘少军的办法,不得不在内心里佩服这小子有头脑有思路有办法。我笑着回答他:这不单是双赢,还是多赢!刘少军真有你的!

为了小康楼的建设,这几年刘少军的确倾尽了心血。听刘君山说,小康楼一期落成,最高兴的人除了刘少军,还有麻庄的父老乡亲。落成典礼那天,市、区、镇三级领导悉数到齐,麻庄人无论长幼,只要是在家的,几乎倾巢而动。就连隔壁吴庄、姚庄的人也都来了,那人山人海的场面比西暨一年一度的庙会都热闹。在鞭炮齐鸣,锣鼓喧天中,区里的领导给刘少军戴上了一朵大红花。那朵大红花特别显眼,刘少军像一个新郎官一样,满面春风。区里的领导还讲了话,说小康楼一期的建成是全区新农村建设的集中展示,是脱贫攻坚战的一个里程碑,是新农村小康社会建设的重要标志,在全区范围内树立了一个标杆和典范。刘君山和红旗站在簇拥着看热闹的人群中,冷眼看着这一切,心里七上八下不是个滋味。要不是头天崔小花给他发微信,说要来麻庄小康楼吹喇叭,刘君山说什么也不会来凑热闹。更让刘君山气不过的是,那天的落成典礼刘少军请来了两套响器班子来助兴。为了显得热闹,他有意让两家响器互相竞赛。崔小花那天吹得就是刘福东发丧时的《百鸟朝凤》,这一曲吹完,人群喊出几声好。另一家响器当然也不甘示弱,吹了一曲《抬花轿》。人群又是几声好。崔小花哪是善罢甘休的人,她立即来了一曲《全家福》。对方又跟了一曲《六字开门》。最后,崔小花以一曲《一枝花》结束。这次唢呐斗声,让看热闹的人群都开了眼。红旗一个劲儿在那里说着:这真好听!我在北京天安门都没听过这么好听的!刘君山说:你又在吹牛,天安门是不会让你去要饭的,更不会让人在那里吹唢呐。红旗嘿嘿笑,紧盯着崔小花,恨不得要一口吃了她的样子。刘君山估摸着再看下去,红旗的哈喇子都要流出来了。刘君山告诉我,他当时突然涌出来一个想法,崔小花和红旗年龄相当,他们一个是百万富翁,一个是才艺满身,也算是门当户对。只是红旗没上过学,在小学校里听了这么长时间的课,才刚认得几个字罢了,崔小花会不会嫌弃他?但崔小花也只是小学毕业而已,在这方面的要求应该不至于太苛刻。再说,红旗到底是见过大世面的人,加上手里有钱,崔小花嫁过来也就可以不再这么忙忙碌碌的了。于是,刘君山就一直没走,拉着红旗一直等着典礼散场。看刘君山不想走,红旗有些纳闷地问:你不是挺讨厌刘少军的吗?你看他现在得意的样子你就不嫌烦?刘君山笑笑,只对红旗说:听喇叭听喇叭。他俩站的位置正对着崔小花,崔小花也早就看到了刘君山。她吹《一枝花》的时候眼睛一直看着他,刘君山对此自然心领神会。但一想到还在奶娃的韩慧慧,他立即灭了自己旁逸斜出的念想。他问红旗:你看那个吹喇叭的小姑娘怎么样?红旗说:太强了!吹得强,长得也强!刘君山笑了一下:你想认识她不?红旗说:太想认识了!刘君山说:好,那等一会儿我带你过去认识一下!红旗瞪大眼睛:真的?你认识那姑娘?刘君山说:她也算是我的学生吧,你记住她的名字叫崔小花,一会儿过去打招呼的时候主动点,不要摆出百万富翁的样子。红旗似乎明白了刘君山的好意,一个劲儿说:谢谢大哥成全,谢谢大哥成全!

小康楼建成没多久,刘少军就被如愿提拔到了西暨社区任社区书记。西暨社区是整个西暨镇的最核心区域,做生意的特别多,也是整个西暨镇最富裕的地方。能到这个地方任职,刘少军也算是实现了自己的人生小目标。按照惯例,西暨社区书记的下一个去向就是镇政府副职。也就是说,只要刘少军好好干，用不了几年，他就会升任西暨镇的副镇长，前途可谓一片光明。临走前，刘少军还把跟随他多年的张会计推荐提拔为麻庄村支书，顺利接了他的班。麻庄的摊子由张会计来接手，刘少军就放心了。张会计在麻庄当村支书，就意味着他刘少军还能在村里呼风唤雨。他还有一个雄心壮志，就是参与领衔区里规划的麻庄四大工程的建设。浸淫基层多年的他，自然知道四大工程的意义可比小康楼要大得多。当他在电话中提出这个要求时，我犹疑了一下，但还是答应了。我说：我会努力向鲁山局长推荐你，至于你能够在这个工程里面担任什么样的角色，那不是我能决定的。刘少军对此心领神会：只要老同学推荐我，后面的就看我自己的表现了。顿了一下，他又说：我趁着修建公墓时机方便，按照赵东发老哥的想法，把你们老赵家的新坟场做了一个基本的整修，还专门拉了一道围墙，和麻庄公墓做了区隔，你有空回来看看是否满意。我点点头，说：只要我爹满意就行。刘少军又说了几句客气话。放下电话，我又看到了刘君山给我发来的微信：你知道刘少军这么快就被提拔到西暨社区的真正原因吗？我回答他：不是因为他建小康楼立了大功吗？难道还有其他的原因？刘君山回了一个笑脸，然后说：想不到大作家也很天真呢！据红旗打听，刘少军借助盖小康楼，给那个王飞镇长在老家建了一栋四层小楼，建筑材料和建筑工都是用的小康楼这边的。他自以为做得滴水不漏，却没有收买好那个包工头。现在，包工头已经和红旗好得不得了，两个人恨不得穿一条裤子！红旗说只要包工头在，他刘少军以权谋私贪污腐败的证据就在。另外，包工头还说，在盖小康楼的时候，特意在最东边盖了几栋别墅，说是对外销售，其实主要是留给镇上的有关领导。据说刘少军和张会计也各留了一套别墅，名义上是用来抵工资，其实就是贪污。我拿着手机愣了半天，才回复他：告诉红旗，一个包工头的话不足为凭，事实还是要有可靠的看得见摸得着的证据来证明。另外，因为村里没有财政收入，刘少军和张会计又放弃了镇上的补贴,确实已经好多年没有领取工资了。刘君山半天没有再回复。我给韩慧慧留言,问她和孩子怎么样,她很快回复了两个字:都好!就没再说什么。

几天以后,我听说小康楼旁边新建了一个大超市,经营者是早已从县城回到麻庄的刘少民。再后来,又听说刘少民和红旗一起竞选麻庄村的村主任。为此,曹傻子挖出了埋在堂屋底下的坛子,从里面拿出了几沓子现金丢给了红旗。最后,红旗终于以微弱优势胜出。我知道这背后一定少不了刘君山的功劳,没有他的参谋,红旗根本不会想到要去竞选村主任。我不知道当上村主任的红旗是否也能够像刘少军一样大展宏图,但我相信,住进小康楼以后的麻庄人,一定会笑逐颜开。

临近阳历年年底,挺着大肚子的万晓璐终于准备大赦天下,允诺我滚回麻庄,把新坟场的事儿做个彻底了结。我爹说想在年前年后把列祖列宗从果园老林请到新坟场所在的风水宝地。我知道迁坟不是一件简单的事情,料想到时候又要麻烦不断。但在我来说,总归是对老爹有了交代,完成了挑选新坟址这件大心事。等迁坟以后,我就能给娘和列祖列宗上坟添坟了!

这年春节,一起到来的好消息还有两个:一个是鲁山说麻庄的四大工程年后正式上马;一个是新坟场顺利落成那天,万晓璐给我生了个儿子。

2018 年 8 月,起笔于徐州

2020 年 9 月,收尾于杭州